The Reception History of Roland Barthes'
Literary Theory in China

罗兰·巴特文论
在中国的接受史

文玲 著

中国社会科学出版社

图书在版编目（CIP）数据

罗兰·巴特文论在中国的接受史/文玲著．—北京：
中国社会科学出版社，2023.9
ISBN 978 - 7 - 5227 - 2155 - 2

Ⅰ.①罗…　Ⅱ.①文…　Ⅲ.①巴特(Barthes,Roland
1915 - 1980)—文学理论—理论研究　Ⅳ.①I565.065

中国国家版本馆 CIP 数据核字(2023)第 120388 号

出 版 人	赵剑英
责任编辑	王小溪
责任校对	王佳玉
责任印制	戴 宽

出　　版	中国社会科学出版社
社　　址	北京鼓楼西大街甲 158 号
邮　　编	100720
网　　址	http://www.csspw.cn
发 行 部	010 - 84083685
门 市 部	010 - 84029450
经　　销	新华书店及其他书店

印　　刷	北京君升印刷有限公司
装　　订	廊坊市广阳区广增装订厂
版　　次	2023 年 9 月第 1 版
印　　次	2023 年 9 月第 1 次印刷

开　　本	710×1000　1/16
印　　张	15
插　　页	2
字　　数	210 千字
定　　价	79.00 元

凡购买中国社会科学出版社图书，如有质量问题请与本社营销中心联系调换
电话:010 - 84083683

序

　　罗兰·巴特作为西方结构主义符号学理论的代表人物,其著作自 20 世纪 70 年代末 80 年代初引入中国,对中国当代文论发展产生了重要影响。巴特对西方传统理论的批判以及对东方文化的好奇构成了其理论的创造性,也成就了他作为文学理论家和作家的双重身份。他不断地反思与批判,催生了其后期思想的重要转变。可以说,罗兰·巴特是西方思想的语言论转化过程中的一位开拓者,他揭开了社会"神话"的神秘面纱,也证实了文学写作的伟大。通过研究罗兰·巴特文论,不仅可以清晰地掌握西方结构主义到后结构主义理论的发展脉络,还可以深入地理解文学写作的种种奥秘。

　　文玲是我的第一个博士。她跟我交流博士学位论文设想时,表示非常喜欢阅读罗兰·巴特的书,我对她的选题表示认可,并建议她以"罗兰·巴特文论在中国的接受史"作为博士学位论文的选题。接受史研究面临两大难题:一是要搜集、整理巴特文论在中国的所有译本,并吃透其思想内核;二是要涉猎国内研究巴特文论的专著与论文,并对国内学者的理解进行辨析。为了全面整理这些资料,文玲读博期间每天"泡"在图书馆,经历了痛苦的学术瓶颈期。巴特思想的艰深以及国内学者的误读让她的研究深陷困境,厘清巴特前后期理论的路径花费了她大量的时间和精力,而对国内学界误读的阐释又很难找到抓手。我们的共识是，在弄清巴特理论自身的问题意识及其发展脉络的基础上，把巴特文论在中国的接受当作一部"效果历史"，着重显示中国文论在各个时期对他的接受的兴趣点及其变化，历史地展示巴特文论在中国的动态情形，这样也有助于理解那些误读何以发生及其建设性作用。

在这一观点的统摄下，文玲的博士学位论文以巴特文论在中国接受的四个时期作为框架，并勾勒出这四个时期巴特在中国的形象转变："形式主义者"（20 世纪 80 年代初）——结构主义者（20 世纪 80 年代末 90 年代初）——后结构主义者（20 世纪 90 年代以来）——文化巴特（21 世纪以来）。这四个时期的划分，清晰地揭示了巴特文论在中国接受的阶段性特征。这四个时期恰好与中国文论发展的四个阶段相契合，巴特"形式主义者"形象出现在革命工具主义与审美自主主义的话语转换期，结构主义者形象处于审美特征论时期，后结构主义者形象迎合中国后现代主义的兴起，文化巴特的出现适逢消费文化的兴起。这可以说是该博士学位论文的创新之处，将巴特文论在中国的接受与中国文论的转型紧密结合起来。

同时，文玲选取了巴特文论在中国接受每一阶段的核心概念作为重点论述对象，对"形式主义者"阶段的"文本"概念、结构主义者阶段的"结构"概念、后结构主义者阶段的"作者死了""零度写作""话语理论"、文化巴特阶段的"神话"等概念一一进行辨析，揭示了"误读"背后的真实原因。如对"零度写作"的辨析，"零度写作"在 20 世纪 80 年代末成为研究界关注的焦点，是由于中国当代小说的兴起。在新文艺思潮面前束手无策的学者们主动求助于"零度写作"，这一内因需求直接主导了"零度写作"在中国的接受。《写作的零度》强调写作与意识形态的关联，成为研究界刻意回避的"零度写作"对象。相反，其中的一个概念因为与当代小说相似而被无限放大，"零度写作"唯有通过中国当代小说才能被接纳，所以对"零度写作"的误读与歪曲实属必然。这些解读体现出文玲较强的学术研究能力。然而，本书虽然在勾勒中国文论转型的外在表现方面比较清晰，但深入的学理分析仍显不足，因此，对巴特文论误读的必然性与合理性分析还有提升的空间。

让我欣慰的是，罗兰·巴特研究成为文玲的学术兴趣点。在研究罗兰·巴特文论接受史的基础上，文玲将学术视野扩展到对巴特思想与中国传统文论的比较研究领域，先后在 CSSCI 来源期刊发表论文《罗兰·巴尔特"中性"观与中国道家思想》《结构主义文论与中国古典文论的对话研究》，并进行符号学应用研究，发表《王夫之道论的符号学解读》《〈论语〉的符号学解析》《从符号的角度分析韩非对〈老子〉的解读》等论文。2017 年在南开大学出版社出版著作《中国古典文论与西方符号学的理论互动》。目前，文玲以博士学位论文为基础完成的著作《罗兰·巴特文论在中国的接受史》即将在中国社会科学出版社出版，文玲在这部著作中的探索对于中国当代文论的接受史研究是有重要意义的。希望文玲在未来的学术道路上收获丰厚。

徐　亮

2023 年 8 月 8 日于浙江大学西溪校区

前　言

20世纪70年代末80年代初，西方文论大规模引入中国，当时正值中国改革开放。从1978年起，在"实践是检验真理的唯一标准"的讨论后，"以经济建设为中心"取代了"以阶级斗争为纲"，文艺界和其他各界一样进行了反思。1978年至今，是文艺理论的转型和发展时期。我们在短短三十年间浏览了西方整整一个世纪的思想演进过程。中国文艺理论界积极借鉴西方文论来建设中国文论，西方文论同原有的马克思主义文论、中国古代文论一道成为当代文论建设的重要理论资源。文艺理论研究的视角进一步开放，文艺社会学、文艺心理学、文艺人类学、文艺语言学等，形成一个"多元共生"的时期。在"多元"的"众声共鸣"中，结构主义被认为是影响最大的理论思潮之一，而福柯和罗兰·巴特被认为是其中最主要的代表人物。

兴盛于20世纪60年代的法国结构主义，以其科学精神冲击整个西方学术思想潮流，与古典人文理论及马克思主义哲学形成巨大张力，使得60年代成为西方人文学科发展的分水岭。结构主义新思潮于20世纪70年代末引入中国，必然对中国研究界产生重大影响。在众多结构主义领军人物中，罗兰·巴特成为中国文艺理论界绕不开的人物。李洁非称"真正的幽灵是罗兰·巴特，他对当前中国文学思想的影响是怎么估价都不会过分的"①。巴特与萨特代表"第二次世界大战"后法国两大"文学理论思潮"——文学哲学和文学符号学。萨特的存在主义文学观对中国传统文化更具亲和力,巴特却提出一种脱离社会实践的文学观,称文学只对语言形式负责。巴特的形式主义批评直接挑战了中国传统文论及马克思主义文论,中国文艺理论界为何对这种异己的思维模式产生了兴趣?巴特文论又是如何影响中国文论的发展?由于与本土文化的巨大差异,巴特文论在中国的接受不可能一帆风顺,势必受到强大的阻力。

在中国文论与巴特文论对话过程中,何方占主导地位?从后殖民主义的观点来看,定当是巴特文论占优势地位。后殖民主义认为西方文明通过对文化制度的大规模网络控制,而操纵着文化输入国,使其不断同外来强势的资产阶级意识形态整合为一。这种资本主义文化网络不断地宣传支持现存生产方式的文化观念,使得经济、政治和文化领域形成西方资本主义的霸权局面。赛义德称"东方主义"是西方控制东方设置的镜像,在东西方对立的权力话语模式中,东方是西方"强大神话"的一个虚弱的陪衬,一种面对文化霸权的自我贬损。西方文化并没有真正接纳东方文化,而是对其改头换面,为了自身利益只接纳被篡改的内容,从而体现自身的文化优势。那么,对于后殖民主义者而言,巴特文论在中国的接受是巴特文论强势入侵的产物。笔者希望通过研究接受史,揭示中国文艺理论界并非被动地接受巴特文论,而是中国文论的发展主导了巴特文论在中国的接受。在此,我们可以逆转赛义德的"东方主义",巴特文论在中国的接受史,不是研究中国在西方的镜像,而是巴特在中国的镜像。中国文艺理论界在接受西方文论时,并没有丧失自我,而是在与西方的对话中认识自我、自我的历史、自我与他者的关系,设计自我的未来。

---

① 李洁非:《文本与作者——一个小说叙述学难题》,《艺术广角》1989年第1期。

一部接受史是一部读者理解的历史。在加达默尔看来，理解的历史性构成我们的前见。所谓前见是指理解过程中先于理解已经存在的成见，人无法根据某种特殊的客观立场，超越历史时空的现实境遇去对文本加以"客现"理解。加达默尔声称："其实历史并不隶属于我们，而是我们隶属于历史。早在我们通过自我反思理解我们自己之前，我们就以某种明显的方式在我们所生活的家庭、社会和国家中理解了我们自己。主体性的焦点乃是哈哈镜。个体的自我思考只是历史生命封闭电路中的一次闪光。因此，个人的前见比起个人的判断来说，更是个人存在的历史实在。"① 加达默尔认为，问题并不在于抛弃前见，而是必须将促进理解的正确前见（合法的前见）和歪曲理解的错误前见加以区分。因为合法的前见是进行理解的前提和出发点，为解释者提供了视界，使过去和现在交织融合。这就表明若没有前见、没有理解的前结构，理解就不可能发生。前见是一种积极的因素，是在历史和传统下形成的。传统是先于我们，使我们不得不接受的东西。因此，我们与传统总有一种无法割裂的关系。我们不仅始终处在传统之中，而且传统也是我们的一部分。②

西方文论的接受不是看其在多大程度上转述原意，而是研究具有当下时代氛围的理解者对其产生的合理前见，研究界只能在中国现有文论的前提下理解西方文论。中国现有文论是研究界理解巴特文论的前见，巴特文论在中国的接受史是中国文论反思自我、寻求自身发展的过程。加达默尔将理解的过程历史称为"效果历史"。他说："真正的历史对象根本就不是对象，而是自己和他者的统一体，或一种关系。在这种关系中同时存在着历史的实在以及历史理解的实在。一种名副其实的诠释学必须在理解本身中显示历史的实在性。因此，我就把所需要的这样一种东西称之为'效果历史'（wirkungs-

---

① ［德］汉斯－格奥尔格·加达默尔：《真理与方法》，洪汉鼎译，上海译文出版社2004年版，第357页。
② 参见王岳川《后现代主义文化研究》，北京大学出版社1992年版，第38页。

geschichte）。理解按其本性乃是一种效果历史事件。"① 那么，西方文论在中国的接受史是一部"效果历史"，研究理解者如何通过解释活动消除与理解对象的陌生感和距离感，研究西方文论如何对当下中国现实做出解释。研究界缘何，又是如何接受西方文论，反映了中国文论面临的问题。与西方文论的对话，是中国文论寻求自身发展，解决当下人类生存情境的探索过程。研究界在理解西方文论过程中超越自身，在不断发展的"效果历史"中，重新书写自己的历史，重新对自己的文化进行反思、批判。因而，巴特文论在中国的接受史是中国当代文论发展史的一个侧影。

---

① ［德］汉斯－格奥尔格·加达默尔：《真理与方法》，洪汉鼎译，上海译文出版社2004 年版，第 387 页。

目　　录

绪　　论

第一节　概述

一　巴特文论在中国的译介概况

Ròland Barthes 的译名有罗兰·巴特、罗兰·巴尔特、罗朗·巴特、罗朗·巴尔特,笔者在本书中使用罗兰·巴特这个译名。巴特文论引入中国的时间是 20 世纪 70 年代末 80 年代初。这一时期对巴特文论的翻译并不是以独立的形式进行的,主要是夹杂在一些以译介结构主义或形式主义理论为目的的文章和著作中。国内第一篇对巴特原文的翻译是李幼蒸翻译的《历史的话语》(1978),刊载于张文杰选编的《现代西方历史理论译文集》。紧接着,袁可嘉翻译了《结构主义———一种活动》,刊载于《文艺理论研究》1980 年第 2 期。1984 年《外国文学报道》刊登了由张裕禾翻译的《叙事作品结构分析导论》。国内第一本介绍西方结构主义的译作是李幼蒸翻译的《结构主义:莫斯科—布拉格—巴黎》,1980 年由商务印书馆出版。

20 世纪 80 年代初研究界的关注点集中在巴特的结构主义者身份。国内最早提及巴特的论文是袁可嘉的《结构主义文学理论述评》[①],

---

① 袁可嘉:《结构主义文学理论述评》,《世界文学》1979 年第 2 期。

这是国内第一篇专述结构主义文学理论的文章，其中对巴特的介绍只是一笔带过。从 1981 年开始，关于巴特文论的介绍性文字陆续出现在一些介绍结构主义文论的文章中。如张裕禾在《新批评——法国文学批评中的结构主义流派》① 一文中，对法国"新批评"进行介绍，认为罗兰·巴特与皮卡尔的论争使得"新批评"从广义转为狭义，成为专指以巴特为代表的结构主义文学批评。程晓岚在《法国形式主义批评简介》② 一文中，对夏尔·贝玑、罗兰·巴特、兹维坦·托多罗夫、热奈尔·热奈特的文学批评进行了介绍，称法国形式主义批评家中，最有代表性、影响最大的当推罗兰·巴特。

王泰来的《关于结构主义文艺批评》③ 和《一种研究文学形式的方法——谈结构主义文艺批评》④，两篇文章均指出巴特对法国结构主义文学批评发展所做的卓越贡献。由于王泰来的介绍，《叙事作品结构分析导论》（以下简称《导论》）在这一时期被视为巴特在结构主义文学批评领域最重要的著作。1983 年第 1 期的《外国文学报道》上刊载了邓丽丹的《文学作品的结构分析》一文，其内容可以说是《导论》的中文简化版。《符号学原理》同样作为巴特结构主义批评的代表作受到研究界的关注。如程代熙在《罗兰·巴尔特的结构主义文艺观》⑤ 中，重点介绍了《符号学原理》。在强调巴特结构主义批评家身份的同时，张隆溪对巴特的后结构主义思想进行了介绍。《结构的消失——后结构主义的消解式批评》是国内第一篇介绍巴特后结构主义思想的文章，发表于《读书》1983 年第 2 期，张隆溪在文中称巴特在结构主义成为文坛正

---

① 张裕禾：《新批评——法国文学批评中的结构主义流派》，载《外国文学报道》1981 年第 3 期。

② 程晓岚：《法国形式主义批评简介》，《外国文学报道》1984 年第 4 期。

③ 王泰来：《关于结构主义文艺批评》，《外国文学研究》1981 年第 2 期。

④ 王泰来：《一种研究文学形式的方法——谈结构主义文艺批评》，《国外文学》1983 年第 3 期。

⑤ 程代熙：《罗兰·巴尔特的结构主义文艺观》，《文艺争鸣》1986 年第 6 期。

宗的时候，又转向了后结构主义。但是，当时研究界没有关注这一转向，直到 20 世纪 90 年代巴特的后期转向才成为讨论的热点问题。

20 世纪 80 年代初，《结构主义——一种活动》《叙事作品结构分析导论》作为巴特结构主义批评的代表作被翻译出来，研究界主要关注巴特结构主义批评。80 年代末到 90 年代初出现了巴特文论的翻译高潮。其作品以单行译本或发表于学术期刊上的译文两种形式陆续与中国读者见面，既有结构主义文论，也有后结构主义文论。1987—1991 年，《外国文学报道》《上海文论》《外国文艺》《外国文学》等与西方文论研究密切相关的杂志相继发表了二十余篇巴特作品的译文，尤以《外国文学报道》和《上海文论》两家上海的文学期刊为主。其中引人注目的是 1987 年第 6 期《外国文学报道》上一次性地刊载了八篇巴特文论译文，分别是《文学与元语言》《符号的想象》《作家与写作者》《结构主义活动》《两种批评》《什么是批评》《文学与意指》《真实的效果》。其中前七篇由张小鲁翻译，总名为《罗朗·巴特论文七篇》，第八篇为邓丽丹翻译的《真实的效果》。张小鲁的引介提高了《批评文集》在国内研究界的知名度。

以上均是发表在学术期刊上的对巴特个别篇目的翻译，真正对巴特著作的翻译始自《符号学原理》（*Eléments de sémiologie*），这本书的第一个译本是由董学文、王葵翻译的，书名被改为《符号学美学》，1987 年由辽宁人民出版社出版。紧接着 1988 年生活·读书·新知三联书店出版了李幼蒸翻译的《符号学原理——结构主义文学理论文选》。在这两个译本后，又出现了两个新的译本。一个是黄天源翻译的，1992 年由广西民族出版社出版；另一个是王东亮等人的译本，1999 年由生活·读书·新知三联书店出版。前者的印数只有 1000 册，远远低于当时一般理论性书籍的平均印刷量，所以基本上未产生太大影响。《符号学原理》这本书在 12

年的时间内出现四个译本,这在其他理论著作的汉译过程中是颇为少见的。①《符号学原理》让我们了解了巴特的结构主义符号学基本思想,李幼蒸翻译的《符号学原理——结构主义文学理论文选》则试图使读者了解一个具有多重身份的巴特,它是国内第一本全面介绍巴特文学理论的文集。

1987 年巴特结构主义文论被大量翻译出来,同时出现了巴特后结构主义文论的最早译作,即张寅德翻译的《文本理论》,发表于《上海文论》1987 年第 5 期。紧接着 1988 年第 5 期《文艺理论研究》刊登了杨扬译的《从作品到文本》。1988 年,上海人民出版社出版了巴特后结构主义文论的单行本译作——《恋人絮语——一个解构主义的文本》。1990 年第 2 期《上海文论》刊登了屠友祥选译的《S/Z》,1994 年商务印书馆出版了由孙乃修翻译的《符号帝国》,这两个译作让中国研究界进一步了解了巴特的后结构主义者身份。

巴特的结构主义及后结构主义文论被翻译过来后,20 世纪 80 年代末 90 年代初出现了大量研究巴特文论的理论著作及文章,推进了 80 年代初期对巴特结构主义思想的理解程度。理论著作中介绍巴特结构主义美学思想的有张隆溪的《二十世纪西方文论述评》,生活·读书·新知三联书店 1986 年版;张秉真、王晋凯的《结构主义文学批评论》,辽宁大学出版社 1987 年版;赵宪章的《文艺学方法论通论》,江苏文艺出版社 1990 年版;赵毅衡的《文学符号学》,中国文联出版公司 1990 年版;胡经之、王岳川主编的《文艺学美学方法论》,北京大学出版社 1994 年版;赵一凡的《欧美新学赏析》,中央编译出版社 1996 年版;周宪的《20 世纪西方美学》,南京大学出版社 1997 年版;杨大春的《文本的世界——从结构主义到后结构主义》,中国社会科学出版社 1998 年

---

① 参见张晓明《巴特文论在中国的译介历程》,《当代外国文学》2006 年第 2 期。

版等。其中收入巴特论文的文集和读本有《马克思主义文艺理论研究》编辑部编选的《美学文艺学方法论》，文化艺术出版社1985年版；伍蠡甫、胡经之主编的《西方文艺理论名著选编》，北京大学出版社1988年版；周宪、罗务恒、戴耘主编的《当代西方艺术文化学》，北京大学出版社1988年版；胡经之、张首映主编的《西方二十世纪文论选》，中国社会科学出版社1989年版等。从这些理论著作的书名，我们发现这一时期，巴特结构主义批评是作为文艺学方法受到研究界的关注的。

　　发表在学术期刊上的主要论文有戈华的《罗兰·巴特的本文理论》①、李以建的《从结构主义到后结构主义》②、耿幼壮的《写作，是什么？——评罗兰·巴特的"写作"理论及文学观》③、屠友祥的《罗兰·巴尔特和太凯尔团体》④、易江的《罗兰·巴尔特的语言哲学》⑤、韦遨宇的《"明修栈道 暗度陈仓"——读罗兰·巴特〈叙事分析导论〉》⑥、冯寿农的《罗兰·巴尔特：从结构主义走向反结构主义》⑦、杜卫的《巴尔特的结构主义美学思想——一种发展的描述》⑧、王允道的《评罗兰·巴特的结构主义》⑨、宁一中的《作者：是"死"去还是"活"着?》⑩、兰珊珊的《也论"作者之死"》⑪、田

　①　戈华：《罗兰·巴特的本文理论》，《文学评论》1987年第5期。
　②　李以建：《从结构主义到后结构主义》，《当代文艺思潮》1987年第6期。
　③　耿幼壮：《写作，是什么？——评罗兰·巴特的"写作"理论及文学观》，《外国文学评论》1988年第3期。
　④　屠友祥：《罗兰·巴尔特和太凯尔团体》，《上海文论》1990年第2期。
　⑤　易江：《罗兰·巴尔特的语言哲学》，《法国研究》1990年第2期。
　⑥　韦遨宇：《"明修栈道 暗度陈仓"——读罗兰·巴特〈叙事分析导论〉》，《外国文学评论》1991年第1期。
　⑦　冯寿农：《罗兰·巴尔特：从结构主义走向反结构主义》，《文艺争鸣》1991年第2期。
　⑧　杜卫：《巴尔特的结构主义美学思想——一种发展的描述》，《浙江师大学报》（社会科学版）1992年第1期。
　⑨　王允道：《评罗兰·巴特的结构主义》，《当代外国文学》1996年第4期。
　⑩　宁一中：《作者：是"死"去还是"活"着?》，《国外文学》1996年第4期。
　⑪　兰珊珊：《也论"作者之死"》，《外国文学研究》1997年第4期。

志伟的《罗兰·巴特的美学思想》① 等。同时，出现了理论应用性文章，运用巴特结构主义方法分析文学、文化现象。如张颐武的《二十世纪汉语文学的语言问题》②、李劼的《论中国当代新潮小说的语言结构》③、李劼的《论小说语言的故事功能》④ 等。

20 世纪 80 年代末 90 年代初，通过理论性著作及文章的介绍，巴特结构主义批评作为文艺学方法的重要性得到研究界的认可，巴特结构主义思想作为其主要思想，成为讨论的热点问题。同时，巴特的后期转向这一在 80 年代初被忽略的问题，在 90 年代引起了研究界的关注。李以建、杜卫、王允道、冯寿农等介绍了巴特由结构主义向后结构主义的转变过程。

20 世纪 90 年代，是巴特文论的全面引入时期。这一时期，主要是对巴特文集的重版及一些新文集的面世。1997—2002 年上海人民出版社相继出版了《神话——大众文化诠释》《批评与真实》《流行体系——符号学与服饰符码》《S/Z》和《文之悦》等一系列巴特著作的中译本；2004 年，该社又将他们以往所出版的巴特著作合在一起，以《罗兰·巴特系列》为名再次出版。2007 年中国人民大学出版社编选《罗兰·巴尔特文集》，这套文集涉及文本理论、符号学理论、作品批评、文化批评、讲演集五个方面，较全面地反映了巴特文学思想的基本面貌。其中，巴特在法兰西学院开设的与文学符号学相关的三门课程的讲稿，即《如何共同生活》《中性》《小说的准备》于 2010 年被翻译出来，《萨德 傅立叶 罗犹拉》的中译本直到 2011 年 8 月才在中国面世。

20 世纪 90 年代巴特文论全面引入后，研究界对巴特的思想概貌有了进一步的了解，但这一时期研究界不再强调巴特的结构主义批

---

① 田志伟：《罗兰·巴特的美学思想》，《吉林大学社会科学学报》1996 年第 1 期。
② 张颐武：《二十世纪汉语文学的语言问题》，《文艺争鸣》1990 年第 4、5、6 期。
③ 李劼：《论中国当代新潮小说的语言结构》，《文学评论》1988 年第 5 期。
④ 李劼：《论小说语言的故事功能》，《上海文论》1988 年第 2 期。

评，更多关注巴特的后结构主义文论。如夏基松在《现代西方哲学教程新编》中称，自 1970 年《S/Z》一书发表后，巴特的后期思想才成为他文艺思想的主流。研究界普遍认为后期巴特完全背离了前期的结构主义活动。如杨大春在《文本的世界——从结构主义到后结构主义》一书中称，后期巴特和德里达的整个解构理论断然抛弃了"结构"的观念，有学者戏称巴特是"结构变色龙"。"作者死了""零度写作""文本理论"一时成为研究界讨论的热门话题。在南帆主编的《二十世纪中国文学批评 99 个词》中，"零度写作""超文本"名列其中。《历史的话语》在 70 年代末被翻译过来后，历经 80 年代的沉寂，在 90 年代一跃成名，"话语权力"也被列入 99 个词之中。

21 世纪以来，巴特的符号学研究方法进入大众视野，如高宣扬的《罗兰·巴特文化符号论的重要意义——纪念罗兰·巴特诞辰 95 周年和逝世 30 周年》①、张莹的《永恒的"神话"——浅析罗兰·巴特的神话学理论》② 等。并出现了大量运用符号学方法分析广告、艺术、新闻的论文，如万建中的《西王母神话的现代表达——读罗兰·巴特的〈神话学〉》③、池筠的《车轮上的"神话"——丰田汽车广告的符号学解读》④、来洁的《从符号学角度思考艺术的价值——读罗兰·巴特〈符号学原理〉》⑤、陈阳的《符号学方法在大众传播中的应用》⑥。同时，《罗兰·巴特论罗兰·巴特》（又译《罗

① 高宣扬：《罗兰·巴特文化符号论的重要意义——纪念罗兰·巴特诞辰 95 周年和逝世 30 周年》，《探索与争鸣》2010 年第 12 期。

② 张莹：《永恒的"神话"——浅析罗兰·巴特的神话学理论》，《大众文艺》2010 年第 22 期。

③ 万建中：《西王母神话的现代表达——读罗兰·巴特的〈神话学〉》，《青海社会科学》2010 年第 9 期。

④ 池筠：《车轮上的"神话"——丰田汽车广告的符号学解读》，《新闻世界》2010 年第 2 期。

⑤ 来洁：《从符号学角度思考艺术的价值——读罗兰·巴特〈符号学原理〉》，《艺术理论》2009 年第 5 期。

⑥ 陈阳：《符号学方法在大众传播中的应用》，《国际新闻界》2000 年第 4 期。

兰·巴特自述》)、《明室》、《流行体系——符号学与服饰符码》等著作也受到研究界的关注。还有孙沛东的《消费主义与广告——以罗兰·巴特的〈流行体系：符号学与服饰符码〉为例》①，闵锐、彭彤的《图像的编码与分层——罗兰·巴特的图像分层理论》②，陈镭的《罗兰·巴特的"反日记"》③，邵欣园的《摄影艺术的哲学思考——读罗兰·巴特的〈明室〉》④，王成军的《论自传文本的非解构性诗学因素——〈罗兰·巴特论罗兰·巴特〉解析》⑤ 等。这一时期，巴特自传式、日记体写作得到研究界的关注，有学者称在《罗兰·巴特论罗兰·巴特》《明室》中出现"新"巴特形象。

从概述中，我们发现罗兰·巴特文论在中国的接受经历了四个阶段，即 20 世纪 80 年代初、20 世纪 80 年代末至 90 年代初、20 世纪 90 年代初至 21 世纪初、21 世纪以来。20 世纪 80 年代初，研究界在介绍西方结构主义思想的文章中提及巴特。20 世纪 80 年代末至 90 年代初是巴特文论在中国的翻译高潮期，巴特的结构主义及后结构主义文论全面引入。接受方面主要以理论性介绍为主，巴特文论大量出现在介绍西方文艺学方法论的著作中。同时，巴特的前后期转向引起了研究界的关注。20 世纪 90 年代初至 21 世纪初，巴特的后结构主义思想成为其主要思想。进入 21 世纪以来，研究界关注的焦点转移到巴特的符号学研究方法及传记式写作。笔者绘制了一个表格以显示巴特的著作在中国接受的时间顺序，见表 0 - 1。

---

① 孙沛东：《消费主义与广告——以罗兰·巴特的〈流行体系：符号学与服饰符码〉为例》，《广州大学学报》（社会科学版）2004 年第 10 期。

② 闵锐、彭彤：《图像的编码与分层——罗兰·巴特的图像分层理论》，《天府新论》2009 年第 6 期。

③ 陈镭：《罗兰·巴特的"反日记"》，《菏泽学院学报》2010 年第 1 期。

④ 邵欣园：《摄影艺术的哲学思考——读罗兰·巴特的〈明室〉》，《艺术百家》2010 年第 7 期。

⑤ 王成军：《论自传文本的非解构性诗学因素——〈罗兰·巴特论罗兰·巴特〉解析》，《当代外国文学》2005 年第 1 期。

表 0 – 1　　　巴特的著作在中国接受的时间（括号中的时间
指作品被翻译的时间）

时间	作品名称
20 世纪 80 年代初	《结构主义——一种活动》（1980）、《叙事作品结构分析导论》（1984）、《符号学原理》（1987）
20 世纪 80 年代末到 90 年代初	《符号学原理》（1987）、《写作的零度》（1988）、《文本理论》（1987）、《从作品到文本》（1988）、《恋人絮语》（1988）、《S/Z》（选译 1990）、《文之悦》（1995）
20 世纪 90 年代初至 21 世纪初	《历史的话语》（1978）、《文之悦》（1995）、《作者死了》（1995）、《S/Z》（选译 1990）、《文本理论》（1987）、《从作品到文本》（1988）、《恋人絮语》（1988）、"零度写作"
21 世纪以来	《神话学》（1999）、《流行体系——符号学与服饰符码》（2000）、《符号学原理》（1987）、《罗兰·巴特自述》（2002）、《明室》（2002）

二　西方视野下的巴特

巴特在 20 世纪西方文学史上是一个过渡性人物，从与存在主义的分歧，到结构主义、后结构主义，李幼蒸称罗兰·巴特是当代西方文学思想的一面镜子，足以反映第二次世界大战后西方文学思想的主要趋向。在第二次世界大战后的法国，文学一度成为社会文化活动的主流。由萨特和加缪发起的有关文学使命的争论，引发了"文学是什么"这类社会性大主题的争论。萨特和加缪成为战后法国的"精神领袖"人物。战后整个法国社会弥漫着消极思想，战争所带来的毁灭性打击给人民的心灵造成重大创伤，人与人之间的关系纽带变得越来越脆弱，社会关系的物质化导致人情的冷漠和人性的扭曲。萨特的存在主义哲学揭示了人精神的虚无，并提出了人的"自为的存在"和"自由选择"，成为第二次世界大战后法国民众的精神寄托。在《什么是文学》这本书中，萨特提倡"介入"式写作。萨特认为作为作家首先应该明确的是："为什么目的而写作？你投身于何种行为之中而它又为何必须求助于写作？"萨特给出的答案是"人的自由"。他称作品不应该表达情感，而是一个纯粹的召唤，是作为一个有待完成的任务提出来的，作者（诗人）信任读者将会运用自己的自由协同完成作品，作者为诉诸读者的自由而写作，他只有得到这个自由才能使他的作品存在。读者越感到自由，就会越承认作家的自由，作家在把读者的自由提高到最大限度时，也将自己置于最高的自由。因此，一切作品都是作者主体性和本质性的一种体现，"艺术创造的主要动机之一当然在于我们需要感到自己对世界而言是本质性的……我意识到自己产生了它们，就是说感到自己对于我的创造物而言是本质的"[①]。萨特认为马克思主义哲学是双重意义的终极真理，它指明了社会"人性化"的必要条件，勾画了一条通向"根本解决人类共存的问题"的道路，即无产阶级革命的道路。无产阶级是唯一的"真正主体间性"，是唯一的"普遍性阶级"，他必须形成一个政党，推翻资本主义，并通过解放自己去解放全人类。

巴特的成名作《写作的零度》（1953）是对萨特《什么是文学》这本书的回应。他认同萨特的文学应该反对统治阶级意识形态的观点，但不认同写作是为了揭示世界，是召唤读者将作者所揭示的转化为客观存在，不认同写作与阅读行为承担着揭示主体本质的历史责任。巴特在《写作的零度》这本书中追溯了文学语言的历史，在文学语言表层形式下发现了它与深层历史的联系。这本书既体现了与存在主义的联系，又反映了向结构主义的靠拢。在这本书中，巴特提出作者风格对写作的介入，但同时他又对作者的自由进行了限

---

① Jean – Paul Sartre. *What Is Literature*, Tranlated by Bernard Frechtman. New York Philosophical Library, 1949, p. 60.

制，认为这种自由不是纯粹的个人行为，它受制于社会、历史。作者不能随心所欲地直接反映社会、历史，他受制于语言、结构。这本书的出版令巴特跻身于法国学术界，紧接着巴特在《神话学》（1956）中以语言结构形式分析社会文化现象。20 世纪 50 年代，巴特在法国学术界还是个籍籍无名的人物。1963 年《论拉辛》发表后，与拉辛研究专家皮卡尔的论战，让巴特成为"新批评"派的代表人物。1964 年《符号学原理》、1966 年《批评与真实》、1967 年《流行体系——符号学与服饰符码》等著作的出版，奠定了巴特结构主义符号学的地位。20 世纪 60 年代末，巴特成为巴黎学术名流，与列维·斯特劳斯、福柯、拉康、阿尔都塞等并称于世。詹姆逊在《语言的牢笼》中称：

> 列维·斯特劳斯得到了人类学，拉康和阿尔都塞两个分别负责对弗洛伊德和马克思重新进行解释，德里达和富科须各自担负改写哲学史和思想史的任务，而格雷马斯和托多洛夫则致力于将语言学和文学批评本身变成科学；在这种情况下，梅洛－庞蒂还活着的话，很可能主管哲学。这样，剩下来让罗朗·巴尔特扮演的角色看来基本上就只有社会学家了。①

巴特与斯特劳斯、福柯、拉康、阿尔都塞并称为结构主义五巨头，斯特劳斯、福柯、拉康、阿尔都塞分管的领域为人类学、思想史、精神分析学、马克思主义哲学。巴特关注的是社会文化领域，运用结构主义符号学分析文化现象。因而，巴特是与文学、文化走得最近的结构主义者，而且他不像托多洛夫将文学变成科学。巴特作为一名结构主义者名声大振之时，却发表了大大影响其名声的著作，《S/Z》《罗兰·巴特自述》《恋人絮语》等，这些著作的出版表

① ［美］弗雷德里克·詹姆逊：《语言的牢笼》，钱佼汝译，百花洲文艺出版社 1997 年版，第 121 页。

明了巴特的思想向后结构主义的转变。在福柯的推荐下，巴特以符号学家的身份破格进入法国最高学府法兰西学院。1977 年 1 月，巴特发表了法兰西学院文学符号学就职讲演，他在法兰西学院开设了三门与"文学符号学"相关的课程，即"如何共同生活""中性""小说的准备"。1977 年 11 月巴特的母亲去世，巴特在《明室》（1980）中对母亲表示悼念。母亲的死给巴特造成了重大打击，巴特顿失精神依持，在穿过法兰西学院门前大街时被卡车撞倒，四个星期后悄然离世。

巴特在第一届国际符号学大会发言中，将自身符号学的历险分为三个阶段。第一阶段是惊叹期。巴特称这一时期是运用符号学方法揭示资产阶级将其历史文化转化为普遍自然的过程，这时的符号学，是一种意识形态批判的基本方法，巴特将这一时期称为"社会神话"研究阶段。第二阶段是科学阶段。从 1956 年 9 月为《神话学》撰写长篇后记《今日神话》到 1967 年年初出版《时装系统》这十年间，巴特致力建立科学的符号学，将索绪尔在《普通语言学教程》中以寥寥数语构想的符号学第一次发展为一种真正的社会符号研究。之后，巴特称必须对这种科学符号学进行修正。一是巴特不再相信符号学的科学性，也不期待符号学会是一种简单的科学，一种实证科学。其首要理由是符号学，也许今天一切人文科学中只有符号学，要去质问它自身的话语。换言之，科学并不承认安全区域的存在，它必须认定自己仅是一种写作。二是巴特认为符号学必须攻击西方整个文明的象征系统和语义学系统，必须超越西方封闭区，设法裂解意义系统本身。从而，进入第三阶段，即"文本"阶段。这一时期的符号学与文学结合起来，称为文学符号学。① 巴特学术分期，见表 0 - 2。

---

① 参见 ［法］罗兰·巴尔特《符号学历险》，李幼蒸译，中国人民大学出版社 2008 年版，第 1—7 页。

表 0 – 2　　巴特学术分期（括号中的时间是作品问世时间）

阶段	作品名称
"社会神话"研究阶段	《写作的零度》(1953)、《神话学》(1956)
符号学科学阶段	《结构主义——一种活动》(1963)、《符号学原理》(1964)、《叙事作品结构分析导论》(1966)、《历史的话语》(1967)、《流行体系:符号学与服饰符码》(1967)
"文本"阶段	《作者死了》(1968)、《S/Z》(1970)、《从作品到文本》(1971)、《文本理论》(1973)、《文本的欢悦》(1973)、《明室》(1980)、《罗兰·巴特自述》(1975)、《恋人絮语》(1977)

前期巴特从编译代码的角度揭秘了资产阶级意识形态的虚构性，中期巴特试图以代码建构统一的结构模式，后期巴特通过重新组织代码，打乱资产阶级通过操作代码创造的"似真性"，关注结构的差异性存在。霍克斯在《结构主义与符号学》一书中，从代码编译的角度沟通了巴特三个时期的思想。

（一）结构主义符号学家

霍克斯称从第一本著作《写作的零度》开始，巴特便在探讨"现实"世界如何被编译的内在机制。古典写作"暴露了野心勃勃的资产阶级最后的历史野心，急于把人类的全部经验都纳入自己对世界的特定看法之中，并把这标榜为'自然的'和'标准的'，拒不承认它无法如此归类的东西"[①]。《神话学》更无情地剖析了"由法国大众传播媒介创造的'神话'，揭露了它为自身目的而暗中操纵代码的行径"[②]。在霍克斯看来，巴特认为不存在"自然""客观"的文学，文学是由代码加工并创造的，文学作为一个"结构"是由

---

① ［英］特伦斯·霍克斯：《结构主义和符号学》，瞿铁鹏译，上海译文出版社1987年版，第110页。

② ［英］特伦斯·霍克斯：《结构主义和符号学》，瞿铁鹏译，上海译文出版社1987年版，第112页。

于代码的相互作用。资产阶级写作通过遵循唯一、稳定的代码秩序，将自身的生活方式、价值观悄悄地披上自然性、普遍性的外衣。在《批评与真实》中，巴特指责皮卡尔的传统文学批评恰恰暴露了对一种特定的、实证主义的、资产阶级意识形态的信奉。《S/Z》中，巴特从对抗资产阶级虚假意识形态的角度，将文学分为"可读之文"与"可写之文"。"可读之文"使一种关于现实的"公认的"看法和一种价值观的"确定"格式永远存在下去。它是以顺从的态度认同资产阶级写作的代码顺序，从而使得资产阶级价值观成为统一的社会标准。"可写之文"则是通过重新编排代码，反对资产阶级社会秩序。巴特将巴尔扎克的小说《萨拉辛》拆成 561 个词汇单位，然后用五种代码分析"文本的能指"，即为了瓦解资产阶级构筑的"现实"。

那么，巴特的学术分期围绕着代码展开，对于巴特而言，不可能获得一个关于"现实的"永存的世界，没有不可编码的、"纯粹的"或客观的经验。巴特要我们认清世界的"真实"面孔，提升对世界的理解能力。卡勒尔正是从构造我们时代的可理解性角度，发现巴特学术思想的统一性。卡勒尔说：

> 如果我们必须寻求统一性，如果我们仍然觉得需要将巴尔特这个人用一句话总括起来，那么可以像约翰·斯塔罗克在一篇有用的论文中那样把他称作是"文学心灵的无与伦比的燃火者"。我们还可以像巴尔特谈到一般作家时那样说，他是"一位公众实验家。他在公众之中，他为了公众而实验其观念和体系"。一篇名为《什么是批评?》的文章进一步发展了这一观念。巴尔特强调批评家的职责不是去发现一部作品的潜在意义（过去的真理），而是为我们自己的时代构造可理解性。去构造"我们时代的可理解性"，即去发展处理过去和现在诸现象的理智构架。人们可以强调，这正是巴尔特的基本活动，他的最持

之以恒的关切。巴尔特在一次晤谈中说:"在我的一生中,最使我入迷的事情就是人们使其世界变为可理解性的方式。"(《音粒》,第15页)他的作品试图向大家指出我们是如何办到这一点的。那些在我们看来似乎是自然而然的意义,其实都是文化的产物,是人们熟视无睹的理智构架的结果。巴尔特在向习常意见挑战和提出新观点时,揭示了使世界具有可理解性的习惯方式,并致力改变这种方式。①

卡勒尔认为巴特一生的学术活动是为了构造"我们时代的可理解性",将人们从被蒙蔽的状态中解放出来。巴特在挑战人们习以为常的观念过程中,采取的科学方法奠定了他结构主义符号学家的地位。将符号学方法应用于时装、饮食、摔跤等文化领域,让我们看到学者型巴特的严谨与细致。但是巴特不仅仅是一位学者,同时也是一位作家,是蒙田以来法国随笔散文传统的继承者。

(二) 一生的命题:写作

李幼蒸提醒我们要注意巴特作家与学者的双重性格。《纪德与他的日记》(1942)这篇文章体现了巴特成为文学理论家之前的文学趣味。巴特称纪德是他的原始语言,是他的原始起点,从一开始他便将写作与欲望联系起来。在第一本著作《写作的零度》中,巴特认为社会场景和文学语言的惯例制约了作家的自由,从历史上继承来的写作方式酿成了文学的悲剧,作家无法超越传统的限制实现自己的梦想。巴特期待作家能够不断创新语言,象征一个新亚当世界的完美,他称文学应成为语言的乌托邦。1968年以后,巴特创作了大量的文本,希望通过写作实现自己的乌托邦之梦。在人生的最后一讲中,巴特选择"小说"作为毕生文学思想的完结篇,宣称写作促

---

① [美]卡勒尔:《罗兰·巴尔特》,方谦译,生活·读书·新知三联书店1988年版,第11—12页。

成作者的返回，促成生命的新生。因而，苏珊·桑塔格、莱热将巴特一生的活动归于写作，苏珊·桑塔格写道：

> 人们在悲痛回顾的同时也认识到，他那卷帙浩繁、主题随时改变的著作集，正象一切重要的成果一样，具有一种回溯的完整性。巴尔特本人研究工作的发展，现在看来是合乎逻辑的，甚至于还是相当完整的。他甚至于以同一个课题开始和结束，这就是在人的意识经历中运用的典型手段——作者的日记。结果，巴尔特平生发表过的第一篇文章，对他在纪德的《日记》中发现的那种典型的意识加以赞扬，而在他死前发表的最后一部作品则表现了他对自己日记活动的沉思。这种对称性尽管属于巧合，却很恰如其分，因为巴尔特的写作虽然涉及万千主题，归根结蒂不过是一个大主题：写作本身……
>
> 他的声音永远是独特的和自我关涉的（self referring）；其成就属于另外一个更高的量级，甚至高于以惊人的敏识去实践无比活跃的多学科探讨时所可能达到的程度。尽管他对有关记号和结构主义的这门未来可能成立的学科有过突出贡献，他一生活动的精华所在仍然是文学性的：一位作家，在一系列学术活动的支持下，组织着有关他自身心灵的理论。当他目前以符号学和结构主义为标志的名声界域（如其必然会的那样）瓦解之时，我想巴尔特将表现为一位相当传统的孤独的漫步者（promeneur solitaire），一位甚至比他狂热的崇拜者现在所承认的更为伟大的作家。①

莱热在《小说的准备》序言中称：

---

① ［美］苏珊·桑塔格：《写作本身：论罗兰·巴尔特》，载［法］罗兰·巴尔特《符号学原理——结构主义文学理论文选》，李幼蒸译，生活·读书·新知三联书店1988年版，第182—183页。

尽管死亡降临使得已宣布的内容中充满着隐喻或疑惑色彩，可以肯定，课程本身已蕴涵着一种作品完结的秘密，而非相反；在完成了其进程之后，《小说的准备》实现和完成了最初在《写作的零度》中提出的思考。而且这一思考，自1953年以来，从未停止过（沿着由其作品所显示的无数迂曲和策略），它围绕着一个，而且是唯一一个问题而展开，这就是文学乌托邦的问题。[①]

因而，在苏珊·桑塔格、莱热看来，尽管巴特在结构主义这门学科中取得突出成就，但是巴特的成就属于另一个更高的领域——写作，写作成为贯穿巴特思想的主线，也沟通了巴特的学术分期。巴特的后期转向是寄希望于写作，对抗资产阶级意识形态，昂扬生命意志。在以代码、写作沟通巴特思想的同时，也有西方学者介绍了巴特的前后期转向，并对巴特的后结构主义者身份提出质疑。

（三）介绍巴特后结构主义者身份

拉曼·塞尔登等人撰写的《当代文学理论导读》，介绍了巴特的后结构主义思想。书中写道：

说明巴尔特学术生涯中后结构主义阶段最关键的一点是他放弃了早先对科学的热望。在《符号学原理》（1967）中，他相信结构主义方法本身可以解释人类文化的一切符号体系。然而也正是在此文中，他认识到结构主义话语本身可以成为进一步研究的对象。符号研究者把他们自己的语言看作"二级"话语，以崇高的方式作用于"一级"的客体语言。二级语言被称作"元语言"（Metalanguage）。巴尔特认识到任何元语言都可以被置于一级语言的位置上，被另一个元语言质询，从而瞥见了

---

① ［法］罗兰·巴尔特：《小说的准备》，李幼蒸译，中国人民大学出版社2010年版，第15—16页。

一种无限的倒退（一个"死结"），它摧毁了所有元语言的权威。这就是说，当我们作为批评家读解时，我们永远不能跨出话语之处，采取一种使随后的质询式读解无懈可击的立场。所有话语，包括批评阐释，都同样是虚构的，没有一种话语可以站出来，成为真理。[1]

我们以（E）表示第一系统的能指，（C）表示第一系统的所指，元话语是指第一系统 ERC 是第二系统的所指。如下所示。

第二性系统：E　　R　　C

第一性系统：　　　ERC

也可以表示为：ER（ERC）。[2]

拉曼·塞尔登认为后结构主义之"后"在于，巴特意识到人文科学的对象不具有客观性和真实性的保证，每门新科学都将表现为一种元语言，人文科学谈论的对象实际上是作为"描述"的对象，是以谈论它的语言形式表现出来的。任何一个元语言反过来又成为一个新元语言的对象语言，这种无限后退，使得人文科学不具有真理性，而是一套无休止的语言操作系统。因此，塞尔登认为在《符号学原理》这本书中便已显露巴特后结构主义运动的端倪，后结构主义通过质疑结构主义二级符号系统的稳定性，从而放弃了对科学、真理的热情。从中，可以发现巴特的后结构主义与德里达的解构主义的不同之处。德里达经过解构分析而引出与文本的主旨相对立的东西，与文本的逻辑不一致的东西，在一定程度上把哲学文

---

① ［英］拉曼·塞尔登、彼得·威德森、彼得·布鲁克：《当代文学理论导读》，刘象愚译，北京大学出版社 2008 年版，第 181 页。

② ［法］罗兰·巴尔特：《符号学原理》，李幼蒸译，中国人民大学出版社 2008 年版，第 69 页。

本变成了一种文学文本。德里达是从文本的次要、边缘性的东西入手去解构文本的主旨和中心。巴特的后结构主义则延续了前期的结构思想，巴特通过元语言的分析，质疑结构主义的科学性、真理性。符码仍是巴特关注的对象，后结构主义只是不再将符码建构的系统看作唯一、稳定的事实，系统由于元语言的循环操作成为一个虚构的对象。

塞尔登揭示了巴特后结构主义与结构主义的联系。伊格尔顿通过分析巴特的前后期著作，试图了解巴特由结构主义走向后结构主义的过程，从中发现巴特思想的矛盾。伊格尔顿称，前期巴特运用结构主义揭示意识形态将社会现实"自然化"的运作机制。巴特认为，有一种文学的意识形态同这种"自然状态"并行不悖，它就是现实主义。现实主义抹杀了符号的身份，造成我们在没有符号干预的情况下也能观察现实的错觉。符号不是被看作一个可变的实体，而是一扇半透明的窗户，透过它可以反映、描述客观现实。现实主义作家则利用符号传达资产阶级意识形态，将资产阶级制定的价值标准强加给他者，从而促使整个社会将其制定的标准作为唯一、正确的标准加以接受。因而，巴特寄希望于建立一种文学的"科学"，这样的科学批评是为了达到了解它的对象的"真实面目"的目的，但是这一想法与巴特认为符号具有意识形态性背道而驰。我们无法以浸染着意识形态的符号建立一门超意识形态的文学科学，也无法绕过符号的干扰直面"真实面目"。于是，在《批评与真实》中，巴特开始以被称为后结构主义的术语概括文学语言的特征，认为它是一种"无底的"语言，似乎是一个由"空洞的意义"支撑起来的"纯歧义性"混乱。符号的确定性被打乱，文学作品也不再作为一个稳定的对象或界线分明的结构。为显示文本的多义性，巴特将巴尔扎克的作品《萨拉辛》分为 561 个单元，并用五种代号命名。《S/Z》一书的用意即表明对《萨拉辛》无法做出某种确定的解释，而只是摆出供人对这一作品做出各种解释的原材料。伊格尔顿不无反讽地看到巴特的解读"即使在今天看来，也没有哪一种代号好象偏离了标准的结构主义实践的轨道"①。

托多洛夫直接指出了巴特思想的一个突出矛盾：

> 他要建立一门以严格科学的原则为基础、不取决于个人趣味和学者世界观的、超意识形态的文学科学。但实际上，巴特对文学的解释是从属于一定的、只不过没有明说的意识形态纲领的：巴特的超意识形态文学研究是受意识形态决定的。②

托多洛夫认为，巴特是遵照"分解＋整合"的方针分析《萨拉辛》，这一方针是为了转变将文本视为一个封闭的实体，具有明确意义的传统阅读模式。这一方针假定：

> 涵义是在确认能指后才明朗化的。实际完全相反：分解和整合都是在预先已经通过语言形成的观念基础上进行的。从本质上说，这不是两个不同的操作程序，而是同一个操作程序，其前提主要就是要有腹稿（思考的本文）。如果被分解的要素空空如也，则经过整合之后依然会是空空如也。整合之后的涵义由何而来呢？问题就在于，不管分解和整合什么东西，这些片段都已经充满涵义。换一个说法，作家不是组合毫无意义的单词：他从一定的观念出发，他要在作品中体现这个观念，而不是相反，如巴尔特所说的那样。③

而且，如果巴特的说法能够成立，那么分解和联合就会是纯属

---

① ［英］特里·伊格尔顿：《文学原理引论》，刘峰译，文化艺术出版社 1987 年版，第 165 页。

② ［俄］波利亚科夫编：《结构—符号学文艺学》，佟景韩译，文化艺术出版社 1994 年版，第 347 页。

③ ［俄］波利亚科夫编：《结构—符号学文艺学》，佟景韩译，文化艺术出版社 1994 年版，第 358 页。

任意的操作程序："巴特正是这样认为的，但他竭力回避这两个操作程序的合理性问题。"①

在托多洛夫看来，巴特认为文本没有稳固的结构、确定的意义，其根源是错误地过高估价能指而忽视含义。巴特散解《萨拉辛》这部短篇小说，力求做到不给本文规定一个内在的形象，而是分解构成阅读的故事单位。他将《萨拉辛》假想为"能指银河系"，但分解与整合的过程实际是创作者按自己的看法赋予文本含义，并按照自己的意愿进行建构。因而，文本有无数多的意义，也具有无数多的结构。然而，巴特的本意是通过分解阅读，证实文学本质具有多义性。为此，他区分了可读文本和可写文本，可读之文只是为了捕捉作者的立意，强迫读者接受作品内某种特定的意义，而可写之文，意义具有不确定性、多元性，读者从作品的许多可能之意中选择其一时，他就会成为文本的合作者，从而将读者变为作品的创作者。承认本文多义引起的一个重要后果是文本不能有结构，从布局的角度来说，文本只能是无形态的。因为，文本没有客观的含义，只是读者——主体头脑的上层建筑，这种意义漂移状态正是文学审美价值的唯一标准。但解读文学多义性的方针——分解与整合，正是赋予确定含义、产生无数结构的过程。巴特因为过高估计能指，没有意识到这个问题。托多洛夫认为"巴尔特的结构主义与其说是语言学的结构主义，不如说是反语言学的结构主义，因为，他从一种庸俗的、简单化的语言观念出发，把符号同语言、文学、时装和路标等量齐观。打破了巴尔特的理论似乎是建立在现代语言学成就基础上的假象之后，十分清楚，巴尔特的结构主义是现代资产阶级意识形态层出不穷的花样翻新之—"②。

---

① 〔俄〕波利亚科夫编：《结构—符号学文艺学》，佟景韩译，文化艺术出版社1994年版，第358页。

② 〔俄〕波利亚科夫编：《结构—符号学文艺学》，佟景韩译，文化艺术出版社1994年版，第362页。

巴特认为意识形态的语言因为重复使用被塑造成"自然本性"，以真理之名形成垄断性的统一话语，权力运作的意识形态不断操纵着人们重复这一话语，因而真理只是陈词滥调的谎言。巴特后期采取片断式的文本写作，挑战具有超强意识形态功能的传统写作方式。传统写作采用"一通到底"的写作方式，统一的结构、完整的情节、连贯的叙事，读者只需要紧跟作者的思路，发现作者安放在作品中的意义，而片断式写作没有固定的读法，也没有稳定的意义，而是邀请读者进行再创造。巴特称："片断有一种理想：一种并非思想、并非智慧、并非真理（例如在箴言中）的高度浓缩，而且是一种音乐性的高度浓缩：与'展开'相对立的，是某种分节的、被歌唱的东西，即一种朗诵：在这里充满了色调。"① 巴特时常以音乐来论述语言，他称在巴赫和舒曼的音乐中，只听到音乐的纯粹物质性，没有产生任何评论；而听李斯特或霍罗威茨的音乐，会有数不清的形容词出现在面前。巴赫和舒曼的音乐，是巴特心仪的语言类型，这种语言是能指的海洋，没有任何意义指向，在这里才能听见自身。片断式写作即是这种音乐的高度浓缩，不是为了传达某种思想、观念，而只是传达自身。但巴特以命名的方式定义"文"，巴特认为文具有快乐和享乐的双重特性，在法文中没有相对应的词，他选取了 plaisir（快乐）/jouissance（享乐）区分文的两种类型。快乐是属于文化可以自由进入的惬意、满足、舒适感，享乐是与文化相断裂所带来的震动、震撼感。快乐/享乐是被重复使用且具有确定意义的词语，是浸染着意识形态的符码，巴特却希望通过这种享乐之文，对抗资产阶级意识形态，所以伊格尔顿、托多洛夫称巴特思想的矛盾在于以意识形态的语言建立超意识形态的文学。

---

① ［法］罗兰·巴特：《罗兰·巴特自述》，怀宇译，百花文艺出版社 2002 年版，第16 页。

尽管西方学界从不同角度介绍了巴特，但我们发现西方学界关注的焦点在其作家和学者两个身份上。作为作家的巴特一生都行走在通往文学乌托邦的路途中；作为学者的巴特不断指证语言的面具，纠正认为语言是自然、透明的媒介观点。由于对语言结构认识的深入，巴特后期放弃了前期建构统一、稳定结构模式的幻想，但这种反叛不是对结构的反叛，而是对系统科学的反叛，在巴特看来世界是由代码建构的。因而，西方学者认为巴特的思想主题始终如一。将巴特在东西方学界的形象进行对比，我们发现，巴特思想在中国存在两次质的转变，与西方学者发现的一致性背道而驰。巴特在中国的最初形象是结构主义者。20 世纪 90 年代中国研究界更多关注巴特的后结构主义者身份，普遍认为巴特在写作《S/Z》后彻底背离了前期的结构主义活动。但塞尔登认为巴特在《符号学原理》中便对结构主义进行了反叛，巴特的后结构主义结合了结构主义叙事学的某些思想。卡勒尔、霍克斯以编译代码沟通了巴特的学术思想。卡勒尔认为巴特一直致力构造我们时代的可理解性，霍克斯认为《S/Z》要瓦解的正是《写作的零度》与《神话学》中揭示的资产阶级意识形态。伊格尔顿、托多洛夫则认为巴特的后结构主义思想仍延续了前期的结构主义活动，两位学者发现了巴特思想的矛盾之处，巴特希望建立超意识形态的文学，却以浸染着意识形态的符码解释文学。因此，在西方学者看来，巴特的前后期思想具有延续性。在中国学者眼中，巴特后期不仅完全否定了前期思想，而且晚年由学者转型为作家。21 世纪，研究界关注的侧重点转移到巴特的作家身份上，认为在《罗兰·巴特自述》《明室》中提出"作者死了"的观点的巴特已成为过去式，而转变为敢于剖析自我的作家。然而，在苏珊·桑塔格、莱热看来，写作是巴特一生的主题。在《纪德和他的日记》这篇早于《写作的零度》的文章中，巴特便思考了日记体写作。因而，巴特在中国的形象迥异于他在西方学界的形象。

第二节　研究思路及论文框架

20世纪80年代研究界关注巴特的结构主义思想，90年代关注的焦点转移至巴特的后结构主义思想，研究界普遍认为巴特后期彻底颠覆了前期的结构主义活动。21世纪，巴特文论又引发了研究界新的话题，我们看到了一个前所未见的巴特，巴特超越文学领域，流行于新闻、传播、广告、艺术等大众文化领域。在中国学者眼中，巴特是立场不坚定、花样翻新的"结构变色龙"，但在西方学者眼中，巴特的思想具有一致性。为何巴特在中国的形象迥异于他在西方的形象？加达默尔说："一部接受史是一部读者理解的历史。"理解不可能是客观的，不可能具有客观有效性，理解不仅是主观的，理解本身还受制于决定它的"前理解"。因而，理论的接受不能只看其在多大程度上转述原意，而要看其与本土文化的结合程度，以及对研究中国文艺理论的指导和借鉴意义。理论不可能成为"空降兵"，如果无法找到与文化的契合点，只能备受冷落，乃至被遗忘。文化的土壤滋养了巴特，让其在中国落地生根。我们也无法还原一个客观真实的巴特，巴特只有在不同地域、不同时代与读者对话才能被激活，显示其理论切入当下现实的说服力，在反复演绎中逐渐释放属于巴特的魅力。因此，只有在中国文论发展的背景下研究巴特文论，才能较为切实地评论其价值。

中国文论的发展是否是形成巴特文论在中国接受阶段性特征的原因？这个问题成为笔者构思论文的主线。笔者将在中国文论发展的历史背景下研究巴特文论的接受史。如何才能将巴特文论的接受与中国文论的发展结合起来，从而揭示巴特文论的"中国化"特征，成为构思这篇论文的难点。如果以巴特自身的学术分期安排结构，就能够集中反映巴特的某一思想在中国的接受过程，但这只是突出强调巴特的学术分期，中国研究界却不是按巴特的学术分期接受巴特的思想的。巴特在中国接受的四个时期与巴特自身的学术分期有相互照应之处，也出现了混杂的局面。如 20 世纪 80 年代研究界主要介绍《结构主义——一种活动》《叙事作品结构分析导论》《符号学原理》等篇目，这些篇目是巴特符号学科学阶段的代表作。90 年代研究界讨论的热点问题是"作者死了""文本理论"等观点，这是巴特在"文本"阶段提出的观点。但在中国"社会神话"研究阶段被略过，巴特最先被译介的是其第二阶段符号学科学阶段的代表作。90 年代，研究界在关注"作者死了""文本理论"这些后结构主义文论的同时，又对"零度写作"这一在"社会神话"研究阶段提出的概念及结构主义作品《历史的话语》产生兴趣。《历史的话语》在 1978 年已被翻译出来，到 90 年代与后结构主义文论一起被谈论。21 世纪以来，研究界关注的对象涉及巴特各阶段的作品，《神话学》《流行体系——符号学与服饰符码》《罗兰·巴特自述》《明室》这些前期被忽略的作品回到研究者的视野当中。《神话学》是"社会神话"研究的代表作，这本书在 1999 年才被翻译出来。《流行体系——符号学与服饰符码》是结构主义的代表作，但 80 年代研究界在介绍巴特的结构主义思想时，没有重点关注这本书，这本书在 2000 年才被翻译出来。《罗兰·巴特自述》《明室》是巴特后结构主义的代表作，但 90 年代研究界在介绍巴特的后结构主义思想时，这两本书并没有引起研究界的重视，直到 2002 年才被翻译出来。《符号学原理》这本书在 80 年代作为巴特结构主义的代表作被谈论后，在 21 世纪又重新成为研究的热点问题。这种混杂局面是接受史研究的重点，但如果放在巴特学术分期的框架下就会显得杂乱无章。

　　因而，笔者按照巴特文论在中国出现的先后顺序安排结构。尽管中国研究界并非完全按照巴特的学术分期介绍巴特的思想，但巴特在中国的形象具有阶段性特征，八九十年代的阶段特征与巴特符号学科学阶段、"文本"阶段相照应。为兼顾巴特自身学术分期与中国文论的相照应之处，笔者以巴特的学术思想概括某一接受阶段的特征。从概述中我们发现巴特文论在中国的接受具有阶段性特征，20 世纪80 年代初是巴特文论在中国接受的发轫期，我们将这一时期巴特在中国的形象特征概括为"形式主义者"。20 世纪80 年代末90 年代初，学界掀起了翻译巴特文论的高潮，巴特的结构主义及后结构主义文论全面引入后，研究界出现了大量介绍巴特文论的理论著作及发表在学术期刊上的文章，推进了80 年代初对巴特结构主义思想的认识，他这一时期的形象特征可概括为结构主义者。20 世纪90 年代初到21 世纪初是巴特文论接受的高潮期，巴特转型为后结构主义者。21 世纪以来是巴特文论接受的延续期，巴特文论被应用到大众文化领域，文化巴特成为这一时期的形象特征。四个阶段各有侧重点，第二个阶段是巴特文论在中国接受过程中的重要过渡期，既推进了80 年代初期对巴特结构主义思想的理解，又为巴特在中国由结构主义者向后结构主义者的形象转变做了理论铺垫。其余三个阶段巴特文论被谈论的话题发生了明显转移，侧重点分别为结构主义、后结构主义、文化符号学及写作。为揭示巴特形象转变与中国文论转型之间的联系，笔者按照中国研究界谈论巴特文论的方式及意图设置章节。这样，从结构安排到章节设置，均能体现巴特文论在中国的接受特征，展示巴特文论接受的原因，以及如何被接受。

第一章 "形式主义者"巴特——20世纪80年代初巴特文论接受的发轫期

第一节 1978—1980年巴特文论引入中国的初始阶段

    罗兰·巴特文论于20世纪70、80年代之交引入中国。20世纪50—70年代的文艺理论界，文艺忠实于生活，反映历史客观规律成为主流话语，内容对形式具有绝对的支配地位。俄国形式主义以来的语言学转向却消解了这一界线，内容即形式，形式即内容。形式主义分析注重理性的科学分析，将一切形而上的概念拉回到文本，称语言之外不存在任何立足点，这一强烈反差使得形式主义批评最初在中国扎根尤为不易。巴特对形式的强调令其最初以"形式主义者"的形象被中国研究界结识，之所以加引号，是因为研究界在形式/内容二分的理论框架下理解巴特，"形式主义者"的称号是对巴特结构主义思想的批判。

    国内第一篇专述结构主义文论的文章是袁可嘉的《结构主义文学理论述评》，袁先生认为结构主义不考虑文学作品产生的社会历史条件和作者的世界观，使得文学成为无源之水，成为一个僵化的机械系统。袁先生还认为社会历史与作者乃是作品意义之源，结构主义者若切断作品与历史、作者的关联，就会使他们得出的结论带有很大的局限性。同时，袁先生遵基于量变与质变的马克思主义唯物论，认为结构主义者试图在所有文学作品中找出一个稳定的结构模式，只是追求量变而没有实质的不同，势必会阻碍革新。为了表达自己的马克思主义立场，袁可嘉对巴特的结构主义思想进行了批判：

> ……但不少结构主义者坚持某个系统的结构是独立自足的论点，他们在注意本系统的同时，往往排斥其它的系统（如社会制度，历史条件等等）对它的影响，例如巴尔特在论拉辛的戏剧时就不顾当时历史社会的条件，把剧中人物只当作结构形式来处理，因此他们所得的结论往往一孔之见，而带有很大的片面性。他们经常标榜的"科学性"和"客观性"是要打很大折扣的。[1]

结构主义批评以科学精神冲击传统人文思想，袁可嘉却认为巴特结构主义批评的"科学性"和"客观性"要大打折扣。因为袁先生认为社会历史具有客观真实性，结构主义批评不顾当时的社会历史条件，把剧中人物只当作结构形式来处理。在原有的文学批评中，形式主义无疑是个贬义词。形式主义违背了内容决定形式、内容与形式相统一的科学原理，把形式的作用夸大到不恰当的地步。总是追求表面形式，而不管形式体现什么内容，其结果往往是形式与内容脱节，形式决定内容，必须加以纠正。在《结构主义——一种活动》译后记中，袁先生更是批判巴特理论具有唯心主义色彩，袁先生写道：

> 巴特的理论与其它结构主义者有相同处，也有不同处。他强调人的精神活动赋予事物以意义，不象有的结构主义者（如谢拉·谢奈特）更重视事物的结构是客观存在；他倾向于把事

---

① 袁可嘉：《结构主义文学理论述评》，《世界文学》1979 年第 2 期。

物从历史运动中抽出来加以分割和组合。巴特理论的唯心主义和形式主义倾向是相当明显的。①

巴特的结构主义批评不尊重客观事实，站在唯物主义的对立面，只是通过主观想象强调人的精神活动，所以具有形式主义和唯心主义倾向。袁可嘉不仅批判巴特理论，并且在旧的理论框架下理解巴特的结构主义思想。袁先生在《结构主义——一种活动》中，将能指（Signifiant）翻译为指示物，将所指（Signifié）翻译为被指物，这一翻译容易将所指理解为对象，而不是概念（这一错误在1987年张小鲁翻译的版本中得到纠正，翻译为能指和所指）。同时，袁先生将元语言（Métalangage）翻译为玄妙语言学，并解释为研究语言与文化方面其他因素之间关系的学科。在《符号学原理》中，巴特专门介绍了元语言，巴特认为人文科学的对象不具有客观性和真实性的保证，每门新科学都将表现为一种元语言，人文科学谈论的对象实际上是作为"描述"的对象，是以谈论它的语言形式表现出来的。因而，元语言不是一门研究关系的学科，人文科学即是元语言。从翻译术语的晦涩，我们不难发现结构主义思想对中国传统思维模式的冲击力。

国内第一篇对巴特原文的翻译是李幼蒸翻译的《历史的话语》（1978），刊载于张文杰选编的《现代西方历史理论译文集》。李先生称这篇文章的思想成为他研究结构主义和符号学的主要"引线"之一。紧接着，1980年商务印书馆出版了李先生翻译的、国内第一本介绍西方结构主义思想的译著《结构主义：莫斯科—布拉格—巴黎》。李先生在脚注中对语言学转向的一些术语进行了详细的解释，如文本（最初译为本文）、能指、所指、组合、聚合、隐喻、换喻等。李先生对记号（Sign）的解释为：

---

① ［法］罗朗·巴尔特：《结构主义——一种活动》，袁可嘉译，《文艺理论研究》1980年第2期。

记号（sign）：记号与记号系统是符号学的研究对象，也是结构主义的基本概念之一。记号一词的含义在不同人的研究中十分不同。但目前法国结构主义者所使用的记号一词基本上是遵循索绪尔的定义的。索绪尔不把 sign 当做音符或字符本身，而是把它定义为能指与所指之间的关系，所以他说记号是形式而非物理实体。因而法国结构主义者就把"记号"看做一个"意义关系的整体"，它包括三个组成成分，即两个关系项（指示者和被指示者）和二者之间的关系。①

李先生的解释强调符号是一种形式，包括指示者、被指示者及二者之间的关系三个组成部分。袁先生将符号解释为用声音和形象指向某个事物，这二者的关系只有放在该种文字系统中才能被理解，袁先生仍是在马克思主义唯物论的体系下认识结构主义，强调词与物的对应关系。李先生则认为结构主义思想中体现的"科学性"与传统哲学的"玄学性"形成对比，这种科学实证主义受到马克思主义文论的批判，但结构主义的精髓正在于与传统哲学认识论的断裂，向人类人文科学结构本身提出挑战。

巴特文论最初作为西方文艺新思潮被引入中国，袁可嘉、李幼蒸的介绍代表着当时中国文艺界的两种倾向。袁可嘉对这一新思潮加以批判，李幼蒸则意识到结构主义批评所引发的人类思维革命。李先生认为萨特和巴特代表第二次世界大战后法国两大文学理论思潮——存在主义文学观和结构主义文学观，这两种相反的"文学认识论"是近现代以至当代的两大西方文学和美学潮流。受人本主义思想影响的中国研究界很容易理解萨特的存在主义哲学观，却难以接受巴特的结构主义美学。李先生称巴特的思维方式不容易为当时长期与世界脱节的国内文学理论界所了解，李先生选编的《符号学

① ［比］J. M. 布洛克曼：《结构主义：莫斯科—布拉格—巴黎》，李幼蒸译，中国人民大学出版社 2003 年版，第 4 页。

原理——结构主义文学理论文选》这本国内最早翻译的巴特文学理论文集，历经两年在多家出版社连续碰壁之后，终于在1988年由生活·读书·新知三联书店出版，这本书的艰难出版反映了当时研究界对结构主义文论的陌生。那么，结构主义批评与中国传统文学批评是如何从棋逢对手走向握手言和的呢？巴特结构主义文论又是如何由陌生的新思维变为研究界熟悉的方法？我们将从巴特文论引入的时代背景解释这种转变的历史过程。

第二节 "方法论"热潮作为巴特文论引入的历史机缘

20世纪70年代末80年代初以阶段斗争为取向的现实主义原则受到朦胧诗论的挑战，朦胧诗论围绕三个"崛起"展开。三个"崛起"指谢冕的《在新的崛起面前》、孙绍振的《新的美学原则在崛起》、徐敬亚的《崛起的诗群》三篇文章。徐敬亚在《崛起的诗群》中称：

> 在60年代，诗就这样成了"镜子"，成了一味映照外在世界的镜子。而80年代的青年诗人说："诗是一面镜子，能够让人照见自己。""诗是诗人心灵的历史"、"诗人创造的是自己的世界"——这是新的诗歌宣言！代表了整个新诗人的艺术主张。他们认为诗是"人类心灵与外界用一种特殊方式交流的结果，"认为"反映表面上的东西，成为不了艺术"。这样，就从根本上否定了对生活进行照像式简单写实的传统诗歌。①

朦胧诗论引发了文艺研究界的大争论，郑伯农对徐敬亚进行了严厉的反驳：

---

① 徐敬亚：《崛起的诗群——评我国诗歌的现代倾向》，《当代文艺思潮》1983年第1期。

"……从五十年代的牧歌式欢唱到六十年代与理性宣言相似的狂热抒情诗，以至于文革十年来宗教式的祷词——诗歌货真价实地走了一条越来越狭窄的道路。"他的否定当然不仅限于形式，首先还是内容。徐敬亚同志明确地提出，新诗的出路就在于发展现代主义倾向，"归根到底，现代倾向要发展成为我国诗歌的主流"。"这股具有现代倾向的新诗潮"，将与"在中国兴起的其它艺术门类中的现代萌芽一起，归入东方和世界现代艺术潮流"。值得注意的是徐敬亚同志的文章在若干方面已经超出了讨论文艺的问题。什么新诗潮的出现是"伴随着社会否定而出现的文学上的必然否定"呀！什么对生活的回答是"我不相信"四个大字呀！什么要有"与统一的社会主调不谐和的观点"呀！等等，这是仅仅表达了某种文艺观点，还是也表达了某种社会观点呢？[1]

徐敬亚认为诗应成为诗人心灵的历史，诗人自己创造世界。这种审美浪漫主义挑战了现实主义的权威，割断了诗歌服务于政治斗争的传统。因而，在郑伯农看来，徐敬亚表达了某种社会观点。

朦胧诗之争体现了革命工具主义与审美自主主义的较量。线性、机械、孤立的社会历史分析方法，在新的历史形势下没有获得新的发展，反而被庸俗社会学化，使得文艺理论界陷入狭窄的发展空间，不仅禁锢了人们的思想，也滞后于文学创作，研究界亟待以新的方法来研究文艺现象。人们逐渐认识到方法对于研究文艺理论的重要性，如"文艺是社会生活的反映"，从唯物论角度看，是毫无疑问的，然而从价值论角度看，这一观点忽视了文学的美学价值，无法解释复杂的文学现象。人文学科更多的应该是一种价值判断，反映论的独断态度不仅使得文学丧失了自主性，还失去了发展的空间。

---

① 郑伯农：《在"崛起"的声浪面前——对一种文艺思潮的剖析》，《诗刊》1983 年第 12 期。

文学理论能不能变成一种自主的学问,很大程度上依赖于研究方法的自觉性和多样化,研究空间的拓展,特别是对文学问题解释的多样化。为打破机械反映论的僵局,研究界掀起了一股科学主义之风,1985年被称为"方法年"。科学主义的方法主要是新、老三论的兴起,"新三论"是指系统论、控制论、信息论。"老三论"是指协同论、突变论和耗散结构论。在新、老三论被引进文艺学研究的同时,生物学、物理学、神经生理学、脑科学、模糊数学等自然科学的方法也纷纷被引进文艺学研究领域。他们力图把文艺学纳入定量化、精密化和科学化的轨道,使文艺学学科的研究获得完全的科学性。这一时期,俄国20世纪初的形式主义文论、英美的"新批评"、法国20世纪60年代兴起的结构主义批评(包括叙事学),作为科学主义文论被大量引入。

从巴特文论在这一时期的译介情况来看,译者是根据研究界的需求选译对象,译者的引言及译后语反映出当时国内文学研究界在"方法论"热潮的带动下,极为关注以巴特为代表的西方结构主义文学批评理论的事实。邓丽丹翻译的《文学作品的结构分析》,是《叙事作品结构分析导论》的中文简化版,直到1984年张裕禾译本的出现,《叙事作品结构分析导论》才有了正式的中文译本。邓丽丹在文章结尾总结了两点。

1. 结构主义致力探寻文学作品内在的结构,对各要素及要素间的相互关系进行精确的描写,企图建立科学的、客观的文学批评。这种尝试虽然包含不少缺陷,但至少可以给作品的材料提供详细而精确的描写。

2. 结构主义旨在打破传统文艺批评中由于过分依赖社会学和心理学而产生的主观臆断的倾向,企图建立一个以形式为主要依据的内在的批评,虽然它有形式主义之嫌,但也提出了如何防止评论者将缺乏科学根据的属于主观臆断的东西强加给作品的问题。①

张裕禾在《叙事作品结构分析导论》正式中文译本中写道：

> 用结构主义观点和方法研究文学作品始于本世纪二十年代。经过六十年的发展，结构主义文评在理论上和实践上都有了很大发展，特别是近三十年来，发展尤为迅速，成为欧美文学批评的一个重大流派。法国文学批评家对结构主义文论在理论上的建树甚丰，代表人物有罗朗·巴特（1915—1980）、兹维坦·托多罗夫、克洛德·布雷蒙、热奈特、阿吉达斯－于连·格雷马斯等。他们的观点不尽相同，但都以叙事作品的内在规律作为研究对象，努力探求构成叙事作品的各种成分，试图弄清语言信息变成艺术作品的奥秘。连术语也完全照搬，可见其理论仍处于探索、草创阶段。②

《叙事作品结构分析导论》的中文简化版本与正式中文译本的相继出现，体现了研究界对巴特文论的关注。较之袁可嘉的批判态度，研究界从方法的角度肯定了巴特的结构主义批评，结构主义批评迎合了中国的"方法论"的热潮。西方语言学转向是建立在西方语言的逻辑基点上的，深受逻各斯中心影响的西方世界一直以语言的智力因素而自豪。洪堡特在《论人类语言的结构差异及其对人类精神发展的影响》一书中分析了语言的特性，他认为语言的特性是由思想与语音的结合方式决定的。"首先是逻辑排列的清晰性和确定性，这是思想得以自由发展的唯一可靠基础，而且体现了智能活动的规律性和广泛性；其次是对丰富感性形象及和谐感的要求。"③ 根据这

①　邓丽丹：《文学作品的结构分析》，《外国文学报道》1983 年第 1 期。
②　[法] 罗兰·巴特：《叙事作品结构分析导论》，张裕禾译，《外国文学报道》1984 年第 4 期。
③　[德] 洪堡特：《论人类语言结构的差异及其对人类精神发展的影响》，姚小平译，商务印书馆 1999 年版，第 217—218 页。

一标准，洪堡特认为符合语言发展规律的语言是屈折语，因为屈折语能通过丰富的语音系统准确地表达概念。屈折语以高度的综合能力对语根进行语音形变表达各种语法形式，从而保障了词的稳固统一性，明确了词与句子的关系。汉语则是偏离语言发展规律的语言，因为汉语语音系统贫乏，不能满足语音准确表达思想的要求。汉语中所有的词都是语根，没有时态等各种语法变化。汉语的这一特性造成了中国文论重感悟式品评而缺乏科学的理性分析，这不能不说是一个先天不足。兴盛于20世纪60年代的法国结构主义，以其科学精神冲击着整个西方学术思想潮流，这一路径与中国传统批评形成强烈对比。正如康林所说：

> 在古代，占主导地位的儒家美学思想重伦理、重功利，轻视艺术形式研究。得益于老庄的各种艺术论则拙于逻辑思辨，不谙形式抽象。古典文论中虽不乏对诗、词、赋等文体作形式的分析，但从某种意义上说，大都局限于语体风格上的比较和描述。而且，各种文论或批评的概念，如意境、神韵、风骨、性灵等，均含有精神意向，难以用于客观缜密的形式分析。五四以后，特别是建国以来，出于各种复杂原因，"社会批评"充分发展，定于一尊，形式批评非但未获立足之地，反而头悬"形式主义"大棒，倍受讥蔑，横遭压抑。因此，无论从哪一角度看，中国文论都缺乏形式研究传统，汉语文学历来殊多"内容批评"而少有形式分析。这与西方有很大区别。在西方，尽管系统严格的形式结构批评及其理论形成也只是二十世纪的事，但它数十年来充分发展，已成为一股强大的艺术批评潮流。从现代美学的观点看，这一潮流的勃兴不啻艺术自觉的标帜：感性形式是文学艺术的生命，只有充分发展这方面的批评研究，文学艺术及其理论才有成熟之希望。否则，无论其他方面多么发达，艺术理论的王国终是残缺不全，半壁沦落。相形之下，

我国文学理论与批评的发展不能不说具有重大缺陷。而立志全面建构文论体系的当代理论、批评界，对弥补这一缺陷负有义不容辞的责任。①

因而，中国研究界引入结构主义批评，是发展中国文论的自觉选择。结构主义批评不仅有利于弥补中国传统文论的先天不足，也有助于打破社会历史批评一揽江山的局面。传统批评是从审美感受向外探讨，注重作品包含的社会历史内容及作家的精神气质，结构主义批评是向作品内部开掘，以作品本身的结构关系印证审美感受，注重对各种结构关系做细致的解剖分析。两种批评相互补充，对立统一，研究界期待结构主义批评的内部研究与社会历史批评的外部研究联姻，从不同的角度发掘文学本质的多维结构。不只是巴特的叙事理论得到研究界的关注，热奈特、托多洛夫的叙事学也在这一时期被大量引入中国。仅《外国文学报道》1985 年第 5 期上，就刊登了热奈特的四篇文章和托多洛夫的三篇文章。

第三节　巴特文论作为发展马克思主义文论的理论资源

巴特文论引入中国后，其内化过程是作为发展马克思主义文论的理论资源。20 世纪 70 年代末 80 年代初中国文论出现了两种倾向，即革命工具主义与审美自主主义，革命工具主义依据的是现实，审美自主主义依据的是人道主义。具体表现为现实主义倾向与强烈主体自我意识的较量，这一时期的文学被称为"新时期"文学。现实主义是新时期文艺思想的主潮，它与社会改革相呼应，关注人的命运，干预现实生活，同时又产生了另一种创作倾向，即对自我的超

---

①　康林：《本文结构批评的"拿来"与发展》，《文学评论》1987 年第 5 期。

越，对精神自由的寻求。两种倾向互相补充，成为新时期文艺的根本特点。

在1985年第6期和1986年第1期的《文学评论》上，刘再复发表了长篇论文《论文学的主体性》，这篇文章引发了文学主体论与反映论的争执。这篇论文的主旨是确立"文学是人学"的命题，刘再复说：

> 文学中的主体性原则，就是要求在文学活动中不能仅仅把人（包括作家、描写对象和读者）看做客体，而更要尊重人的主体价值，发挥人的主体力量，在文学活动的各个环节中，恢复人的主体地位，以人为中心，为目的。具体来说就是：作家的创作应当充分发挥自己的主体力量，实现主体价值，而不是从某种外加的概念出发，这就是创造主体的概念内涵；文学作品要以人为中心，赋予人物以主体形象，而不是把人写成玩物与偶像，这是对象主体的概念内涵；文学创作要尊重读者的审美个性和创造性，把人（读者）还原为充分的人，而不是简单地把人降低为消极受训的被动物，这是接受主体的概念内涵。①

刘再复的主体论宣言在研究界引起了轩然大波，遭到陈涌等人的反对。陈涌认为刘再复将马克思主义的观点与方法一起否定了，在《文艺学方法论问题》一文中，陈先生写道：

> 文艺学方法论的一个重要课题，就是要正确地解决文艺作为社会意识形态的普遍本质和文艺作为反映生活的特有方式的特殊本质的关系问题。马克思主义文艺学的方法论，只能建立在历史唯物主义的意识形态论和辩证唯物主义的认识论的基础上。历史唯物主义的意识形态论和辩证唯物主义的认识论是我

---

① 刘再复：《论文学的主体性》，《文学评论》1985年第6期。

们考察全部意识形态问题的理论基础，同时也是考察全部意识形态问题的方法论的基础，因为在我们看来，理论和方法是一致的。①

文学主体性论争可以说是朦胧诗论的延续。陈涌强调文学是社会生活的反映，刘再复认为以反映论为基本构架的哲学，忽视了存在的主体性，是一种"单一线性思维方式"和"机械决定论"，因而要构筑一个"以人为思维中心的文学理论与文学史研究系统"。刘再复呼吁文学要由外向内转，回复到文学自身。他并非反对马克思主义，只是反对旧唯物主义机械、直观的反映论。他认为这种反映论抹杀了文学的审美性，文学审美性必须依赖具有完善的审美心理结构去把握世界的人，恢复人作为实践主体的地位。刘再复关于"文学是人学"的论述仍依据马克思主义学说，反对以阶级性代替人物活生生的个性，用阶级性淹没人的主体性，把人视为阶级的一个符号，规定为阶级机器上的螺丝钉，人便失去了主动性，失去了人所以为人的价值。

主体论要赢得这场论争的胜利必须突破旧唯物论僵化的思想体系，寻找新的理论来源，防止马克思唯物主义滑入庸俗的社会历史批评，为主体赢得尊严。结构主义批评切断文学与社会、文学与生活的直接联系，强调文学作为一个独立自足的体系，有力地反驳了机械反映论，社会生活不可能成为文学的唯一来源，文学作品本身的结构成为研究的重点。因而，结构主义批评作为发展马克思主义唯物论的有利资源参与了这场论战。反映论与主体论的此消彼长是新时期文艺理论的特征，巴特的结构主义批评只有作为主体论应战反映论的武器才有利用价值，研究界只能在反映论与主体论的两极内接受结构主义。钱中文指出了这一时期引入西方文论的原则：

---

① 陈涌：《文艺学方法论问题》，《红旗》1986 年第 8 期。

六十年代结构主义代替了"新批评派"。结构主义者从语言的角度来研究文学，认为作家使用语言，并不与语言之外的事物相关，而只指向语言自己。有的人把文学研究归结为"诗的"语言的研究，语言的"诗的功能"在于"表达本身的目的性"，"这一功能加强了符号的可感性，加深了符号与对象之间的根本鸿沟"；有的人从语义学的角度，把文学作品视为句子式的语义结构，有的人则从句法角度研究作品。如果"新批评派"只谈作品本身的问题，避开了与作者、社会的关系，结构主义就把文学研究局限到语言本身、句法的范围去了。罗兰·巴特有篇文章叫《作者之死》，意即作品出来后，与作者就无关了，作者就消失了。继结构主义之后，接受美学理论、读者反应批评理论又流行起来。

……应用上述方法，我以为关键问题是文学观念。文学观念大体正确，那么运用多种方法，就能使研究深入；如果文学观念缺乏科学性，那末就会使研究走向片面和谬误，就会使文学研究脱离文学创作实践，变成一种纯思辨的烦琐求证。因此建立正确的马克思主义的文学观念是把握与运用多种研究方法的根本性问题。当然，文学观念不是一成不变的。马克思主义的文学观念需要深化，需要丰富和发展，否则就会停滞不前，不同的科学研究方法，为它的丰富和发展提供了新的现实的可能。①

钱先生这段话印证了在方法论时期，研究界对"新批评""结构主义""接受美学"等西方文艺理论敞开了大门，期待以更多的方法打破现有的僵局。研究界日渐意识到革命工具论抹杀了文学的审美价值，这种批评方式只是从外部分析文学，文学自身的美学价值并没有得到重视。结构主义批评认为文本一经创作，便脱离外在

---

① 钱中文：《文学研究方法创新笔谈》，《文学评论》1984年第6期。

世界获得本体意义，成为独立的审美实体。这个实体借助语言自我生成，虚构出一个完整自足的世界。结构主义批评以精密的分析揭示文学语言的审美特征，文学得以摆脱工具论的附属地位。研究界希望借助结构主义批评矫正传统文学批评的"外部研究"方式。但钱先生认为最关键的是要以发展的马克思主义文学观念把握与运用多种研究方法，只有观念正确，才能将研究导向深入。这反映了当时研究界的普遍共识，这一原则直接影响了巴特文论在中国的接受过程。

一　在马克思主义文论的理论框架下理解巴特文论

张裕禾于 1981 年在《外国文学报道》上发表了《新批评——法国文学批评中的结构主义流派》一文，张先生说：

> 索绪尔结构主义理论不仅推动了语言科学本身的发展，而且也促进了人文科学及其他学科的发展。人类学和诗学是当代西方受结构主义影响较深的两个学科。文学研究属诗学范畴。一些文学批评家效法索绪尔，认为他们研究的对象——文学作品也是一个独立自主的整体。一篇文学作品首先是按语言规律组织起来的语言的产物，因此小说中的人物在接受心理范畴的研究之前，应该先看作是由词汇构成的人，是一个语言的建筑物。文学批评家不应再象从前那样优先研究作品说了些什么，意义何在，而是要"描述作品的可接受性"（罗朗·巴特语），研究作品是怎么说的，产生作品的方法是什么。雅各布森认为，为了知道"是什么东西使一部作品变成了文学作品"，为了知道"是什么东西使言语的信息变成了一部艺术作品"，就必须研究作品的"文学性"，就必须对作品进行"原文分析"。原文是与别人的评论和注释相对而言的，意思是指作者的原话，书中的原话。①

---

① 张裕禾：《新批评——法国文学批评中的结构主义流派》，《外国文学报道》1981年第 3 期。

文中引用的"原文分析",指的是"文本分析",从张裕禾对"原文分析"的解释可见,张裕禾仍是在作者—作品之间理解"文本"。"文本"与作品无异,只是一件完成了的,摆在图书馆书架上的物品,作者是"文本"的意义之源,作者与"文本"是父与子的关系。在这一框架内,张裕禾无法理解人物只是纸上的生命,只能将"文学作为独立自主的结构",理解为"小说中的人物在接受心理范畴的研究之前,应该先看作是由词汇构成的人,是一个语言的建筑物"。在结构主义者看来,人是被语言建构的,结构主义拒绝对人物做心理分析。

1916 年,索绪尔的《普通语言学教程》出版,标志着结构主义语言学的诞生,法国结构主义者将结构主义语言学方法应用到文学批评。索绪尔在《普通语言学教程》中将语言看成声音的能指和概念的所指的结合体,语言不再是名与物的指涉关系,而是声音和思想的结合体。语言只是区分和对立的游戏,不再能复制世界,而是反映人的思维态势。文化成为一套象征体系,不再具有原生原态性,而是被建构的。因此,语言不只是停留在概念领域,而是扩展到现实世界。语言建构人,语言极少是他或她的产物,而他或她在很大程度上是语言的产物。那么,"文本分析"即张裕禾所说的"原文分析"不是指作者的原话,在结构主义者看来,作者是语言的产物。

王泰来用文字、含义、人物、故事解释《叙事作品结构分析导论》的三个层次,他写道:

> ……此时巴特的注意力主要在文字表达的功能方面,他认为"叙述文完全由功能组成,这就是说在不同程度上,文中所有的一切都表现一定的意义。这并不是艺术问题(对叙述者说)而是结构问题:在文字范畴内,一切标出来的东西从定义上说都是值得注意的,即使是一个看起来毫无意义,无功能可言的细节,也许就是表达了荒谬或无用这个意思本身,因此,一切

都有含义或者什么也没有"。接着他又说艺术："是个纯粹的体系，没有一个构成他的元素是虚设的，不管这根线多么长，多么松松垮垮，多么纤细，他总是与故事的某个层次联系在一起的。"在这里，巴特明确地提出了文学作品是个完整的体系，有其内在结构。他在这篇文章中还提出要区分叙述文描写的三种不同情况：功能、行为、叙述。功能是指文字本身具有一定的含义；行为是指作品中人物的所作所为，包括意愿、交往和斗争；叙述是指叙述者自己如何理解故事并怎样向读者介绍。巴特的这些观点成为对文学作品（主要指叙事体）结构分析的重要论点。结构主义文艺批评的形成与罗兰·巴特对学院派以及对"存在的批评"的两次论战是不可分的。①

张裕禾将功能、行动、叙述翻译为功能是最小的叙述单位，意义是衡量功能单位的标准，行动是序列与上一层话语主体的结合，叙述层由叙述性的符号——全部算符所占据，算符把功能和行动重新纳入以授予者和接受者为基础的叙述交际里。② 王泰来将三个层次解释为：功能是指文字本身具有一定的含义；行为是指作品中人物的所作所为；叙述是指叙述者自己如何理解故事并怎样向读者介绍。从术语的使用来看，王泰来是从旧有的理论框架出发解释语言学转向的新名词。以文字的含义解释意义作为衡量单位的标准，让人无法知晓划分功能的原因何在。以人物的所作所为解释行为层，是主体理论的典型表现。主体理论认为，作家不能粗暴地干涉或扭曲人物的性格逻辑，他应当允许人物根据自己的思想、感情或者欲望为人处世；不仅故事情节无权损害人物性格的完整性，而且作家的个人看法也不该强行压制人物的不同见解。然而，结构分析并不将人

---

① 王泰来：《关于结构主义文艺批评》，《外国文学研究》1981 年第 2 期。
② 参见 [法] 罗兰·巴特《叙事作品结构分析导论》，张裕禾译，《外国文学报道》1984 年第 4 期。

物看作"有血有肉"的人,结构主义者反对用心理本质这样的词来说明人物的特点,人物只是行为序列的参与者,是为了表现深层的结构而存在,他随时可以被替换。王泰来认为叙述是指叙述者自己如何理解故事并怎样向读者介绍,混淆了叙述者与作者的关系,认为叙述者等同于作者,读者必须从作者的意图出发理解作品,作者对作品具有决定权。

为了将结构主义批评纳入马克思主义文论的框架,季红真对结构主义进行了改造。季红真将社会历史大系统作为外部结构,并认为必须通过作家,才能沟通所指和能指之间的象征意义。季红真说:

> 无论怎样抽象的结构框架都有其与社会历史条件和作家个人因素对应的方面。例如罗兰·巴尔特在拉辛悲剧中找到的二元对立的框架,恰恰是欧洲十七世纪君主政治与市民自由意识、封建义务与个人情感矛盾的高度凝聚,是时代的基本矛盾冲突在结构形式上的积淀。而作家要求自由反对专制的鲜明倾向决定了艺术选择中的指向性,渗透在生与死、爱与恨、光与影等一系列细节的审美评判中。它的非自觉性仅仅在于作家的理性没有抽象出先于作品情节的结构形式,而需要后人去发现。因此,社会历史状况与作家生平思想的研究都是必要的,只是不够完全。结构的原则提供了新的研究角度,但这个角度的发现无须排斥其它的角度,而恰恰提供了其它角度的方法予以综合的可能。①

季红真对巴特纯粹形式主义的结构分析表示不满,通过区分内部结构与外部结构,加入社会内容及作家的能动性。季先生认为巴特在对拉辛悲剧分析中建立的二元对立结构框架"恰恰是欧洲十七世纪君主政治与市民自由意识、封建义务与个人情感矛盾的高度凝

---

① 季红真:《文学批评中的系统方法与结构原则》,《文艺理论研究》1984年第3期。

聚,是时代的基本矛盾冲突在结构形式上的积淀",这是对巴特结构主义文论的曲解。季红真称结构主义使艺术独立于政治学、社会学、经济学、伦理学……对伪科学的机械反映论的冲击是有力量的,结论也根本没有超出辩证反映论的大范畴,只是通过作家,强调了反映的多样性与曲折性。正是由于这种多样性与曲折性,才形成了艺术的丰富个性。问题在于忽视了结构形成、发展的外部条件,导致了对艺术本质认识的形式主义结论。季红真认为这一弱点普遍地存在于结构主义文学批评中,许多文论家只研究结构的内在运动,而忽视或轻视结构与外部的联系。换言之,他们只重视文学内部系统的结构规律,而忽视文学在社会历史大系统中的结构规律,致使结构的分析多侧重形式而忽视内容。所以,季红真将外部结构作为内部结构的补充,认为巴特在分析拉辛悲剧过程中采取的二元对立结构是时代精神的反映。季红真"处心积虑"地用辩证唯物主义与历史唯物主义的基本方法,重新阐释结构原则的基本范畴,体现了当时引入巴特结构主义文论的原则,即在马克思主义系统性原则的基础上,批判地吸收从而丰富我们已有的文学批评方法。张裕禾、王泰来、季红真在马克思主义文论的框架下理解巴特文论,程代熙、程晓岚、张弘则运用巴特文论批判反映论。

二 巴特文论作为文学主体性理论资源

程代熙运用《符号学原理》对反映论进行驳斥。在《罗兰·巴特的结构主义文艺观》一文中,程先生简单介绍了符号学的一些基本概念,如泛指。泛指即 Connotation,被李幼蒸翻译为涵指。泛指(涵指)是"神话"的产生机制,巴特在《今日神话》中通过泛指分析资产阶级意识形态的虚假性。资产阶级意识形态是一套"神话"系统,"神话"是二级语言系统。第一语言系统的能指与所指(语言符号)构成第二系统的能指,并与第二系统的所指形成神话的意指功能,如图1-1所示。

图 1 - 1　语言系统的逻辑关系

那么，泛指是一种有意图的语言，泛指通过操纵语言客体，使得文化成为一套象征体系。程先生却称泛指的涵义具有无理据性，他说：

> 罗兰·巴特曾举"衷心哀悼"这个短语为例子。他说从对死者亲属的关系来讲，这表示"礼节上的周到"。而这恰恰就是"衷心哀悼"这个短语的泛指第二性涵义。因为就"衷心哀悼"这个词本身来说，并不存在这种涵义，可是就这个短语的整体来讲，却又包涵"礼节周到"的意义。于是：
>
> 衷心哀悼 = 泛指能指
> 礼节周到 = 泛指所指
>
> 如果不是向死者亲属讲一句"衷心哀悼"的话，而是写一篇哀悼死者的文章。这篇文章充满着作者对死者的无尽哀思和无限悲痛之情，但在文章里却不一定有"哀思"、"悲痛"这样具体的词语。这就是文学性的本文。罗兰·巴尔特认为，隐含在自然语言里的这第二性记号系统，就是文学中的"文学性"。因此，文学中泛指的涵义也是无理据的、约定的、非理性的。①

---

① 程代熙：《罗兰·巴尔特的结构主义文艺观》，《文艺争鸣》1986年第6期。

程代熙从泛指推导出文学泛指的涵义是无理据的。谢龙新对巴特的两种符号学进行了介绍，称两种符号学即含蓄意指符号学和元语言符号学（含蓄意指即程代熙说的泛指）。含蓄意指的所指"同文化、知识、历史密切交流，可以说正是因此外在世界才渗入记号系统"，因而"它是意识形态的一部分"。含蓄意指的能指是第一系统整体所形成的修辞形式，因而修辞学是其能指形式。元语言符号学则是一种"操作程序，它操控着第一系统（所指）"。① 程先生在对泛指进行错误解释的同时，又称结构主义批评就是把作品的多重意义摆出来，巴特对《萨拉辛》的分析就是一个典型的例子。程先生称巴特不是对作品做出某种确定的解释而是提供解释的材料，巴特是根据文学作品涵义的多义性和单义性来区别作品的优劣。由文学涵义的多义性、无理据性，程先生得出以下结论。

> 文学作品的多义性既然是约定俗成，是无理据的，甚至是非理性的，因此这样的文学与现实毫无关系，这种文学作品的创作方法同现实主义自然也是背道而驰的。关于这，罗兰·巴尔特曾著文声称："……文学最本质的方面是非现实主义的；文学就是非现实，或者确切些说，它完全不是现实的类似拷贝，而恰恰相反，它是对语言本身的非现实性的意识。因而，最'现实'的文学恰恰是意识到它首先是语言的文学。……在这种情况下，所谓现实主义不应是摹仿现实，而应是认识语言：最'现实主义的'作品不是'反映'现实的作品，而是以世界为内容（这个内容不是指它的结构亦不是它的本质），但也许要研究语言本身最深处的非现实本质的作品。"
>
> 我们并不把现实主义定为一尊，也不认为只有现实主义的文学作品才是唯一的好作品。罗兰·巴尔特反对的不光是现实

---

① 参见谢龙新《罗兰·巴特的符号学体系与叙事转向》，《江西社会科学》2010 年第 3 期。

主义文学，也不只是反对现实主义的创作方法，他认为文学作品只是作家个人心灵世界的一种无意识的表现。①

我们可以看出上述逻辑推导的线索，首先由泛指推出文学涵义是无理据的、约定的、非理性的，那么文学与现实无关。然后又由泛指推导出文学作品具有多义性，那么可以从社会、心理、政治各角度分析文学，角度不同意义自然也不同。这因袭了马克思主义文论的外部研究路径，将一种外来的理论纳入自己的知识体系，从文学与社会、文学与自我的关系出发理解文学的多义性。因而，现实主义文学不再是定为一尊的好作品，文学也可以反映作者的心灵，程先生无意识地由反映论走向主体论。最后，得出巴特认为文学作品是作家个人心灵世界的一种无意识的表现。

谢龙新则借助巴特的原话将泛指解释为"同文化、知识、历史密切交流，可以说正是因此外在世界才渗入记号系统"，因而"它是意识形态的一部分"。为何两位学者对泛指做出截然不同的解释？程代熙对泛指的解释是主体理论下的必然产物。程先生从泛指推出文学意义的无理据性、多义性是为他批判现实主义文学做铺垫。因为文学意义具有无理据性，因而与现实无关；因为文学具有多义性，那么现实不可能是作品意义的唯一来源，可以从作者的心灵对文学作品做出解释。

同样，程晓岚从主体理论的角度，称巴特"可写的本文"② 是为了提升人认识世界的思维方式。巴特在《S/Z》中将"文"分为"可读的本文"和"可写的本文"，在"可读的本文"中，作者被视为其作品的永久主人，余下我们这些人，他的读者，则纯粹被看作只拥有用益权的人。此系统显然隐含着一个权限主题，即认为作者具有某种凌驾于读者之上的权力，他强迫读者接受作品内某种特定

---

① 程代熙：《罗兰·巴尔特的结构主义文艺观》，《文艺争鸣》1986年第6期。
② 国内最初将 text 翻译为本文，即文本。

的意义，这当然是正确、真实的意义。① 巴特认为"可读的本文"的读者对于文本只是被动地接受，只剩下一点点自由，要么接受文本，要么拒绝文本。"可写的本文"的阅读只是按照某些规则来玩的游戏而已，这些规则不是出自作者，而出自叙事逻辑，出自某种甚至我们出生之前就将我们构织了的象征形式。个人（无论作者或读者）只不过是一个通道。② "可写的本文"的读者对于文本的关系不是被动地接受，而是能动地创造，即允许读者发挥自己的作用，允许他们去领会能指的神奇功能，去领略写作的乐趣。程先生对"可写的本文"做出的解释如下：

> 按照结构主义语言学的理论，文字本身并没有自然而然的意义，它们的意义即"所指"，带有人为性乃至随意性，取决于约定俗成的传统和习惯。结构主义者更喜欢把这些传统和习惯叫做符号的"密码"，认为只有了解、掌握了这些"密码"，才能"破译"符号，明了它们的意义。……在《S/Z》（1970）一书中，他进一步把本文分为"可读的本文"和"可写的本文"两种。"可读的本文"就是读者知道怎么样去读、能够读懂的作品，因为它是按照读者熟悉的"密码"写成的；"可写的本文"则不同，作者和读者之间没有达成"默契"，作者虽然写得出来，读者却由于不知道"密码"而无从理解这种作品。巴特和其他的形式主义批评家十分重视"可写的本文"。他们认为文学的价值不在于它如何表现世界或解释世界，而是在于它对人们理解这个世界的思维方式提出的挑战。当读者发觉他们无法读懂某些作品时候，他们便开始他们平素理解世界的方式以及周围事物的意义具有偶然和约定的性质，从而对他们习惯了的思维方式，也对他们这个时代的许多传统观念进行反省和检讨，

---

① 参见［法］罗兰·巴特《S/Z》，屠友祥译，上海人民出版社2000年版，第51页。
② 参见［法］罗兰·巴特《S/Z》，屠友祥译，上海人民出版社2000年版，第52—53页。

并努力探求新的"密码"。这样,阅读就成了十分积极的活动,读者为了使得作品对自己来说成为"可以接受的",成为"可读的本文",就必须和作者一起去探索、创造,使自己和作者达到同一。因此也有人把形式主义批评称之为"同一批评"。①

程晓岚将"意义"比作"密码","可读的本文"是由读者所熟悉的"密码"写成,而"可写的本文"是由读者不知道的"密码"写成,对读者的传统观念提出挑战。程先生认为作者在"可写的本文"中安放了一个不为读者熟悉的"密码",读者需要不断提升自己的阅读能力,与作者达成同一,从而破译"密码"。程先生视作者为意义之源,阅读只是为了捕捉作者的立意,与"可读的本文"的区别在于,阅读"可写的本文"需要煞费苦心。程先生称巴特的"可写的本文"的价值在于"认为文学的价值不在于它如何表现世界或解释世界,而是在于它对人们理解这个世界的思维方式提出的挑战"。程先生是运用巴特的理论对反映论进行驳斥,从而走向主体论。在巴特看来,作者与读者已被"文"所取代,正如乔纳森·卡勒引用的:

> 索勒斯写道,"归根结蒂,我们只不过是我们的阅读和写作系统而已"。我们遵循着自己的理解活动程序,而且更为重要的是,我们按照所体验到的那种理解的极限,阅读并理解着自己。认识自己,就是研究表述和阐释中主体与主体进行交流的过程,我们正是通过这一过程才成为世界的一部分。索勒斯常说,谁不进行书写,谁不积极地把握这个系统,作用于这个系统,谁就要被这个系统所"书写"。他就会变成不受把握的文化的产物。②

---

① 程晓岚:《法国形式主义批评简介》,《外国文学报道》1984年第4期。
② [美]乔纳森·卡勒:《结构主义诗学》,盛宁译,中国社会科学出版社1991年版,第382页。

在巴特看来，作者和读者只不过是我们的阅读和写作系统而已，通过写作理解自我，认识自我。作者的意图不复存在，作者成为被写作谋杀的对象。巴特将"文"分为"可读的本文"和"可写的本文"两类，认为"可读的本文"因为重复使用被塑造成"自然本性"，语言一旦重复就变成旧的语言，旧语言意味着固化的所指，这种写作是对资产阶级意识形态的遵从。巴特通过"可写的本文"重新编排代码，扰乱资产阶级唯一、稳定的代码秩序，从而对抗资产阶级意识形态。那么，"可写的本文"不是要提升人认识世界的能力，而是要切断与文化的一切关联，打破一切陈规。

张弘则将《写作的零度》中的观点解释为写作是人的意图的显现。在《结构主义对文学史研究的启示》① 一文中，张弘称文学史需要解决内部研究与外部研究的关系问题。内部研究指从文学的内部构成说明文学本身的发展变化，揭示文学发展的内因。外部研究要阐明文学的外缘关系，说明文学与整个社会发展的联系。传统文学史研究总是偏向文学的外部研究，热衷于从经济、政治上去寻找文学发展的原因，结构主义是对这种注重外缘关系的历史主义的反拨。结构主义通过结构与历史联系起来的"结构—历史"方法，较妥善地处理了内部研究与外部研究的关系。张弘引用巴特的话证实了结构主义与历史的联系：

> 著名的结构主义文艺理论家巴尔特还专门做过解释："结构主义并不把历史从世界撤走；它企图把历史不仅与某些内容联系起来，而且与某些形式联系起来，不仅与材料而且与理解联系起来。"②

① 张弘：《结构主义对文学史研究的启示》，《辽宁师范大学学报》（社会科学版）1986 年第 3 期。
② 张弘：《结构主义对文学史研究的启示》，《辽宁师范大学学报》（社会科学版）1986 年第 3 期。

巴特以形式将文学与历史联系起来，张弘认为这种"结构—历史"的方法为马克思主义文艺学提供了有益的思想材料。因而，他在马克思主义文艺观念的指导下，认为结构主义在肯定对象的客体性的前提下给予主体以一定的位置，因为使得结构具有调节性功能作用的中心是主体。他引证了巴特在《写作的零度》中的论述：

> 巴尔特曾从语言、文体、写作三个环节分析过创作实践的形式方面。他认为，其中"语言和文体是盲目的力量，写作是与历史关联的行为。语言和文体是客体，写作是一种功能。它是创作和社会间的纽带，是为它的社会目的而转换来的文学语言，被看作是人的意图的表现形态，因而它连接着历史的伟大转折点。"这里，"语言"是指与"言语"相对的语言系统，作者不得不遵从有关的语法规则、语言习惯乃至文学语言的规范（如格律、典故等）。"文体"（不是"文类"）是深深根植于作者的心理和生理素质中的对语言文学的好尚，作者下意识地受其制约。这二者都是创作实践在形式上不得不服从的客观力量。"写作"却不同。虽因客观条件的先决作用，它并非绝对的自由，但它体现出人的意图。作者遵从自己的意愿，响应着时代与社会的巨大感召，在既定的历史氛围和文学传统的种种规定下，有意识地进行人为的"选择"，既接受原有的文学传统、文化习俗的无形法则，又尝试着突破这些既定法则，进行创新与开拓。由此，人的创作实践能力，包括文学感知能力和文学表达能力，都得到提高，文学的发展也随之进入新的历史时期。因此，人的创作实践，又始终是文学发展的主动因素。①

我们引用李幼蒸的翻译与张弘那段引文进行对照，"语言结构与

① 张弘：《结构主义对文学史研究的启示》，《辽宁师范大学学报》（社会科学版）1986年第3期。

风格都是盲目的力量，写作则是一种历史性的协同行为。语言结构与风格都是对象，写作则是一种功能；写作是存于创造性与社会之间的那种关系；写作是被其社会性目标所转变了的文学语言，它是束缚于人的意图中的形式，从而也是与历史的重大危机联系在一起的形式"①。张弘将最后两句翻译为"被看作是人的意图的表现形态，因而它连接着历史的伟大转折点"。张弘的翻译强调写作是人的意图的表现，写作通过形式与社会历史相关联，但人可以通过写作实践冲破形式的限制。从而得出"人的创作实践，又始终是文学发展的主动因素"。李先生的翻译强调写作是一种形式，巴特以写作的形式去除人道主义的主体，但这种写作形式不是形式主义美学所设想的那种"纯形式"，它是把作家和社会联系在一起的契约关系，社会场景与文学语言的惯例制约了作家选择的自由，巴特意识到作家总是处于"历史"和"传统"的压力下。《写作的零度》的思想的独特之处在于，既体现了与存在主义的联系，又反映了向结构主义的靠拢。在这本书中，巴特提出作者风格对写作的介入，具有存在主义的人道主义色彩，但同时巴特又对作者的自由进行了限制，认为这种自由不是纯粹的个人行为，它受制于社会、历史。作者不能为所欲为地直接反映社会、历史，他受制于语言、结构。

为何张弘认为写作是人的意图的表现？站在中国文论发展的背景下，我们不难发现这一误读的内在根源，张弘的解释与程晓岚、程代熙、季红真等人的解释如出一辙。机械、僵化的社会历史批评将研究导向死胡同，正如张先生所言传统研究从文学外缘寻找文学发展的原因，满足于说明"一切历史现象"的"最简单的方法"。因而，张弘期待以结构主义注重文学内部研究的方法来矫正传统文学研究简单划一的研究模式。然而，当时反映论与主体论是占主流

---

① ［法］罗兰·巴尔特：《写作的零度》，李幼蒸译，中国人民大学出版社 2008 年版，第 9 页。

地位的支配性话语，张弘只能在主体论的框架内运用结构主义文论驳斥反映论。

张弘认识到巴特的结构主义强调文学与意识形态的功能，但他回避了巴特揭示资产阶级意识形态自然化的过程，而将其误认为文学的本质是人的创作实践，这是在当时的文艺理论背景下必然导出的结论。在张弘看来，作为意识形态的文学，是社会的有机构成，始终紧密地、积极地参与现实的社会生活。张弘说：

> 作为意识形态的文学的特征，在根本上是由凝结于作品中的创作实践的特点决定的。例如，按照马克思的论述，创作实践具有两个特点：首先，创作实践是作者"出于同春蚕吐丝一样的必要"的"天性的能动的表现"，本质上是超功利性的；其次，创作主要是以个人为主体的实践活动，体现一定生产关系的协作关系，只是很有限的范围作为特例出现，因而创作实践最为强调个性。以上这两点，决定了作为意识形态进入上层建筑的文学，仍然以真诚和个性为其生命。①

反映论与主体论都是意识形态的文学观念，张弘通过结构主义方法强调人的主观能动性，反对机械反映论。反映论与主体论都强调存在决定意识，意识形态具有客观真实性。巴特却认为现实只不过是资产阶级通过操作"符码"而获得的似真性，意识形态只是一套虚构的谎言。这是张弘绝对无法接受的。

三 对巴特"极端形式主义"的批判

巴特的结构主义文论切断了文学与作者、社会历史的直接关联，与主体论、反映论产生正面冲突，因而不少学者对其采取批判的态

---

① 张弘：《结构主义对文学史研究的启示》，《辽宁师范大学学报》（社会科学版）1986年第3期。

度。张隆溪在《结构的消失——后结构主义的消解式批评》中对"作者死了"这一观点进行介绍，这是国内第一篇介绍巴特的后结构主义思想的文章。张隆溪发现巴特的"互文性"概念是通过否认作者权威从而否认作品具体唯一、客观的意义，本文的意义产生于读者与本文的交流过程中。20 世纪 80 年代初期，革命工具主义和审美自主主义占主导地位，是否反映客观现实或表现主体自我成为最高标准，现实和人性以真理之名成为垄断性的权威话语。张先生认为巴特的结构主义文论切断作品与社会、历史的关联是其走向解构的原因，原本期待后结构主义能矫正结构主义这一弊病，不料，后结构主义的矫正之径竟然是切断作品与作者的关系，这与主体论思想形成了巨大的冲撞。因而，张先生称：

> 在文学批评中，全以作者本意为理解和阐释的准绳，这种实证主义观点当然是狭隘和武断的，便把作者和读者绝对地对立起来，宣称"读者的诞生必须以作者的死亡为代价"，不免又走到另一个极端，否定作者和否定事物的本源互相联系，然而天下没有唯一的本源，并不等于在相对意义上也不存在本源。应当承认，相对于作品，作者就是本源，因为没有作者就不会有作品，也就谈不到阅读和读者。当然，作者的写作又是以读者的需要为前提，这当中是互为因果的辩证关系。要不是后结构主义者故意夸大其词，这本是不用说的自明之理。否定作者，也就把作者所处的时代和他的经历与他作品的联系完全切断，使文学批评成为一种极端的形式主义，这正是新批评、结构主义和后结构主义都摆脱不了的局限。①

尽管张隆溪认识到"作者死了"在推倒作者权威的同时，否定了西方的逻各斯中心主义，但他仍认为作者是作品之源。巴特彻底

---

① 张隆溪：《结构的消失——后结构主义的消解式批评》，《读书》1983 年第 12 期。

否定了作者与作品的关系，同时否定了作者所处的时代及经历，从而使作品脱离社会历史，却又陷入形式主义的窠臼，所以张隆溪称巴特的后结构主义思想是一种极端形式主义。

伍蠡甫在《现代西方文学批评的若干流派》一文中更是以批判的口吻谈及结构主义，文中写道：

> 五十至六十年代间，法国的文学批评家从而得出结论：人们被锁在语言的囚房里，同时文学也和现实脱离，谈论文学就是谈论语言结构。于是结构主义批评便以法国为首，成为重要流派。主要代表罗兰·巴尔特（1915—1980）宣称："从福楼拜到今天，全部文学已变成语言学上的一大堆疑难问题。"今天的文学存在着"自杀的结构"。因此他竭力主张，应有充分自由来解释文学现象。"批评家所要进行辩解的，已经不是作品的意义，而是他说作品时所含的意义。"此外，更有一群激进派环绕《原样》（刊物），竟然宣布文学灭亡了，或者仅仅是无关宏旨的语言天才之事耳。结构主义批评实质上将文学说成是语言学的一个支流，将语言学模式应用于文学研究。在具体运用上，内容不仅沦为形式的附庸，而且成了一种技术设计，以便产生完整的形式，而完整的形式也就是作品本身了。这派批评最感兴趣的，不是作品的涵义，而是难以解释的作品，它所关心的问题是：一部作品对于解释者（结构主义批评家）的活动，是抗拒呢？还是顺从？作品的本文读得下去呢？或不堪卒读呢？实际上，把批评或解释工作集中在现代派作品的艰涩怪异的本文上面去了。①

字里行间都流露出伍蠡甫对内容的推崇，对形式的贬斥。结构

---

① 伍蠡甫：《现代西方文学批评的若干流派》，《伍蠡甫艺术美学文集》，复旦大学出版社1986年版，第504页。

主义让内容沦为形式的附庸，"附庸"一词透露了伍先生的立场，文学应该以内容为先导，应该反映社会现实，表达作者思想。结构主义却将形式摆在第一位，并让形式成为作品本身。因而，伍先生认为结构主义批评"把批评或解释工作集中在现代派作品的艰涩怪异的本文上面去了"。结构主义者在分析文本时，发现了破绽，从而提出消除结构，消除结构的结果是宣布"作者死了"。

> 由此看来，结构主义批评只做了一桩事：完全否定文学和作家，它之所以如此荒谬，乃是由于非理性主义和形式主义的恶性发展啊！①

袁可嘉、张隆溪、伍蠡甫均以形式主义批判巴特思想。袁可嘉使用唯心主义一词作为形式主义的对等物，伍蠡甫则用非理性主义一词，唯心主义、非理性主义都是形式主义的衍生物。在三位学者看来形式主义不从客观实际出发，而从主观感情、愿望、意志出发，从狭隘的个人经验出发，采取孤立、静止、片面的观点，使主观和客观相分裂，认识和实践、精神与物质相脱离，正是唯心主义、非理性主义的表现。

邓丽丹在《文学作品的结构分析》的结尾，综合专家们的意见评论结构主义，这些意见反映了当时研究界对结构主义批评所持的态度。邓丽丹说：

> 1. 结构主义把文学和语言等同起来，套用语言学这个模式来进行文学作品的结构分析，在有些地方给人以牵强附会、生拉硬扯的感觉。语言是一个社会集团的共同交际工具，它可自成体系并可作为一个纯系统来描写，而文学作品是用加工了的

---

① 伍蠡甫：《现代西方文学批评的若干流派》，《伍蠡甫艺术美学文集》，复旦大学出版社 1986 年版，第 505 页。

语言来表现人生的,它们因作者而异,因此,纯系统的观念不一定适合每一部文学作品。

2. 结构主义把文学作品看成一个封闭的、共时的系统,排除一切与作品本身的组织、结构无关的因素,作者、时代、作品产生的条件等等都不属于结构分析的范围,从而抹杀了文学的社会性。

3. 结构主义把人物降低到寄生于某种行为范畴的没有个性的人物类型——"纸人"。殊不知,抽掉了人物形象的文学作品,就失去了使它区别于别的领域的主要特性。

4. 为了强调文学作品纯粹的形式,巴特得出了"作品中发生的只是言语行为"的荒谬的结论,把文学作品的形式和内容对立起来,根本否定了文学来源于现实生活并反映现实生活的基本原则。①

邓丽丹归纳了当时研究界对结构主义文论的总体评价,反映了当时的理论局限性,结构主义批评不是关注封闭的纯形式,而是以形式沟通了与历史、意识形态的联系。在《结构主义活动》的结尾,巴特写道:

> 结构主义并不取消世界的历史:它努力将历史与某些形式、心智以及美学联系起来,而不仅仅是与某些内容(这种事情已经发生过上千次)、物质、意识形态联系起来。确切地说,因为对于历史心智的一切思考同样都是对这种心智的参预,毫无疑问,这与结构的人能否生存无关紧要:他知道结构主义本身也是世界的某种形式,而且将随着世界的变化而变化;同样,它用一种新的方式从他能够用世界上各种过去的语言说话的能力中验证形式的有效性(而不是它的真实性),同样它也知道,只

① 邓丽丹:《文学作品的结构分析》,《外国文学报道》1983年第1期。

要历史中出现一种新的语言，让历史用这种新的语言说话，那么他的任务也就完成了。①

在巴特看来，结构主义并没有取消历史，历史、意识形态是被建构的形式，研究界不能完全理解包含内容的形式，形式对于他们而言是脱离现实的封闭圈。因而，批判结构主义批评是一种"极端形式主义"。巴特自始至终关注社会历史大文本，以形式对抗传统哲学、形而上学及马克思主义唯物论。巴特的思想彻底颠覆了主观/客观，形式/内容的二元思维模式，将一切拉回文本。在符号学科学阶段，巴特将对形式的分析发展成一套可操作的方法，这种科学理性的分析迎合了中国的"方法论"热潮。在发展马克思主义文论的原则下，研究界首先关注符号学科学阶段的作品，却没有看出这种方法的意图所在。在巴特眼中世界是由代码编译而成的，《结构主义活动》《符号学原理》归纳的方法只是为了揭示现实被编译的过程，将人们从现实的客观真实性束缚中解放出来。巴特以形式沟通历史的革命举措，只是被读解为强调科学分析的方法。

这一时期，研究界大多批判巴特文论具有严重的形式主义倾向，我们以"形式主义者"概括巴特在中国的形象特征。巴特的结构主义批评通过强调形式与古典人文理论形成对峙。巴特反对萨特的文学介入观，认为文学只对语言形式负责，巴特的符号学分析绝不进入社会实践层面。在 1968 年五月风暴期间，法国学术界戏谑巴特"结构不上街"。在巴特看来，革命期间学生们在研讨班上不停地谈论着一切，说着空话。对于言说者而言，听者不是一个身体，甚至不是一个对象，而仅仅是一个宜于吐露的场地，这是一种冷感的语言。政治语言通过重复使用处于权势状态，使用这种语言是为了表

---

① ［法］罗朗·巴特：《结构主义活动》，张小鲁译，《外国文学报道》1987 年第 6 期。

明立场，进行斗争，语言成为冷感的要求，无欲望，这是视语言为生命的巴特绝对无法容忍的。他理想的类型就是主题为"叙事文的结构分析：巴尔扎克的《萨拉辛》"的研讨班。巴特希望通过语言激发生命的兴奋点，这种唯美文学观与以文学干预政治的介入文学观背道而驰。所以即便在西方，巴特的文学观在革命政治年代也是不受欢迎的。在马克思主义文论下，文学作为一种意识形态，具有反映、改造客观世界的功能，人通过发挥主观能动性，能够把握世界的客观规律。形式是文学的外部特征，形式是有限的，作为内容的生活和情感是无限的，作家的能动性在于通过不断打破、创新形式表现生活、抒发情感。忠实于社会历史的文学才是好文学，只追求形式会使文学成为无源之水，无根之木。巴特称文学应脱离社会实践，从再现系统变为象征游戏系统，自然被归于形式主义一类，并遭到批判。"形式主义者"这一头衔，体现了巴特文论在中国遭贬损的处境。尽管结构主义批评作为方法为马克思主义文论获得发展的空间，但这种方法只是一种补充，通过科学的分析发现文学的美学价值，文学内容仍占主导地位，结构主义批评仍是一种不尊重客观事实的"形式主义"批评。研究界一方面以结构主义批评丰富马克思文论，另一方面又批判结构主义批评具有"形式主义"倾向，体现了中国文艺界发展本土文论的主动性。

第四节 小结

20世纪80年代初，巴特文论引入的历史机缘是迎合了"方法论"热潮，消化的内因是作为发展马克思主义文论的有利资源及弥补中国传统文论的先天不足。研究界是在马克思唯物辩证法的框架内理解巴特文论，对其进行本土化的改造以纳入原有的理论体系，其误读的程度直接反映了中国文论的发展状况。这一时期，研究界借用了《写作的零度》《符号学原理》《S/Z》中的观点，但无一例外被读解为文学主体性理论资源。巴特在第一本著作《写作的零度》中揭开了资产阶级意识形态的虚构性，在《符号学原理》中巴特将对形式的研究发展为一套可操作的方法，在《S/Z》中通过重新组织代码，打乱资产阶级通过操作代码而创造的"似真性"，这正是霍克斯所说的巴特一生致力于编码与解码的工作。然而，中国研究界没有看到这种一致性，将巴特对抗政治的文学乌托邦运动当作主体论应战反映论的口号。研究界通过强调结构主义是一种活动，以精密、科学地分析揭示文学作品自身的美学价值，与马克思主义文论的外部研究合璧。所以80年代初研究界只关注巴特的结构主义批评方法，忽略了巴特的后期转向。由于将结构主义批评理解为一种方法，而这种方法割裂了与社会历史的联系，以至于研究界在形式/内容二分的框架下批判巴特思想具有严重的"形式主义"倾向。

第二章 结构主义者巴特——20 世纪 80 年代末 90 年代初巴特 文论的全面译介期

　　20 世纪 80 年代末 90 年代初巴特的结构主义及后结构主义文论被全面引入，并出现了大量理论性研究著作及文章。以"结构主义者巴特"概括这一时期的特征，并不是说研究界只介绍巴特的结构主义思想，而是说研究界将巴特的结构主义思想作为其主要思想。法国结构主义批评与俄国形式主义、英美"新批评"等学派作为方法被引入后，中国文论破除极"左"思潮对文学理论的束缚。80 年代研究界开始追求文学和文学理论的自主性，文学理论学科意识大为加强。研究界意识到文艺学方法对于学科建设的重要性，文艺学研究的资源进一步开放。从《文艺学方法论通论》《文艺学美学方法论》《美学文艺学方法论》这些书名，我们发现结构主义批评作为方法的重要性得到研究界的认可。随着方法论意识的加强，研究界大规模翻译结构主义文论。仅 1985—1992 年，出现的介绍结构主义和符号学的译著就多达二十几种。①

---

① 　[英] 特仑斯·霍克斯的《结构主义和符号学》，上海译文出版社 1987 年版；[意] 乌蒙勃托·艾柯的《符号学理论》，中国人民大学出版社 1990 年版；[法] 皮埃尔·吉罗的《符号学概论》，四川人民出版社 1988 年版；[法] 克劳德·列维–斯特劳斯的《结构人类学》，文化艺术出版社 1989 年版；[美] 伊·库兹韦尔的《结构主义时代》，上海译文出版社 1988 年版；[美] 罗伯特·休斯的《文学结构主义》，生活·读书·新知三联书店 1988 年版；[以色列] 里蒙—凯南的《叙事虚构作品》，生活·读书·新知三联书店 1989 年版；李幼蒸选编的《结构主义和符号学——电影理论译文集》，生活·读书·新知三联书店 1987 年版；[美] 乔纳森·卡勒的《结构主义诗学》，中国社会科学出版社 1991 年版；[法] 列维·斯特劳斯的《野性的思维》，商务印书馆 1987 年版；[美] 卡勒尔的《罗兰·巴尔特》，生活·读书·新知三联书店 1988 年版；[法] 米歇尔·福柯的《癫狂与文明——理性时代的精神病史》，浙江人民出版社 1990 年版；[法] 若斯·吉莱莫·梅吉奥的《列维–特斯劳斯的美学观》，中国社会科学出版社 1990 年版；[美] 罗伯特·司格勒的《符号学与文学》，春风文艺出版社 1988 年版；[法] 热拉尔·热奈特的《叙事话语 新叙事话语》，中国社会科学出版社 1990 年版；[美] 卡勒的《索绪尔》，中国社会科学出版社 1989 年版；张寅德选编的《叙事学研究》，中国社会科学出版社 1989 年版；[苏联] 巴赫金的《文艺学中的形式方法》，中国文联出版公司 1992 年版。

巴特文论趁着"结构主义热潮"被大量翻译，推进了80年代初期对巴特结构主义符号学思想的认识。

第一节　20世纪80年代末90年代初巴特文论翻译的高潮期

20世纪80年代末90年代初是巴特文论在中国翻译的高潮时期，学术期刊上刊登了大量对巴特个别篇目的译作，并第一次翻译了巴特的著作——*Eléments de sémiologie*，这本书的第一个译本是董学文、王葵翻译的，1987年由辽宁人民出版社出版的《符号学美学》，《符号学美学》是根据英文译本翻译的。董学文将elements一词翻译为美学，反映了当时文艺理论界的审美诉求。80年代初，文艺从政治的桎梏中解放出来，突破了工具论的樊笼。审美目的论成为研究界共同探讨的问题，学者们逐渐意识到文艺的目的就是长期被遗忘了的文学的审美价值。原有的革命文论总是维护着文学与政治、文学与认识、文学与道德的统一性，文学总是从属于另一种更高的目的。一旦文学有了自己的审美目的，这种简单求同性的思维定式就瓦解了。文学作为自由的象征，文学的主体性等观念应运而生。1985年的方法年、1986年的观念年、1987年的语言年……西方文艺理论趁着"审美"的东风被大规模引入中国。可以说，中国当代文论近二十年的高速发展，凝缩了西方差不多一个世纪的历程。因而，*Elements of semiology* 这本书最初以《符号学美学》的名称登堂入室。1987年《符号学美学》出版后，在12年的时间内出现四个译本。我们分别选取董学文、李幼蒸、王东亮的译本的翻译术语做比较，见表2-1。

表2-1　　　　董学文、李幼蒸、王东亮译本翻译术语对比表

法文原版	英文译本	董学文译本	李幼蒸译本	王东亮译本
Langue	Language	语言	语言结构	语言之语

续表

法文原版	英文译本	董学文译本	李幼蒸译本	王东亮译本
Parole	Parole	言语	言语	语言之言
Syntagme	Syntagm	单位语符列	组合	组合
Paradeigma	Paradigme	纵聚合	聚合	联想
Dénotation	Denotation	所指意义	直指	外延
Connotation	Connotation	涵义	涵指	内涵
Substance	Substance	内容	内容	实体
Motivés	Motivated	诱导关系	理据性	理据
Valeur	Value	意义	值项	价值
Métonymie	Metonymy	转喻	换喻	换喻
Idiolecte	Idiolecte	个人习语	个性语言	个人习语

通过翻译巴特文论，一些新名词被大量引入中国。这些术语在翻译之初十分稚嫩，是在旧有的观念下接受新词，如将 valeur 翻译为意义。然而，在不断接受的过程中，人们逐渐意识到意义与价值的区别。将 valeur 翻译为意义，容易与概念（Signifié）相混淆。索绪尔在《普通语言学教程》中对意义与价值进行了专门的介绍。意义是同一个词的能指与所指之间的关系，价值是指一个词在语言系统中的位置。如法语 mouton "羊，羊肉"，与英语的 sheep "羊" 和 mutton "羊肉" 有相同的意义，但是价值不同，法语的这个词（mouton）同时指英语的两个词 "羊肉" mutton 和 "活羊" sheep。同时，直指/涵指，语言/言语，组合/聚合，隐喻/换喻这些符号学的基本概念在翻译的过程中，逐渐被确定下来。将换喻翻译为转喻，容易与汉语修辞学中转喻的概念相混淆。在修辞学中，转喻是指当甲事物同乙事物不相类似，但有密切关系时，可以利用这种关系，

以乙事物的名称来取代甲事物。换喻是指在语言系统中被固定并入的组合段。

如果说《符号学美学》让中国知识界专门认识了身为符号学家的巴特，《符号学原理——结构主义文学理论文选》则试图使读者了解一个具有多重身份的巴特。这本书是国内第一本巴特文学理论文集，是李幼蒸翻译的，于 1988 年由生活·读书·新知三联书店出版。这本书包括四个部分：

一、法兰西学院文学符号学讲座就职讲演（1977）

二、文学随笔

论纪德和他的日记（1942）

脱衣舞的幻灭（1955）

艾菲尔的铁塔（1964）

历史的话语（1968）

三、写作的零度（1953）

四、符号学原理（1964）

附录：巴特研究

写作本身：论罗兰·巴特（1981）

苏珊·桑塔格

人怎样对文学说话（1971）朱丽叶·克莉思蒂娃

这一目录并不是按照作品创作的时间顺序来编排的。译者试图通过一种特殊的顺序来向读者逐一展示巴特的文化身份——"文学理论家、文学批评家和文化批评家以及符号学家"。在译者看来，《就职讲演》"概述了巴特自己的基本文学观点和设想"，将其置于首篇，"意在让巴特本人直接向读者谈述一下自己的文学思想"。"文学随笔"部分，《论纪德和他的日记》"可以让我们了解巴特成为理论家之前的基本文学趣味"；《脱衣舞的幻灭》和《艾菲尔的铁塔》"可以介绍一下巴特特有的文化分析或批评的写作风格"。《历

史的话语》则"有助于读者了解巴特的历史哲学观"。第三部分
《写作的零度》"一方面可使我们了解，巴特是如何通过写作形式的
分析来解剖资产阶级文学生命的内在危机的，另一方面也提供了有
关文学内容与形式的关系的有用资料"。而将《符号学原理》安排
在最后，则是因为"它包含了目前西方文学符号学分析中所用的大
部分概念和方法，对于研究当代西方文学理论来说是必不可少的读
物"。至于附录中的两篇文章，译者认为前者"侧重的是作为批评家
的巴特"，后者"更能从哲学和文学理论的角度阐释巴特的写作
观"，"两篇文章配合起来读，就可从不同方面帮助我们了解巴特的
文学观"。① 李幼蒸希望借助其译著"使我国读者了解巴特其人及其
文学思想的一个概貌"，但是研究界并不关注巴特的整体思想，不同
时期研究界关注的侧重点不同。20 世纪 80 年代初巴特作为结构主义
方法论者被中国学界结识；90 年代，巴特关于爱情和情色的写作观
才吸引了公众的眼光，魏萌选编的《脱衣舞的幻灭：外国后现代主
义散文随笔》②，便是一个例证。

　　1987 年不仅巴特的结构主义文论被大量翻译过来，而且出现了
巴特后结构主义文论的最早译著，即张寅德翻译的《文本理论》。紧
接着 1988 年第 5 期《文艺理论研究》刊登了杨扬译的《从作品到文
本》。从译者前言我们发现，译者敏锐地觉察到研究界新的理论诉
求，后结构主义文论在 1987 年被翻译出来不是偶然。八九十年代之
交，商品经济大潮引发了社会的重大变革，错综复杂的格局、风云
变幻的形势从根基上动摇了人们的传统观念，80 年代的神话书写到
了 90 年代幻灭成美丽的肥皂泡，人们渐渐变得务实，社会把注意力
集中在经济建设而不是政治变革的意识形态上。文学不再依赖意识

---

　　① ［法］罗兰·巴尔特：《符号学原理——结构主义文学理论文选》，李幼蒸译，生
活·读书·新知三联书店 1988 年版，第 7—9 页。
　　② 魏萌选编：《脱衣舞的幻灭：外国后现代主义散文随笔》，敦煌文艺出版社 1996
年版。

形态充当历史代言人的角色，文学内部产生了新的引人注目的文学潮流，1987 年作为当代文学分期的意义被凸显出来。先锋派、新写实主义、新状态、新体验、新都市、晚生代等各种名目的文学流派活跃于文坛。这一时期的文学与 80 年代的文学风格大相径庭，从庞大的意识形态书写向具有个人化的平面写作过渡，他们的叙事与现实社会的意识形态生产已经没有直接关系，叙事不再导向对现实的描述，而是被限定在与生活息息相关的体验和感觉之中。非历史化的表象，转瞬即逝的个人化感觉，语言表达的任意喷涌，情绪宣泄的狂欢构成这一时期的文学特征。历史的隐退、主体的沉沦、语言意识的觉醒，将文艺理论界置于"失语"的地位，马克思主义文艺思想已无力解释新兴的文学现象。张寅德在译者前言中说：

> 结构主义在方法上引起一场符号革命，将作品看成一个不受外界条件制约的封闭的符号体系。其意义取决于其自身的结构。文本理论认为结构主义用新方法研究老对象，没有在文学研究领域产生认识论上的变革。文本理论以辩证唯物主义、精神分析学说以及语言学为参照，把这些认识结合在一起，重建一个新的研究对象，即文本而不是作品，由此创立一门新的科学。这篇文章虽然借用了法国分析符号学家克丽斯特娃创立的概念，然而它却是巴特本人后期文学理论的反映。①

这一时期，结构主义文论作为方法论已无力解决中国文艺理论的建设问题，用张寅德的话来说，即结构主义用新方法研究老对象，没有在文学研究领域产生认识论上的变革。现实主义文学已失去诱惑力，整个文坛发生了翻天覆地的变化，新事物层出不穷。必须再次引发认识论上的革命，才能应对新问题。因而，张寅德称《文本理论》这篇文章具有重要的认识论价值，彻底颠覆了传统的作品观

---

① ［法］罗兰·巴特：《文本理论》，张寅德译，《上海文论》1987 年第 5 期。

念。但张寅德误解了巴特的结构主义，他仍是在"方法论"的意义上理解结构主义，认为结构主义只是以精密的分析揭示文学作品的美学价值，结构主义的对象是封闭的结构，结构主义试图发现作品唯一客观的意义。"文本理论"则突破了结构主义封闭的意义圈，重新被纳入主体、历史。张寅德称：

> 更确切地说，文本理论研究主体是如何在语言中运用语言进行工作的。但是文本的主体既是写作主体又是阅读主体，两者不能截然区分，因为阅读主体就写作主体进行写作，从而自己又变为写作主体；然而，只有这样，文本活动才得以实现。……文本理论是对结构主义文学理论的颠覆。它的任务不在于象结构主义那样通过作品客观机制的研究建立一门"文学科学"，而在于在科学、哲学和文学研究领域打破逻各斯中心主义的桎梏，并且用多重的逻辑代替"我思故我在"的理性逻辑。总之，文本理论强调主体与社会历史性。①

巴特主张建立一门"文学科学"，"文学科学"是为了说明某一意义为什么可能被接受，认为批评的客观性在于批评所选择的语言模式是如何应用到作品分析上，不认为作品存在客观真实的意义。这种批评使得批评家成为作家，作品的意义不是来源于作者，人人都可以通过批评表达自己的欲求。因而，巴特的"文学科学"不是研究作品客观机制，巴特从来不认为作品具有唯一稳定的意义，而是强调意义如何被理解。张寅德没有看到巴特的结构主义批评与原有的马克思主义文学批评的差异，认为二者均是为了挖掘作品的客观意义，原有文学批评认为作者意图、社会生活是作品意义的来源，结构主义批评的借鉴之处在于以科学的方法去挖掘作品中的客观意义。但是，在巴特看来，作品的意义超越社会，来源于语言系统，

---

① ［法］罗兰·巴特：《文本理论》，张寅德译，《上海文论》1987 年第 5 期。

作品的意义是由作品的接受方式生成的，因而主体是语言，语言学所描述的语言能力不是靠作家的灵性和意志，而是与作者毫无关系的一系列规律。由于无法准确理解巴特的结构主义，只是将巴特的结构主义理解为一种方法。因而，张寅德认为结构主义批评是用新方法研究老对象，"文本理论"则具有认识论变革意义，彻底颠覆了原有文学批评的观点。不只是张寅德将结构主义分析对象看作客观作品，杨扬同样认为结构主义将作品当作稳定的客体，杨扬说：

> 罗兰·巴特是法国当代最有影响的批评家。其理论早期属于结构主义，后期偏向后结构主义。早期注重文学语言结构研究，后期则认为文学作品不应被当作一个稳定的客体或界线分明的结构来对待，批评家的语言也已放弃了对客观性的要求。他在代表作《S/Z》中认为，使批评最感兴趣的是那些可以重新改写的作品，而不是可读的作品。这样，批评家可以任意分割原来的作品，制造与原作品意义相异的语义游戏，由此读者和批评家由消费者变成了生产者。结构主义与后结构主义从研究对象到具体研究方法都有差异。这种差异按巴特自己的话讲就是从研究"作品"转向研究"文本"，即"从视文学作品为具体确定意义的封闭实体……转向视它们为不可还原的复合物和一个永远不能被最终固定到单一的中心、本质或意义上去的无限的能指游戏"。①

将结构主义的对象视为稳定的客体，实质是原有文学批评观的产物，原有文学批评观将作品视为稳定的对象，作者的意图是作品意义的来源，唯有符合作者意图的阅读才是正确的阅读。张寅德、杨扬认为"文本理论"的革命意义在于，否认作品具有确定的意义，意义成为无限的能指游戏。这种认识一方面反映了研究界对结构主

---

① ［法］罗兰·巴特：《从作品到文本》，杨扬译，《文艺理论研究》1988 年第 5 期。

义的认识水平。在两位学者看来，巴特的结构主义批评只是一种方法，能有效弥补中国原有文学批评的不足。另一方面反映了对"文本理论"的陌生。巴特的"文本理论"是为了打乱结构主义批评设想的唯一稳定的语言模式，从建构统一性的系统科学变为关注结构的细微差别。杨扬将"文本理论"理解为追求意义的不确定性，张寅德认为"文本理论"研究主体是如何在语言中运用语言进行工作，是对巴特文论的误读。张寅德、杨扬对巴特的结构主义批评和"文本理论"的误读折射了不同时期的不同理论诉求，将结构主义批评视作保守的方法，是发展马克思主义文论的必然结论，认为"文本理论"具有认识论变革意义，则是因为中国文艺界新的审美思潮，使研究界需要具有观念革新价值的新理论资源。

巴特的结构主义及后结构主义文论在中国受到不同程度的解读，但也正是因为将巴特的结构主义批评解读为强调科学分析的方法，才使其由马克思主义文论的对立面转化为自身的有利补充。从20世纪70年代末的最初引入到80年代末，结构主义批评方法的重要性得到研究界的认可。巴特将语言学的基本概念、原则归纳为符号学的基本方法，具有可操作性。这为中国文艺界人士提供了"捷径"，我们不需要去钻研语言学深奥复杂的理论知识，却能运用语言学的成果进行文学、文化批评。后结构主义文论在1987年被翻译出来，则是因为作为发展马克思文论有利补充的结构主义批评已不能满足新的审美需求，需要引发认识论的变革，才能应对当代小说的语言革命。因而，在一个新旧交替的时代，出现了巴特文论的翻译高潮。

第二节　理论性著作的大量出版

巴特的结构主义文论和后结构主义文论被翻译出来后，国内出版了大量西方文艺学方法论理论著作及选编，介绍或收录巴特文论。

这些理论性著作深化了 20 世纪 80 年代初对巴特文论的理解。如胡经之等主编的《文艺学美学方法论》第九章"结构研究法",将结构主义发展分为酝酿阶段、兴起阶段、发展阶段和超越阶段,巴特是贯穿全程的核心人物。巴特的《写作的零度》和《神话学》是酝酿阶段的代表作,《写作的零度》强调了语言在写作中的重要地位,《神话学》则突出了"神话"意义系统的结构。巴特与皮卡尔的争论,代表结构主义批评的兴起。在这场争论中,以巴特为代表的新批评派击败了以皮卡尔为代表的传统文学批评。在发展阶段,巴特等人侧重小说叙事结构研究,兴起了"叙事学"。70 年代初巴特出版了《S/Z》,这部书既可看作结构主义的延续,又可看作对结构主义的批判。《S/Z》是对结构主义早期寻求某一固定模式的一种反叛,通过对普遍结构的打乱和拆散,使之呈现出开放性,这就是后结构主义的兴起。结构主义由于巴特、福科等人的反叛,在 70 年代开始衰退。① 通过梳理,我们对巴特的结构主义思想发展脉络有了清楚的认识,也意识到结构主义与后结构主义的联系,后结构主义并不是彻底背离结构主义,而是对结构主义固定模式的一种反叛。然而,20 世纪 90 年代中后期,研究界普遍认为巴特在《S/Z》中颠覆了前期的结构。笔者将在下一章详细分析产生这种认识的根源。

《文艺学美学方法论》这本书梳理了巴特结构主义思想的发展脉络,周宪撰写的《20 世纪西方美学》则对巴特的符号学研究进行了全面介绍。从《写作的零度》到《S/Z》,周宪分析了巴特符号学研究与意识形态的关联。书中写道:

> 巴特在其《写作的零度》和《神话学》中,出色地发挥了索绪尔的这个思想,并和他内在的布莱希特式的革命观念结合起来,从而达到了一种新的境界。巴特认为,我们生活的世界

---

① 参见胡经之、王岳川《文艺学美学方法论》,北京大学出版社 1994 年版,第 224—239 页。

是一个符号化的世界，在这样的环境中，无论是作家、艺术家，还是科学家或普通人，用以互相交流和沟通的语言并不是一个自然的产物。在小说或戏剧中，作家之所以会选择某种表达方式，乃是被文化和历史决定的。①

书中进一步解释巴特在《写作的零度》中通过对法国文学写作方式的历史考察，解释了其中所蕴含的资产阶级的意识形态，解释了资产阶级是如何把一种写作方式加以自然化、规范化和合理化的。通过社会化体制，资产阶级把一种写作方式或符号运用方式加以体制化，将这些写作变成自然而然的、合理的甚至唯一正确的模式。借助风格、词语运用和各种技巧的规范化，资产阶级的意识形态也就被掩盖起来了。1970 年《S/Z》出版后，巴特的后结构主义倾向越来越明显。他不但指出了资产阶级意识形态如何作用于语言符号，而且还期望通过写作颠覆这样的符号规范。区分可读之文与可写之文，是因为可读之文处于作家写作实践之外，而可写之文处于写作实践之中，等待读者去再生产意义，可写之文将读者从文本的消费者变成文本的生产者。这与程晓岚将可写之文解释成对人们理解这个世界的思维方式提出挑战，形成了鲜明的对照。周宪认为对巴特来说，写作是从内部攻击现存的语言体制。在资产阶级意识形态无所不在的条件下，语言被完全总体化和中心化了，意义被垄断，唯有通过写作来滋生意义的多元化。巴特期待通过写作对抗和颠覆现存的资产阶级文化，把文学变成能指游戏，是为了实现文学的政治功能。周宪认为文学乌托邦是巴特一生追求的梦想，但 80 年代初中国研究界过滤了巴特文学写作观的去意识形态功能，将巴特塑造为保守的方法论者。

20 世纪 80 年代末 90 年代初，西方结构主义和符号学著作被大

---

① 周宪：《20 世纪西方美学》，高等教育出版社 2004 年版，第 244 页。

规模翻译出来，研究界出版了大量介绍结构主义与符号学的著作。80年代初掀起的关于"方法"的讨论，到这一时期达到了高潮。运用系统论、信息论、控制论等现代自然科学的方法描述和研究文学，突破了以往对文艺的经验性描绘，打开了文艺学研究的新视角，但由于对科学术语进行生搬硬套，使得文学丧失了美感，令人费解。科学主义的方法在短暂的流行之后，遭到了批评。结构主义批评注重科学分析的精神，既能满足国内研究界对于方法的需求，又能克服自然科学方法晦涩艰深的弊病。因而，结构主义成为研究界争相引述的对象，通过方法论的讨论，文学审美意识、文艺学学科建设的自主意识逐步增强，大大扩展了文学研究的领域，结束了革命工具主义的闭塞状态。

第三节　理论性介绍文章的大量发表

在理论性著作出版的同时，学术期刊上发表了大量介绍巴特思想的理论性文章，这些文章深化了对巴特思想的理解。介绍分两个方面。一是介绍巴特的结构主义思想；二是强调巴特思想的前后期转向。

一　介绍巴特结构主义思想

（一）理论性介绍

研究界出现了专门论述巴特结构主义思想的文章。李廷揆的《略述罗朗·巴尔特的符号学》是国内第一篇详细介绍《符号学原理》的文章，易江在《罗兰·巴尔特的语言哲学》这篇文章中也介绍了《符号学原理》这本书。王允道、韦遨宇分别在《评罗兰·巴特的结构主义》《"明修栈道 暗渡陈仓"——读罗兰·巴特〈叙事分析导论〉》这两篇文章中介绍了《叙事作品结构分析导论》。王允道纠正了王泰来对《叙事作品结构分析导论》的理解，介绍了叙事作品的三个层次。一是功能层。所谓功能，它是最小的叙述单元，作品中的任何一个细节都可成为功能。二是行为层。行为层又称人物层，因为行为的主体是人，但结构主义者认为行为决定了人物，人物仅是行为的参与者，故称行为层更为恰当。三是叙述层。由于人称作行为单元只能按话语中的主体而不是按实际主体去划分，故只能进入第三层次即叙述层中才具有意义。在叙述层中，叙述符号把功能和行为纳入作为叙事交际的作品之中，而这种交际是在叙述者和读者之间进行的。巴特反对把作者看成能了解一切、掌握一切的超人，他认为叙述者和人物都是纸上的生命。尽管王允道跳出了马克思主义文论的框架，但他认为巴特只是在玩弄一些时髦的术语，看不出与传统文学结构小段、中段、大段划分的区别，巴特只是为理论而理论，为结构而结构。①

李廷揆在《略述罗朗·巴尔特的符号学》中，将 Dénotation（直指）翻译为所指意义，Connotation（涵指）翻译为附加意义。巴特在《符号学原理》中介绍了符号学的两种情况，其一是涵指，其二是元语言。涵指是指第一系统（ERC）构成第二系统的能指，涵指即"神话"的运用机制，第一系统构成了直指平面。李廷揆将直指翻译为所指意义，容易与符号的所指概念相混淆。同时，李廷揆将符号学的第二种情况解释为如果第一体系不像在附加意义里作为表达平面而作为第二体系的内容平面或所指，这是一切纯理语言的情况。因为纯理语言是一个体系，其内容本身是由一个意义体系组成的，或者说，这是一种讨论符号论的符号论。

李廷揆所说的符号学的第二种情况即是元语言，元语言是指第一系统（ERC）构成第二系统的所指。巴特称符号学是一种元语言，巴特正是通过质疑元语言的稳定性，转向了后结构主义。从

---

① 参见王允道《评罗兰·巴特的结构主义》，《当代外国文学》1996 年第 4 期。

术语的表达来看，李廷揆只是停留在对一些基本概念的简单转述层面。①

（二）借用结构主义方法分析中国文学作品

这一时期，研究界跳出了马克思主义文艺思想的框架，将《叙事作品结构分析导论》运用的方法转化为一种思维模式，自觉运用导论的思路分析中国小说。李劼在《论小说语言的故事功能》中，论述了小说语言的故事生成、故事催化、故事隐喻功能。故事生成功能是指小说语言作为能指符号的组合功能。故事生成功能表明它要展开的是一个故事，催化功能表明这个故事将会是怎样的一个故事，暗示着这个故事的丰富性。李劼将催化功能分为平面弹射结构、垂直联想结构、无限催化结构三个层次。催化是从《叙事作品结构分析导论》借来的概念。李劼称可以将故事生成功能类比为巴特的功能层，将催化功能类比为叙事层，然而这一类比并不贴切。②

李劼在这篇文章中朦胧地意识到句子结构与叙事结构的对应关系。在《论中国当代新潮小说的语言结构》中，李劼通过对刘索拉、阿城、孙甘露、马原这四个新潮作家作品的分析，认为这种对称性不是孤立、偶然的，而是一种相当普遍的小说语言现象。李劼将马原采用的句型称为叙事型结构，称马原所有小说的叙事方式都可以在这个基本句型中找到直接的对应关系。我——叙述者，马原——作者，那个汉人——人物。主语在整个叙事结构中既是叙述主体又是叙述对象。"我"时而变成"马原"，时而变成"汉人"，时而又回到"我"，主语无法成为绝对的叙述主体，主体本身也是叙述对象，宾语也不是绝对的叙述对象，它们不过是主语的变体罢了。因而，主语和宾语都是虚构的而不是实在的，唯一实在的是叙述逻辑，

---

① 参见李廷揆《略述罗朗·巴尔特的符号学》，《法国研究》1986 年第 2 期。
② 参见李劼《论小说语言的故事功能》，《上海文论》1988 年第 2 期。

这种叙述逻辑的真实性使虚构的陈述变成了真实的陈述。因而，这一叙事语言具有双重隐喻结构，不仅整个叙述过程是隐喻的，而且叙述主体和叙事对象也是隐喻的。①

李劼深谙巴特之道，以理性的分析提高对象的可理解性。李劼对小说语言故事功能的分析，不只是借用《叙事作品结构分析导论》的概念，更是对结构主义方法的应用。李劼在分析中不断划分单元并进行命名，正是巴特提到的结构主义的两个经典动作——分割和明确表达。李劼的分析，不仅展示了小说语言的魅力，也揭示了先锋派作家在运用语言方面所取得的辉煌成就。我们在对"历史"与"主体"解构的层面上理解先锋派，不会将新潮文学批判为欲望狂欢的无根底游戏，贬斥为缺少深度、丧失理想的俗文学。恰恰相反，这是一场叙事革命，对语言的运用到了登峰造极的地步，文学的黄金时代来临了，真正实现了向内转。现实或主体不再成为束缚文学的枷锁，文学可以大张旗鼓地编造。马原的叙事圈套，正是向世人宣告文学只是用语言虚构的美丽谎言，在文学中，追问马原究竟有没有那样的经历，或"我"究竟是不是马原，已毫无意义。

杨义则在《中国叙事学》中，运用结构主义叙事学分析中国文化。杨先生强调中国叙事学要建立在中国语言时态的非原生态性上，而不能建立在西方语言的认识基础上，试图从中西文化差异的角度揭示中国叙事学的特点。杨先生从结构、时间、视角、意象等方面分析了中国叙事学。如在视角篇中，运用叙事视角的转换分析《祝福》。《祝福》的开头、结尾构设的叙事框架，采取第一人称视角，写"我"回到阔别五年的鲁镇的心境和见闻。然而，第一人称视角是以今日之"我"回思五年以前的祥林嫂的生存境遇和精神境遇的。这样的"我"当然不等于作者，但他以作者的身份、阅历作为背景，

---

① 参见李劼《论中国当代新潮小说的语言结构》，《文学评论》1988 年第 5 期。

这或许就会令人发问，即"我"何以对祥林嫂大约六年前在五次祝福和祭祀仪式中的行为，甚至对她倾吐悲哀和受人取笑等细枝末节了然于心？面对这种可能的质疑，叙事正文只好让第一人称的"我"隐退，让第三人称叙事者成为一个潜在的叙述者。这个潜在的叙述者，从其身份和感知范围来看，相当于一个不具名的"鲁镇人"。于是新的问题又产生了，即祥林嫂在那6年的生存空间包括鲁镇、卫家山与深山中的贺家墺，一个"鲁镇人"又何从得知？因此叙事正文启用了一个副视角——做中人的卫老婆子，具有弥补"鲁镇人"限知视角的资格，是她把祥林嫂引入"鲁镇人"的视野，把再寡的祥林嫂重新介绍到鲁四老爷家为佣。[①]

杨先生借鉴西方叙事学的成果分析中国文化，跳出了中国传统印象式、品评式的批评模式，运用新方法分析旧资料，在更深的层次上理解了传统文本。正如他在序言中称罗兰·巴特、杰拉尔·热奈特、兹维坦·托多罗夫等人的叙事学理论，为他对中国叙事学的思考提供了另一种眼光，他是带着中国数以千计的古今叙事典籍的阅读感受，去领略西方的叙事理论体系的。通过20世纪80年代初期的引介，80年代末，结构主义批评作为一种方法为文学研究提供了新的视角，研究界运用新方法对文学事实进行不同的解释，对文学问题作出不同的解答，促进了文艺学学科的自主发展，扩展了文学研究的空间和维度，而不必紧紧跟随政治风向的变化而变化。

二 强调巴特思想的前后期转向

杜卫、冯寿农、戈华等人介绍了巴特的前后期转向，提升了对巴特文论的理解水平，但情感上仍然不能认同。杜卫直接指责巴特的美学思想具有严重的形式主义倾向。杜卫在《巴尔特的结构主义

---

① 参见杨义《中国叙事学》，人民出版社2009年版，第227—228页。

美学思想——一种发展的描述》中，从《写作的零度》一直介绍到"文本理论"，杜卫认为《写作的零度》代表着巴特的结构主义思想的主要内容，称：

> 一位作家除了历史道德的选择之外，还有写作方式方面的选择。不过，曾受马克思主义影响的巴特认为，写作方式的选择不是纯粹个人的，而是受历史和社会等因素制约的。由于写作方式的选择包含着个性自由和社会历史制约的辩证关系，所以，他认为写作方式是从历史可能性中进行选择的结果，是一种对文学形式的社会性使用，这实际上肯定了文学形式的意识形态含义。①

作为马克思唯物辩证法的追随者，杜卫并不完全认同这一写作观。他一再强调巴特的写作理论与意识形态的关联，并称"他（巴特）早年对关于文学语言和写作与社会意识相联系的思想却一直内含在他的整个美学思想之中，从而形成了最关注社会和意识形态的结构主义美学"。但是，巴特又不似萨特那样，把文学或写作看作传达阶级意识的工具或手段，他是从写作的语言形式本身揭示其介入性，从而解剖资产阶级文学生命的内在危机。杜卫遗憾地发现"作为结构主义者，巴特所理解的写作的意识形态性并不是通过写作去澄明社会历史的本质或表现作家的思想观念。恰恰相反，他反对在写作方式之外去理解写作。他似乎选择了一条既与唯美主义或形式主义对立，又与文艺社会学对立的道路。在他看来，文学具有'自我包含'的本质，它作为一切结构是代码的相互作用的结果"。杜卫看到了巴特的结构主义与纯形式主义的区别，巴特是以形式建构资产阶级意识形态。但他认为正是过分强调写作形式，忽视与意

---

① 杜卫：《巴尔特的结构主义美学思想——一种发展的描述》，《浙江师大学报》（社会科学版）1992年第1期。

识形态的直接关联导致了巴特结构主义的穷途末路，让他最终抛弃封闭孤立的结构观念，走向开放的"文本理论"，但杜卫同样表达了对开放文本的不满。杜卫说：

> 从"文化批判"到"结构主义和叙事学"，再到"文本与解构"，正代表了法国结构主义从萌芽、形成到瓦解的整个过程。这种发展轨迹是值得研究的，在某种意义上讲，结构主义的产生代表了一种美学倾向，即要求贴近艺术文本，进入作品的形式结构，作科学的、精细的分析。在这方面，结构主义美学家是作出贡献的，他们从现代语言学中选择了不少观点和方法，应用于文学作品的语言分析。特别是巴尔特比较注重一般语言结构与文本话语结构之间的差异，自觉地探寻文学艺术语言（符号）的独特意指功能和方式。同时，巴尔特走了一条愈来愈关注文本，愈来愈忽视文本与社会历史和意识形态之间内在联系的道路，也正是结构主义美学研究路子愈来愈窄的发展历程的典型例子。当然，不少结构主义者已意识到这个问题，巴尔特就是试图打破封闭、静态结构的"结构的颠覆者"。但是，与一些后结构主义者一样，巴尔特仍然固守语言形式的视域。例如，在对文本的分析中，巴尔特开始关注阅读与文本的联系，这是建立向社会历史开放的文本观念的契机，但他不仅没有迈出这一步，反而走向非理性的道路，从而把文本看作是游戏享乐的对象，把文学接受看作是一种寻求感官刺激的享乐过程。这种从理性分析遁入非理性享乐的发展，貌似两极对立，实质上正是纯粹语言形式分析找不到意义产生的根源，无法确立艺术作品人生价值的病态表征。
>
> 总之，巴尔特的美学思想带有浓重的形式主义倾向，其根本方法论失误在于，在注重语言形式分析的同时，忽视了更基础性的问题，即社会历史和意识形态内容如何通过独特的艺术

话语组织，转化为文本的内在意义。①

　　在分析过程中，杜卫心中设置了一个审美标准——文学必须反映社会、历史，但巴特前期的文本分析偏离了这一标准，他走了一条越来越关注文本，越来越忽视文本与社会历史和意识形态之间内在联系的道路。杜先生将自己的标准强加于巴特，认为巴特意识到结构主义切断与历史、社会联系的弊端，后期试图打破封闭、静态的结构。但是巴特错失了这个有利的契机，没有建立向社会历史开放的文本观念，反而走向了非理性的文本写作，把文本看作游戏享乐的对象。因而，杜先生认为巴特美学思想的根本失误在于忽视了社会历史和意识形态内容。

　　冯寿农同样认为巴特的结构主义批评只关注形式不关注意义。在《罗兰·巴尔特：从结构主义走向反结构主义》一文中，冯寿农认为巴特一生的学术生活存在两次质的突变。在社会神话阶段，尽管冯先生意识到《写作的零度》以及《神话集》对形式的强调，但认为巴特作为一个左翼知识分子批判资产阶级意识形态，更多的是从社会、历史角度考察文学现象。第二个时期，"巴特文艺观发生质的突变，主要是因为他不仅仅把文学语言视为一个交际系统，而且视为一种信号，而通过这种信号可瞥见作家有意识或无意识地进行思想的选择"。这一时期，巴特真正进入结构主义阶段，建立了符号学这一新学科，考察了除文学之外现代法国人的衣着、家具、食品以及日常生活的许多其他方面的符号编码活动。冯先生认为在60年代，巴特最关心的是符号世界，起初尚能关心符号的内容或概念，即所指，但渐渐地他更注重形式。只讨论形式，不涉及意义也许是结构主义的共同特点。到了第三阶段，巴特意识到结构主义只关注形式不关注意义的弊病，在思想上又进行了一次彻底的反叛，以能

---

　　①　杜卫：《巴尔特的结构主义美学思想——一种发展的描述》，《浙江师大学报》（社会科学版）1992年第1期。

指的激增裂解结构主义者心中固定、封闭的文本，使得文本与阅读成为一场游戏。①

我们不难看出，冯先生很难认同结构主义切断文本与作者、文本与社会的联系。因而在第一阶段，尽管意识到巴特对形式的强调，但他选择忽视，认为巴特更多的是从社会、历史角度观察文学现象，并认为在《米什莱》中巴特通过分析主题符号，破译作家的创作意向。这因袭了旧唯物论的陈规套路，研究界将文学与意识形态联系起来的惯性思路是文学反映意识形态，文学忠实于现实。巴特却通过形式肯定文学的意识形态功能，既不同于经典结构主义，也不同于存在主义。由于受到革命现实主义文学的熏陶，自然而然倾向于认同巴特的神话批判强调与社会、历史的联系，而忽视这种意识形态批评所采取的符号学方法。第二阶段，巴特则关注符号学的科学性，与社会历史批评形成强烈的反差，毫无疑问被认为是结构主义阶段。

在结构主义阶段，冯先生认为巴特最初关注符号世界，关注的是所指。对于巴特而言，语言之外不存在客观世界，我们面临的只是被语言谈论的对象。冯寿农仍是在词与物的对应关系中理解语言，认为客观事物独立于语言存在，语言是透明、空洞的纯形式。所以他说结构主义的弊病让巴特越来越关注形式，而忽略了客观世界。这种思维方式将研究导向死胡同，唯有通过自身的解构——否认结构的封闭性和静态性，才能找到新的出路。因而，巴特转向了"文本写作"，但巴特的"文本写作"没有克服结构主义切断与社会、历史联系的弊病，而是变成"闪烁的能指星群"，在意义的碎片中获得感官的享乐。马克思主义文艺观导致了研究界对结构主义批评的偏见及对巴特理论的有意盲见，从而顺水推舟认为巴特的后期转向

---

① 参见冯寿农《罗兰·巴尔特：从结构主义走向反结构主义》，《文艺争鸣》1991年第2期。

正宣告了结构主义文学理论的彻底消亡，称巴特识时务者为俊杰，适时改弦易辙追随解构主义。

戈华不仅批判了巴特的结构主义，也对巴特的后结构主义表示怀疑。戈华说：

> 巴特为我们描述了一个望上去几乎令人眩目的本文世界，尽管这在很大程度上还只是一个理想世界。或许可以说，这个世界的最大特征在于：它不仅使一切秩序、中心实质、目的、意义，甚至已有的一切观念体系都遭到彻底颠覆；而且更重要的是，它已经取缔了这类概念本身。用巴特本人的话说，"本文……是一个无法无天的人……"这恰恰是后结构主义的精神实质在文学领域的投影。后结构主义者宣称自己具有不同于整个西方形而上学传统的思想方式，认为直至今日人们所信以为真的许多理论都依然没有逃脱形而上学的阴影，即从先在的假定前提出发，用各种方法证明"这种前提的真理性"，由此形成了话语和文化领域中的专制。在这种意义上，后结构主义是力图倾覆这种悠久专制的一种破坏性思维方式。在西方世界特定的历史条件下，破坏也可以是一种开拓。巴特的本文理论也正是文学领域中的一种破坏性开拓，它有助于我们彻底清扫由历史和意识形态遗留下来的、貌似公允的形而上学的积习，并在这种清扫中寻找新的无限多样的可能性。[1]

巴特的后结构主义理论颠覆了西方的形而上学传统，却没有走向意识形态的阳光大道，而是陷入"能指游戏"的泥泞小道，因而戈华称"但我们还该看到，巴特的理论并非超历史的真理，正如伊格尔顿所言，它是从政治和历史实践领域向话语领域的一种退避，因而，历史依然是盲点。在这方面，后结构主义时期的巴特并未比

---

[1]　戈华：《罗兰·巴特的本文理论》，《文学评论》1987年第5期。

结构主义的巴特走得更远"。来自旧唯物论的偏见同样让巴特的后结构主义理论成为不速之客。

杜卫、冯寿农介绍了巴特的前后期转向。两位学者认识到巴特结构主义的独特之处，如杜卫称巴特是以形式解剖资产阶级文学的内在危机，不同于唯美主义与形式主义。冯寿农认为在结构主义阶段，巴特应用索绪尔的语言学基本概念，建立新的学科——符号学，在巴特看来处处是语言符号的系统。但他们仍批判巴特的结构主义批评是一种极端形式主义批评，这足以说明形式在中国文艺界的境遇，即意识形态、社会历史仍具有客观真实性，形式只是空洞的附属物。在情感上他们无法认同结构主义切断与社会、历史的联系，他们看到巴特的后期转向，满心欢喜地认为巴特意识到结构主义孤立、封闭研究的弊病，因此彻底背叛前期的结构主义活动，转向"文本写作"。但是巴特并没有建立向社会历史开放的文本观念，反而走向了非理性的"文本写作"。于是，杜卫、冯寿农、戈华对巴特的后结构主义思想进行了批判。可见，巴特的后结构主义思想最初在中国是不受欢迎的。

三 关注巴特后结构主义思想

这一时期，"作者死了"这一观点引发了研究界新的争论，突破了主体论的认识框架，从语言论的角度为"作者死了"辩护。宁一中在《作者：是"死"去还是"活着"?》中从上帝之死、意图的迷误、结构主义的影响、读者中心理论、政治意义、"无意识的挑战"六个方面为"作者死了"找出理论支撑点。接着从反面论证"作者"并没有死。最后得出以下结论。

> 首先，我们应该对"作者之死"论的合理性作出客观的评价。这种理论最值得肯定的地方是，它使文学批评的注意力从传统的"作者中心"转到了对作品和读者的关注。它使批评从

此不再是关于作者的传记和考据。作者也不是意义的唯一来源；它确立了文本为审美客体的地位。同时，从信息流通的全过程强调了读者在作品接受中的重要作用，这是非常合理的。它的致命缺点在于，在为作品和读者的登场鸣锣开道的时候，它采取了极端的态度，彻底否定了作者在作品中的存在，这样就否定了作者在创造作品过程中的主体作用，进而否定了作品风格的存在，否定了作者应承担的道德、伦理、法律、政治等责任；也否定了仍然存在的某种意义上的作者的权威作用（我们引用权威以支持自己的观点，就是作者权威作用的表现，甚至作者签名售书也是作者权威的表现：读者慕名而来，作者凭其名声促销）。只要我们不带偏见，承认事实，那么我们应该承认作者（包括由此而来的作者身份"authorship"）和权威（authority）的存在。当然，承认作者的存在并不等于承认作者——上帝的存在。[1]

兰珊珊在《也论"作者之死"》一文中对宁一中的观点进行了有力的反驳。首先，兰珊珊认为宁一中所谓的"作者"与巴特所说的"作者"是分属不同层面的，前者是经验世界里的生命个体，后者是非人格化的先验结构，二者并无直接联系，不能混为一谈。文学作品一经诞生，就具有其独立意义上的存在，作者已无法控制对作品的解读权。其次，宁一中以自传体小说为例，借以证明作者的经历对作品所产生的影响，然而他却忘记了作者的传记不过是另一种形式的文本，同样可以被解构。人生活在语言的牢笼中，处处都依赖语言来感受自己的存在，那经过语言加工处理所生产出来的感觉与体验，已经是拉康所说的"想象态"，与生活中的真实相去甚远。宁一中在文中说自传体小说深深地打上了作者的烙印，那样真

---

① 宁一中：《作者：是"死"去还是"活"着?》，《国外文学》1996年第4期。

实的作者究竟是怎样的呢？不仅宁先生说不清，恐怕连作者本人也说不清。生活在意识形态统治下的人早已失去了真正的自我，一切关于自我的感觉与印象不过是意识形态这面魔镜中的幻想。既然作为统一体的作者并不存在，又何谈小说中作者的烙印？①

宁一中认为"作者对作品应承担道德、伦理、法律、政治等责任"。这种观念遭到兰珊珊的反驳，兰珊珊认为宁一中将作者视为作品的风格之源，作品的所有者，是本体论和认识论的产物，在认识论中作者具有绝对权威，作者是作品意义的授予者，阅读只是为了捕捉作者的立意。然而，到了语言论时期，"人早已失去了真正的自我，一切关于自我的感觉与印象不过是意识形态这面魔镜中的幻想"。称"作者死了"不是指个体生命的消亡，而是对作者存在的绝对权威提出质疑，对造就这种权威的社会意识形态提出质疑。"作者死了"这一观点从20世纪80年代初的全盘否定到80年代末的推崇，反映了中国文论的转向，审美自主主义时期，人道主义文学观占据支配地位，宣称"作者死了"无疑是不合时宜之举。后现代主义的兴起以解构"主体""自我"而开始，对"作者死了"的评价俨然成为时代的风向标。

国内第一篇对巴特写作观进行论述的是耿幼壮的《写作，是什么？——评罗兰·巴特的"写作"理论及文学观》。耿先生在这篇文章中引证《写作的零度》《叙事作品结构分析导论》《写作是及物动词吗？》《S/Z》，试图对巴特的写作理论进行概述。文章开篇称口语与写作的区分是巴特文学思想的第一块基石，口语是开放的，是依赖交流而生存，而写作是封闭的，是依赖自身而生存。耿先生称巴特很快将口语与写作的区分转换为两种作家和两种写作的区分，并引申出他的文学观的基本内容。巴特把语言视作一种独立自足的体系，人不过是遵循他自己的语言结构的一种"功能"。这种看法，

---

① 参见兰珊珊《也论"作者之死"》，《外国文学研究》1997年第4期。

迫使人们把文学也看作自我包含的系统。它具有脱离文学主体的自我意识和自我反映特性。写作不再被视作外在现实或作家个人的心理现实的透明的艺术表达了。这一思想在《叙事作品结构分析导论》中得到进一步分析：

> 它可以归结为一句话"在叙事作品中说话的人不是在生活中写作的人，写作的人也不是存在的人。"因此，叙事文学再也不是"讲故事"了。首先，"故事"没有了，剩下的只是"讲"。其次，在讲的不是作家这个人，而是语言的结构。这等于说不是作家在写作，而是作品在写作。①

耿先生认为这种文学观是有问题的。因为一旦把语言和言语，能指和所指，"指称"功能和"诗歌"功能完全割裂，语言和文学也就都被破坏了。耿幼壮认为巴特在《写作的零度》中意识到多少要挽回一点文学的交流功能，试图证明写作在一定时期内是可以同时具有诗学功能和交流功能的，古典写作便是例证。古典写作的作家"选择一种写作方式就是赞同一系列习惯化文学惯例，同时也就是对一定的社会生活方式和价值观念的认同"②。耿先生认为巴特通过写作形式沟通了写作与历史的联系，让写作陷入复杂的关系网络而失去了纯洁性，古典写作成为资产阶级意识形态在文学中的回响，但随着资产阶级经济政治秩序的解体，意识形态破裂后，写作的历史进入"现代写作"阶段。"现代写作"回到写作自身。"首先，不再把写作视作一定的思想和激情的最终表达和外表装饰，而是把写作活动自身就视为主题，视为信息和意义。其次，是指作家个人不

---

① 耿幼壮：《写作，是什么？——评罗兰·巴特的"写作"理论及文学观》，《外国文学评论》1988 年第 3 期。

② 耿幼壮：《写作，是什么？——评罗兰·巴特的"写作"理论及文学观》，《外国文学评论》1988 年第 3 期。

再试图表明自己的见解，不再想通过作品进行交流。"①

1988 年出现了第一篇研究巴特写作观的论文，体现出 80 年代末研究界关注巴特思想的侧重点发生了转移。20 世纪 80 年代初期及中期，对巴特结构主义方法的讨论被提升至压倒一切的地位，体现了"方法论"时期，文学"审美"意识的觉醒。到 80 年代末，文学借助"语言"反抗"现实"和"自我"对文学的工具性控制。语言问题越来越成为人们关注的焦点。1988 年《文学评论》开辟了"语言问题与文学研究的拓展"专栏。程文超、王一川、伍晓明、季红真、吴予敏、陈晓敏等学者参与了讨论。如程文超说新时期以来，文学界的汪曾祺、林斤澜、阿城、莫言、刘索拉、残雪等作家之所以引人注目，首先在于他们那令人耳目一新的语言艺术，在于那语言艺术带给人们的审美享受。人们终于认识到，语言、文体意识的觉醒，是新时期文坛一件值得注意的大事。②

巴特的文学写作观为研究界理解语言问题提供了新的视角。在传统现实主义文学中，语言是描写现实或表现思想的工具，当代小说使得文学成为语言的艺术，文学语言的独特之处在于它创造了一个独立的世界。耿先生将工具论语言观称为交流功能，将创造论语言观称为诗学功能。他先在地为巴特设定一个逻辑起点，认为巴特从一开始便将文学的诗学功能与交流功能相对立，以形式将主体驱除出境。从自己为巴特设定的逻辑基石出发，将《写作的零度》《叙事作品结构分析导论》《写作是及物动词吗?》《S/Z》纳入自己的逻辑框架，认为巴特反对古典写作，推崇现代写作。因为古典写作将写作纳入复杂的社会网络，而现代写作体现了巴特写作观、文学观的实质，写作不以交流为目的。《S/Z》完全推翻了作者在作品

---

① 耿幼壮:《写作，是什么? ——评罗兰·巴特的"写作"理论及文学观》,《外国文学评论》1988 年第 3 期。

② 参见程文超、王一川、伍晓明等《语言问题与文学研究的拓展》,《文学评论》1988 年第 2 期。

意义方面的权威，耿先生认为巴特的文本理论更能体现他的写作观，但耿先生并不认同这一写作观，他认为口语和写作的矛盾一旦表述为文学的"交流"功能和"诗学"功能之间的矛盾，就会立刻呈现为自俄国形式主义、索绪尔、雅各布森以来的整个结构主义文学批评的内在矛盾了。当他们全神贯注于语言的结构和功能时，他们忘记了"写作"和"言语"要有人的意识。可见，耿先生反对结构主义以"结构"替换"人"。但巴特却将文学视为一个独立自主的体系，认为文学不是主体意识的表达。尽管耿先生不认同巴特的文学观，却从中反映了80年代末研究界对文学语言的关注。通过巴特的文学观，研究界认识到文学可以脱离主体意识，作为独立的语言系统自行写作。

第四节　小结

20世纪80年代末90年代初，是中国文论发展史上的临界点。一方面，延续了80年代中期对文学审美意识的讨论，文学自主性大为增加；另一方面，预示了中国文论的后现代性转向。"文化大革命"后的中国文学被称为"新时期"文学，"新时期"文学是由对"文化大革命"的批判确立其基本命题——"文学是人学"。文学忠实于现实与文学表达人性，均是一种本体论的、目的论的、决定论的元话语品质，我们将之称为"现代性"术语。这种"元话语"以一种形而上的、超经验的、终极性真理叙事的品质，成为一切个别的经验叙事的基础。现代性叙事是有关"历史""现实""人""主体"的真理性叙事，有关其存在、本质、价值的叙述，因而形成垄断性的话语系统。余虹称：

> 20世纪中国文学理论的现代性必须联系政党政治革命的实践来加以确认，它主要有两大话语样式：革命工具主义和审美

自主主义，前者的基本形态是革命现实主义（革命浪漫主义是其变体），后者的基本形态是审美浪漫主义（不同于革命浪漫主义，请参见第五章）。革命工具主义和审美自主主义之为现代性话语，关键在于它们都是现代性元话语（意识形态大叙述）的派生物（推论之物），前者依存于马克思主义意识形态元话语，后者寄生于人道主义意识形态元话语，其共同的学理基础是对历史理性和语言理性的形而上信仰。[①]

后现代性，其一指解构作为革命工具论之元话语的"历史""现实"，其二指解构作为审美自主论之元话语的"人道主义"。后现代性表明文学及其文化实践不再依凭意识形态的巨型寓言，不再致力于建构社会共同的想象关系、写作者与思想者而退居到个人的立场，放弃永恒的、绝对的终极价值关怀，回到个人的记忆，注重那些细微的差别。

20世纪80年代中期，文学"审美论"的诞生是基于对"反映论"的不满，研究界认识到仅仅把文学看成社会生活的一般反映是不够的，不能说明文学的特殊性。文学"审美论"的确立依赖方法的多样性，巴特的结构主义批评作为方法揭示了文学自身的审美价值，有助于增加文学自主性。因而，在80年代末结构主义批评作为一种方法受到研究界的青睐，结构主义思想作为巴特的主要思想成为讨论的热点。80年代初研究界在介绍结构主义批评的文章中提及巴特，80年代末则出现了专门论述巴特的结构主义思想的著作及文章。从最初引入到高潮期，不到十年时间，结构主义批评就内化为一种思维模式，研究界已运用结构主义方法分析文学作品。

同时，由于中国文论的后现代性转向，结构主义批评作为发展马克思主义文论的方法已不能满足当时的理论需求，研究界需要突

---

① 余虹：《革命·审美·解构——20世纪中国文学理论的现代性与后现代性》，广西师范大学出版社2001年版，第3—4页。

破马克思主义历史唯物主义和辩证唯物主义的哲学框架，解构意识形态元叙事。巴特的后结构主义文论被大量翻译出来，巴特的前后期转向成为研究界讨论的话题。值得注意的是，早在1983年张隆溪就在《读书》上撰文指出，巴特已从结构主义转向了后结构主义，但当时"方法论"热情遮蔽了这一转变，研究界并没有关注。20世纪90年代，研究界敏锐地觉察到文艺界新的理论诉求，巴特的后结构主义文论适时地翻译过来，并出现专门论述巴特后结构主义思想的论文，巴特的后期转向重新回到研究者的视野当中。

这一时期的特点是对巴特文论进行理论性介绍。巴特的结构主义与后结构主义文论被全面引入后，研究界出现了大量评论性文章。理论水平高低不同，理论著作较为准确地介绍了巴特的思想，但一些发表在期刊上的文章由于受到旧唯物论的影响，对巴特文论产生了误读。这一时期是巴特后结构主义思想在中国接受的初始阶段，为巴特在中国后结构主义者形象的转变做了铺垫。20世纪90年代初至21世纪初研究界借鉴巴特文论评论中国出现的新文艺思潮，此时巴特不再是一个执迷于技术分析的方法论者，而是一个敢于解构意识形态的激进知识分子。

第三章　后结构主义者巴特——20 世纪 90 年代初至 21 世纪初巴特 文论接受的高潮期

20 世纪 90 年代，城市化、商品化的加速发展改变了人们认识世界的方式和感悟生活的节奏，这一转变第一时间在文学中得到反映。文学内部新的美学原则的崛起，让研究界感到手足无措。固执于传统审美原则的学者不停地哀悼文学丧失了轰动效应，怀念文学浪潮引发政治激情的狂热时代。他们感到迷失、彷徨，在哀叹或斥责中沉溺于对昔日的无限缅怀。因而，在一个文化断裂的时代寻找新的知识增长点，为社会转型掌舵成为研究界亟待解决的问题。研究界不再执迷于传统的价值体系，使陈旧的知识合法化，进而拒斥现实，而应在多重对话中解释社会转型期出现的各类文化现象，寻找新的可能性和文化再定位，确保新旧时代的平稳过渡。

在社会转型的时代背景下，巴特的后结构主义文论的引入不过是因缘际会、水到渠成而已。后期巴特重新审视了结构主义符号学，称符号学应该攻击西方文明的象征系统和语义系统。这一时期的符号学与文学结合起来，称为文学符号学。在《法兰西学院就职讲演》中，巴特明确指出语言结构与权势必然联系在一起，文学是在权势之外理解语言结构，他希望通过文本写作将权势驱逐出语言。文学符号学在对抗意识形态上与中国后现代文化一拍即合，为解释20世纪90年代兴起的文艺思潮提供了强有力的思想武器。研究界借鉴巴特后结构主义文论审视了后现代文化，不仅揭示了当代小说的语言革命意义，也在一个更深的层次上理解了社会变革所引发的思想解放，从理论的高度为后现代谋取了合法地位。质疑意识形态的工作集中在两大焦点：其一是解构"主体"；其二是解构"历史"。对"主体"的解构先于对"历史"的解构，因为在80年代中期审美自主主义压倒了革命现实主义。巴特文论参与了对"主体"与"历史"的解构，巴特在中国转型为后结构主义者。

然而，研究界将巴特的后结构主义等同于解构主义。塞尔登指出了巴特后结构主义思想与结构主义思想的关联，巴特是通过元语言的分析，质疑结构主义的科学性、真理性。后期巴特关注的是文本的狂喜，在组织代码中获得快感。巴特将世界看作由代码建构的，对代码的关注使得巴特的后结构主义思想区别于德里达的解构思想。在《论文字学》中，德里达用大量篇幅对卢梭的语言观进行论述。卢梭认为言语是思想的替补，文字是言语的替补，文字外在于语言系统，是替补的替补。他用外是内，又不是内的表述试图说明文字和语言的关系，称原始文字是一种分延。分延是痕迹，在这里既没有记号也没有符号，只有记号生成符号的过程。[①] 因而，在德里达的解构思想中看不到任何确定性，只是不断地出场，但在巴特后结构主义思想中仍保留了代码的痕迹，他没有像德里达那样去解构二元对立模式，解构形而上学。中国研究界没有看到"后结构主义"与"解构"的差异，运用巴特的后结构主义思想解构"主体""历史"，忽视了其中的建构因素，从而批判巴特的后结构主义思想是一种虚无主义。

---

① 参见［法］雅克·德里达《论文字学》，汪堂家译，上海译文出版社2005年版，第9—11页。

第一节　借用巴特文论解构"主体"

巴特用语言去除作者的"主体性",语言不仅仅是作者所使用的工具,还是塑造作者的某种材料。这样,作者是一个稳定和统一实体的观念也必定是一种幻想。作者不仅永远不能完全展现在你面前,而且也永远不能完全展现在自己面前。在此意义上,作者作为前语言、前文化的具有自我统一性的主体死了,但作为生命意志的大写的"我"却与写作同一进程。研究界将巴特的去"主体性"理解为运用"作者死了""零度写作""文本理论"等观点解构"主体"。

一　"作者死了"

"作者死了"这一观点在巴特与索邦大学教授皮卡尔的论战中已初露端倪。从19世纪后期开始,法国大学中的文学学科,一直由圣·伯夫的传记式批评和泰纳的实证主义占主导地位。这两种批评都相信文学作品存在确定的、单一的、由作家或外在因素决定的意义,批评的任务在于通过考据式的研究发现那些决定性的因素,从而发现"真实意义"。巴特的《论拉辛》以精神和结构双重视角分析拉辛悲剧人物的复杂性,将文本视为一个封闭的结构,关注文学表达的功能方面,这无疑引起了轩然大波。拉辛研究专家皮卡尔发表了一篇尖锐的批评文章——《新批评还是新欺骗》,在这场激烈的唇枪舌剑中巴特表现出雄辩天才的一面,并在《批评与真实》(1966)中对皮卡尔进行了集中反击。这不仅是实证主义批评与新批评、单一真理观与多元论的争战,也是一场抢夺话语权的争战。通过反对"客观性""科学性"消解权威,批评不再是某一群体的特权,任何人都可以成为批评家。巴特重新分配了作者与批评家的位置,将批评家置于作者的位置,将批评变成了写作。没有人可以自称真理代言人,每个人可以根据自己的理解表达自己的见解。在1968年写作的《作者死了》一文中，巴特称"作者"是个现代人物，由英国经验主义、法国理性主义所倡导，发现了"人类本性"。因此，在文学方面，作为意识形态元叙事，给"作者"以最大的关注是合乎逻辑的。然而，自马拉美以来，言语活动取代了言语活动的主人，是言语活动在说话，而不是作者。普鲁斯特的写作更是现代写作的里程碑事件，他不是把自己的生活放入写作，而是把自己的生活经历变成一种创作。

20世纪80年代初，"作者死了"受到非议，是因为其不仅要与中国传统文化相博弈，还要冲破"新时期"主体论的重围，一路披荆斩棘入驻中国。知人论世、人物品评是中国传统批评模式，文学批评总是围绕着作者进行，包括作者的意图、思想，影响作者的各种因素等。这导致对作品意义的解释往往来自作品之外，分析作品是为了对作者的观点进行解释。主体论论争是人本主义哲学观念在新时期的延续，回顾新时期所谓"人的觉醒"，实际上是以"人道主义的恢复和发展"逐步取代以往"以阶级斗争为纲"的价值取向。对"人"的理解只从所谓人的个性、尊严、价值等理想化和理论化层次上去认识，把"人学"简化为一种人道主义的道德理想和价值尺度，这一观念特别容易以"人学"取代"文学"。

20世纪80年代末，商品经济的发展引发了新的文艺思潮，"主体沉沦"成为后现代象征，自我本质、人的尊严、人的价值已失去了以往的诱惑力。张颐武在《理想主义的终结——实验小说的文化挑战》一文中写道：

> 实验小说的崛起和在纯文学中显示出越来越重要的位置则标志着一种"后现代性"在中国的兴起。"后现代性"是以对任何确定理想和目的论的追求的攻击和对语言与欲望的探索为其标志的，它取消了任何因果性的和确定性的追求。实验小说正是表现了这种"后现代性"的意识。它以独特的方式结束了

"五四"人文理想的神圣性，也结束了知识分子对自身价值和地位的幻想。自信和豪迈早已失去，信仰和理想已被后现代性的厌倦和淡漠所取代。我们发现二十世纪中期曾经充满过革命和创造的无尽热情的知识分子在承受着怀疑和虚无的阴影。后现代性已经崛起，它已是我们无法驱散的语言、文化和历史的状态。知识分子退回到敏感的、机智的玄学和宿命中，行动已经多余，语言又无法控制，实验小说作者和他们同道就像福柯或德利达式的知识分子一样，在对一切幻觉和意识形态的攻击中，在对语言和符号秩序的权力本性的强调中，在写作的快感中找到了自身的存在方式。"文化英雄"已是过去。①

张颐武称实验小说以独特的方式结束了"五四"人文理想的神圣性，也结束了知识分子对自身价值和地位的幻想，"文化英雄"的时代已成过去时。这引发了人文精神大讨论。王晓明在《旷野上的废墟——文学和人文精神的危机》中指出：

> 作家王朔的作品总的基调是"调侃"。这种调侃是取消生存的任何严肃性，将人生化为轻松的一笑，它的背后是一种无奈和无谓。王朔调侃大众的虚伪，也调侃人生的价值和严肃性，最后更干脆调侃一切。在这种调侃一切的姿态中，从调侃对象方面看，是一种无意志、无情感的非生命状态，对象只是无谓的笑料的载体。从调侃者本身看，也同样是一种非生命状态。调侃者一如看客，他置身于人生的局外，既不肯定什么，也不否定什么，只图一时的轻松和快意。调侃的态度冲淡了生存的严肃性和严酷性。它取消了生命的批判意识，不承担任何东西，无论是快乐还是痛苦，并且，还把承担本身化为笑料加以嘲弄。

---

① 张颐武：《理想主义的终结——实验小说的文化挑战》，《北京文学》1989 年第 4 期。

这只能算作是一种卑下和孱弱的生命表征。在调侃中，人们通过遗忘和取消自身生命的方式来逃避对生存重负的承担。然而，现实生存并不因这种逃避而有丝毫改变。从这里也可以看出国人生存境况之不堪和生命力的孱弱。①

在主体沉沦的后现代文化中，难道我们只能像王晓明等人一样悲观地叹息人文精神日渐萎缩，耽于缅怀作者振臂一挥，应者云集的文化英雄时代？我们如何在这一时代格局下积极进取，如何正视后现代文化出现的新转向。显然，旧有的文艺理论体系已无力解释新兴的文学现象，用他们的话说，就是只能哀悼"世风日下，人心不古"。陈思和告诉我们所谓人文精神的丧失，只是知识分子哀悼自身价值和地位丧失的愤然之辞，人文精神成为他们消极回避当下现实的护身符。

> 陈思和认为，人文精神危机是知识分子精英意识惶恐的表现。"文革"后知识分子精英意识的再起，接上了"五四"新文化运动的一条血脉，但是"五四"一代知识分子的文化背景却早已失去，也就是知识分子重返庙堂的"道"没有了，只剩传统积淀下来的思维习惯，要再恢复知识分子的政治文化中心地位就变得很虚幻。知识分子要摆脱他们现存的社会地位和扮演的社会角色，将人文精神转为一种入世态度，表达对世界、对社会独特的理解方式和介入方式。②

昔日的文化英雄在商品经济的大潮中沦落为悲观叹世的忧郁患者，他们恐惧多元复杂的文化局面。这种感伤不仅让自己显得与这

---

①　转引自俞樟华、熊元义《近10年来文艺界三次论争的回顾与反思》，《理论与创作》2001年第5期。

②　1994年《读书》杂志连续5期开展了关于人文精神的大讨论，本段总结了陈思和在会上的发言。

个时代格格不入，而且在拒绝今天的同时，也拒绝了过去与未来。同时，知识分子的生存困境直接影响了人文学科在当下的存在与发展，知识分子已丧失了真理代言人与知识启蒙者的地位，那么作为支撑人文学成为一门学科的知识由何而来？因此，如何寻找新的知识增长点，为后现代社会谋取合法地位，成为新一代知识分子亟须思考的问题。在理想破灭的时代，"作者死了"这一观点为我们重新认识知识分子的地位提供了新的视角。

"作者死了"这一观点使得作者从神圣的殿堂走入平凡的人间，作者意图不再成为衡量作品意义的唯一来源。对作者主体性的捍卫只不过是知识分子保全自身优越地位的权宜之计。挑战作者的主体性，实际是挑战作者的话语霸权，不认同作者对作品意义具有绝对发言权。这种以"客观性""科学性"为标榜和以真理代言人自居的人文科学的狭隘与专断，是以牺牲多元论为代价换来作者的学术权威。"作者死了"完全打破了"五四"以来知识分子对自我价值的认同，成为对人文精神的致命一击。所谓人文精神不过是知识分子的一种特权意识，以"人文精神"作为知识分子保持"启蒙""代言"话语中心位置的"合法性"前提，是极为世俗的权力运作的策略。"人文精神"并没有提供对当下文化的有力分析，而是将自身变成了在多重转型的全球进程中知识分子的玄学化及神学化的逃避过程。那么，我们还有理由哀悼人文精神的丧失吗？还有理由对"主体沉沦"的后现代景观予以驳斥吗？"作者死了"有力地支撑了这场人文精神大讨论，研究界以积极的态度迎接后现代转向。"作者死了"在主体论时代是众矢之的，如今却成为一个时髦的话题，一个强有力的理论资源。

（一）借用——运用"作者死了"解构作者的"主体性"

项晓敏认为"作者死了"是解构主义反主体的迂回策略。"作者之死"的提出，无论从创作的角度还是从阅读的角度，都是对作家和读者的一种自由解放，具有十分重要的意义。项晓敏说：

　　首先，从创作的角度看，作者的死亡加速了意义的虚无化、游戏化，使得作品意义起源被破坏，创作主体在其中销声匿迹，成为了中性体，写作的开始就是作者匿名的时候。作者不再是文学的中心，不再成为意识形态的传声筒，不再承担道德说教和社会导向的作用，不再是时代的精英和权威，不再是自以为是的天才，不再是无与伦比的创造者。……当文本的作者不再去扮演合理合法的道德训诫者和人格完美者的角色时，也就获得了一种真正的思想情感宣泄的自由、语言表达的自由，获得了随意虚构作品的自由，创作的过程成了写作者自由支配、自由传递、自由处理、自由构筑、自由解构和重构作品的过程。一句话，解构主义写作使得写作者获得了一种在创作过程中人的存在的自由。①

　　项晓敏对作为政治传声筒的现实主义文学表示不满，他认为正是现实主义文学强调文学忠实于现实的审美标准捆绑了作者，使得作者成为作品与现实的中介。巴特宣布"作者死了"之后，作者由时代的精英变成随意创作的写作者，可以运用语言肆意宣泄个人情感，从而获得个体自由。文学不再成为意识形态的代言人，不再承担道德说教和社会导向的作用。因此，他认为"巴特通过自称作者之死，反思了文化机制和创作规律，并借以走出强大的传统现实主义叙事常规和创作模式"。项先生以人的自由为目的，认为"作者死了"通过解构作者的权威，从而将文学从意识形态的重压下解放出来，借巴特之口批判了传统现实主义文学。

（二）误读——"作者死了"将主体性转移至他者

　　汪玉柱借用"作者死了"这一观点论证后现代语境中的主体身份

---

　　① 项晓敏：《零度写作与人的自由——罗兰·巴尔特美学思想研究》，复旦大学出版社 2003 年版，第 211—212 页。

危机，但汪玉柱认为巴特将作者主体性转移到了他者身上。汪玉柱说：

> 为了取代作者的写作主体位置，巴特创造了一个新词"现代抄写者"来说明文本的来源。巴特认为，文本是由现代抄写者抄写出来的，巴特之所以用现代抄写者而不是作者，是因为他认为现代抄写者与作者二者的所指是不一样的。巴特认为："现代抄写者是这样一个主语，他与文本同时出现，他不以任何方式具有先于或超出其写作的某个人，他仅仅是其书籍做其谓语的一个主语。"巴特认为"现代抄写者身上不再有激情、性格、情感、印象，只有他赖以获得的一种永不停歇的写作的一大套词汇；生活从来就是抄袭书本，而书写本身也仅仅是一种符号织物，是一种茫然而又无限远隔的模仿"。这样，作家主体也就被现代抄写者谋杀了，写作成了一种机械的、纯粹的没有任何感情的誊写过程。①

后现代文化的主要形式是流行歌曲、电视和商业广告，它以其亲切平凡甚至琐屑的内容、通俗可感的形式成为当今世界文化的主体。在风格上，它一反传统文化的高雅、庄重、和谐，不再追求崇高伟大的感情，甚至把这类感情变成嘲讽的对象，很多时候采取一种游戏人生的态度，消解一切伟大和崇高。在主体性被后现代文化逐渐侵蚀后，它开始暴露出其天真的狂妄和允诺的空洞性。无数次失败的经验堆积，迫使知识分子开始收敛个人的浪漫想象，理想主义日渐偃旗息鼓。生活被还原为一种日常状态，日常生活无情地驱逐了传奇与浪漫，吞噬了理想和激情。在汪玉柱看来，每个人无论在什么时候都需要有自己的信仰，那就是我是我自己，也就是自我主体性。只有当这种主体性存在时，我才明白我到底在做什么，以

① 汪玉柱、舒友亚：《后现代主义语境中的主体身份危机》，《河北经贸大学学报》（综合版）2010 年第 10 卷第 1 期。

及做这些事情的性质和意义是什么。然而在后现代社会中，随着消费步伐的加快，消费对象越来越多样化，人在消费这些对象的过程中，由于消费对象的突显，渐渐遗忘了自我，个体变成了一个消费意识的存在体。汪玉柱以"现代抄写者"形容后现代语境下主体迷失、自我身份缺失的人的生存境况，汪玉柱认为：

> 在巴特的主体理论里，作家的主体性被抽空，主体及其心理、情感和历史彻底消失了，文本成了一个不断延异的能指碎片。在这里，主体被彻底解构了，主体在自我身上已无出头之日，不得不开始转移。①

汪玉柱认为"抄写者"将主体性转移到他者，是对"抄写者"这一观点的误解。巴特对"抄写者"有专门的论述，在最后一部讲演集《小说的准备》中，巴特称写作为生命的启新仪式，是生命的新生，"我"的生命与作品相似，而不是作品与生命相似。巴特区分了"作者"和"抄写者"，"作者"是作品的过去时，"抄写者"不是作品完成的作者，作品一旦完成，便属于他者，"抄写者"与过去相决裂，以开始新的创作过程。因而，"作者"一旦进入写作，便已死去，作为"抄写者"不断进入生命新的旅程，没有一个僵硬不变、自我统一的主体存在。继而，巴特建立了"我"之类型学。

（a）persona〔人〕：不写作、只"生活"的人，市民的、日常的、私人性的人。

（b）scriptor〔拉丁文"作者"——中译者〕：作为社会形象的作家，谈论和评论对象，在学校、流派、教科书中被分类者。

（c）auctor〔拉丁文"作者"——中译者〕：自觉为自身

---

① 汪玉柱、舒友亚：《后现代主义语境中的主体身份危机》，《河北经贸大学学报》（综合版）2010年第10卷第1期。

写作之保证人的我；作品之父，承担着自己的责任；在社会上或在神秘学层次上，自认为是作家的人。

（d）scribens：处于写作实践内的我，正在写作中，并以写作为日常生存之道者。①

因而，"抄写者"的目的不是在他者身上寻找主体性，而是在彻底消解主体性后，使个体通过"写作"获得新生。汪玉柱从后现代文化中人的处境出发，片面地将"抄写者"理解为自我主体性的丧失，但他认为主体的存在是自我价值体系建构的基础，巴特却以"抄写者"解构了主体，为了重新获得主体性，只能在他者身上寻找，所以错误地认为巴特的主体理论使得主体不得不向他者身上发生转移。

汪玉柱认为"作者死了"将主体性转向他者，王干则效仿"尼采说，上帝死了。巴特说，作者死了。王干说，读者死了"②。王干认为"读者的诞生必定以作者的死亡为代价"，在一定程度上解释了知识分子从意识形态代言人沦落到寻找读者的身份转变过程。作家已不大可能像过去那样至高无上、旁若无人地宣谕真理，播撒价值，而是走下神圣的讲坛去寻找读者，原先笼罩着佛光的作者便消亡了，"作家"与"流氓"画上等号。但由于缺少深厚的逻各斯的理性文化积淀，"后现代"在拆除深度模式的同时也在钝化人们的思想能力，在卸去人们神话信仰的沉重包袱的过程中也滋生出顺从世俗、苟同平庸的惰性。王干说：

> 方方套用鬼魂，池莉学会了"流水账"。王朔则是用反启蒙的方式进行写作（王朔把写作称为码字），在王朔的小说里，作者"已丧失了最后一点尊严和体面，变成了几个消费文化的痞

---

① ［法］罗兰·巴尔特：《小说的准备》，李幼蒸译，中国人民大学出版社2010年版，第105页。

② 王干：《作者死了 读者也死了》，《山花》1994年第6期。

子和混混可以自由使用的代码"。"千万别把我当人"这样的
"贱话"赫然成为长篇小说的标题，而"一点正经也没有""过
把瘾就死"这类非启蒙反文化的语词则成为一种生活价值的新
广告词。在《顽主》里，"作家"与"流氓"划上了等号，这
已经不是巴特那种文本意义上的死亡，而是生活的格局。王朔
寻求一种低于读者的姿势讲述故事，目的在于唤起读者的介入
意识。原先的作者神话便委地如泥，自然消解了。

　　作者的死亡并没有能够挽救文学的颓势，作家在把"叙事
权""生产权"无条件的拱手让出之后，并没有造就出真正的
"读者"。王朔的走红没有诞生罗兰·巴特所期望的读者，而是
迎合并滋生出一大批的文本消费者、语言的挥霍者。作家们放
弃"射击"的灌输行为之后，读者之兔并没有如期来临，厄普
代克说，兔子，跑吧！那些痴情期待读者光临的"作者"在丧
失原先的自尊之后反而成为韩非子笔下守株的宋国农夫。①

　　王干认为巴特的"读者"理论是在瓦解作者主体性后，将主体
性转移至读者，因而仍然是一种启蒙性的主体说。那么，从王干的
观点出发，巴特是想在读者身上寻找主体性，这与汪玉柱在他者身
上寻找主体性有异曲同工之妙。两位学者由于受到中国传统文化与
"新时期"主体论的影响，无法割舍自身的"主体"情结。然而，
王干不无遗憾地发现在当代小说的读者身上无法获得主体性。当代
小说的作家们不约而同地降低了小说的叙述视点，放弃了原先的精
英立场，剥去启蒙者的装甲服，开始以非启蒙的灰色面貌讲述故事。
读者已经不再从字里行间去寻找人生的哲理和梦想了。街头报刊书
摊、流行读物、电视培养了一大批观赏者，一大批以平面观赏为终
极目标的消费者。

---

① 王干：《作者死了 读者也死了》，《山花》1994年第6期。

　　王干的死亡哲学建立在"主体性"的基础上，误认为巴特将"主体"由"作者"转移至"读者"，然而在当代小说的"读者"身上主体性荡然无存。因而，王干不得不悲哀地叹息"读者死了"。于是，王干对巴特的"读者"神话产生了怀疑：

　　　　我们发现，"读者"的理论仍是一种启蒙性的主体说。我们在强调作者的消失，在瓦解作者的主体功能，目的仍是要让读者成为文本的主体，成为文本的生产者。这种对他人主体性的极端恭敬与虔诚维护，在本质上是一种移情，是自我主体愿望的别一种方式的实现，当我们沉浸于"读者"这样的新语境自得其乐时，其实是自欺欺人，我们期望的"读者"只存在于我们的理论设想与文本期待之中，从未被生活本身验证过。①

　　为寻找读者的主体性，王干认为巴特的读者理论只是在应对经典著作的诞生时具有可靠性。如一部《水浒》，从古至今有无数的"读者"，绝大部分是消费者，但有些人是文本的生产者，如那些续书者，还有那些添油加醋的读书者以及戏曲改编者，都不是被动地接纳文本，而是参与创造，金圣叹更是一位了不起的"生产者"。但后现代文化带来了一个观者的时代，而不是读者的时代。因而，王干以当代小说无法诞生真正的读者质疑巴特的读者理论，认为巴特的"读者"只存在于理论设想与文本期待之中。

　　钟晓文直接指出"作者死了"之后，自由的读者获得了一种真正的"阅读愉悦"。钟晓文说：

　　　　当阅读不再需要围绕作者进行，不再追寻作者的创作原意，不再试图寻找其中的隐秘象征内蕴或人生终极意义时，读者成为文本的真正主人，也成为自己的主人。读者在阅读的独立和

---

① 王干：《作者死了 读者也死了》，《山花》1994 年第 6 期。

自由中获得了存在的独立和自由。巴尔特的"作者之死"是一场把自由还给读者乃至作者的思想革命。

　　……读者在文本的阅读审美中无论是文本的愉悦、快乐享受还是狂喜，都显示出巴尔特对阅读主体、对人的关注，体现了人道主义的终极关怀。当人不需要为目的、为他人去写作和阅读，而完全是为了自身愉悦和享受的时候，那么也就是人获得真正自由的时候。①

　　钟晓文同样认为作者死后，巴特将主体性转移至读者，体现了巴特的人道主义关怀，但钟晓文认为自由的读者从根本上否定了作者与现实、表现与再现之间的历史联系，切断了文学与社会、与作者的联系，实际上切断了文学之根，导致了反人本主义与反历史主义的倾向。在钟晓文看来，这种纯粹个人性的阅读愉悦导致了意义的消亡，这种彷徨的窘迫正是后工业人的生存困境。后工业时期的读者，已丧失了对终极价值的追问、对伦理道德的承担。在消解文学的理性象征和审美价值后，获得一种感性的、情感的甚至是欲望的极乐感受。钟晓文显然不认同这种自由阅读，他认为语言应该成为人类的"栖居之地"。在此，他采用了海德格尔的说法——"语言是存在的家"。

　　海德格尔强调语言的"道说"，人必须倾听语言的"道说"并做出应答，从而获得一种经验。诗人捕获一种经验，并用词语获得持存。与海德格尔不同，巴特消解"道说"语言的神秘光晕，关注语言的实践层面——写作。他在《小说的准备》中称："小说家的家务事劳作梦想：成为一名居家女裁缝。"② 技术层与伦理层成为他

---

　　① 钟晓文：《"作者之死"之后——论自由的读者》，《福州大学学报》（哲学社会科学版）2005 年第 3 期。

　　② ［法］罗兰·巴特：《小说的准备》，李幼蒸译，中国人民大学出版社 2010 年版，第 44 页。"罗兰·巴特"亦译作"罗兰. 巴尔特"，李幼蒸先生译为"罗兰·巴尔特"。引文均尊重各版本原文。

关注的焦点，在不断地裁剪、缝合中获得道德和谦逊的体验。他人生的最后一部讲演集以《小说的准备》结束（课程完成两天之后，他在法兰西学院前被车撞倒），正是以研究写作为名进行的一次文学伦理学自白。这部讲演集从意图、计划、准备、制作到"作品"的完成，都浸透着"作者"巴特的生死之虑、俗世厌倦、价值虚空及对文学乌托邦的幻想。

钟晓文却认为巴特将关注的焦点转移至读者，但是当"作者死亡"之后，以作者为中心而形成的作品价值体系，以及作品所表现出来的对社会意识形态、伦理道德、思想观念的历史性承诺也随之消解。在钟晓文看来，正是读者的自由导致了历史的虚无、传统的虚无、价值的虚无与意义的虚无。由于读者自由没有产生传统的主体性，因而钟晓文认为"作者死亡"造成了后工业时期的文化弊端，是对后现代文学特征的一种精到的概括和总结。

汪玉柱、王干、钟晓文一致认为作者死亡以后，读者的自由造成了后现代文化的困境，王岳川将后现代文化的弊端归咎于"作者死了"这一观点，从而对其进行批判。王先生认为：

> 作者的"死亡"加速了意义的虚无化，因为从此写作成为对起源的破坏，写作成为主体在其中销声匿迹的中性体。写作的开始就是作者自己匿名的时候，从此，文学的中心不再是作者，不再是作者的激情和文化身份，甚至也不是他的体验、想象之类的心理本性因素。相反，作者写作只是完成他的宿命，完成他执行主体死亡的签字仪式。当作者写完最后一个字的时候，作品就告别了他，而在意义的海洋和解释的沙漠地带远游。读者或批评者成为了文本意义的父亲。写作成为排除意义，成为为了自己消逝而涂抹的踪迹。写作的完整性仅仅是由文本的碎片所构成，文本的意义并不能指出作者消逝的踪迹，而只是指示出他曾经在场的可能性。

因此，为使写作有新的未来，似乎必须将"写作的神话"打破。读者的诞生应以作者的死亡为代价来换取，这就是巴特以及他的同道——福科、德里达的"作者死亡"观。因为作者的死亡宣布了读者尤其是批评家可以全权处理作者的遗产。于是，文本批评就成为一种颠覆性的写作，是一种零度的虚无性写作，一种试图证明一切符号系统从虚无中创造意义的活动。[1]

王岳川之所以批判"作者死了"这一观点，不仅由于他对后现代文化的不满，也有对"作者死了"的误解。与王干、项晓敏一样，王岳川认为"作者死了"解构了作者的主体性，将解释文本的权利出让给了读者。"作者死了"使得作品的起源被破坏，作者不再成为文本的中心，无法成为时代和社会道德的代言人。但王岳川心仪传统的"写作神话"，认为在传统写作中，作者通过追寻意义获得本真性存在，而在后现代文化中，意义的悬浮使过去的权威、话语和终极价值终归失落而遭遇合法性问题。在他看来，文本的快乐来自逃避写作的结果。写作必须有所承担，文本的享乐游戏使得写作走向死亡。因而，"作者死了"是以"写作的死亡"为代价。所以王岳川得出与项晓敏相反的结论，认为"作者死了"加速了意义的虚无，文本的碎片代替了写作的完整性。

同时，王岳川将巴特的作者观等同于福科的作者观，这也是造成他误解巴特的原因。福科在《什么是作者》一文中，以话语理论填补"作者死了"所产生的空白地带。福科认为作者的名字只是显示某种话语，并指出这一话语在社会和文化中的地位，作者功能是某种话语在一定社会中存在的形式特征，作者功能没有形成作者个体特征，相反，他构成作者的理性存在方式。因而，写作成为作者的谋杀者，写作是创造书写个体永远消失的空间。福科以话语理论

---

[1] 王岳川：《作者之死与文本欢欣》，《文学自由谈》1998年第4期。

的方式防止作者死灰复燃，与福科不同，巴特选择以写作秘密维护作者的存在。在《罗兰·巴特自述》中，他对作者的身份进行了详细的论述。全书出现了"He"和"I"两个主语，巴特说"我"并不是自我，因此，"我"可以以"他"来进行论述，"他"是语言中的一个客体，是语言谋杀的对象，而"我"在语言之外，比所写之物更有价值，"我"只是一个象征物，永远不是一个外化、客观、僵化的对象，"我"只是作品中的一个人物，永远处于未完成状态，于是写作成了"我"存在的价值依据。"作者死了"是指传统意义上具有物质躯体且一成不变的"他"（客体的人）死了，但是"我"却与写作共生并存。通过写作，巴特找到了自己的天命所向，在"上帝死了"的价值虚无时代，让他能够坚强地活着。在巴特看来，写作与生命同一进程，王岳川却认为"作者死了"导致了"写作的灭亡"。

王干、王岳川、汪玉柱、钟晓文都不约而同地以"作者死了"这一观点概括中国后现代文化特征。这是因为他们一致认为巴特在宣布作者死后，将"主体性"转移至"读者"，但是后现代文化中的读者没有承担起主体性，读者在放弃价值观念和社会责任感以后，导向了对躯体享乐的追求。同时，巴特"粗俗"地将写作比作勾引，强调性欲、快感，令四位学者认为巴特认同这种彰显个人欲望的纯粹个人写作，因而，他们认为后现代文化缺乏深度的游戏写作是"作者死了"之后产生的必然后果。为宣泄心中的不满，他们或者大声疾呼"读者死了"，或者说"作者死了"导致意义的消亡、写作的灭亡。

二 "零度写作"

同时，研究界借用"零度写作"评价新写实主义、先锋派小说，"零度写作"参与了对"主体"的解构。"零度写作"是巴特在《写作的零度》这本书中使用的一个概念。在这本书中巴特梳理了法国文学的写作史。他认为古典艺术不可能被理解成一种语言，因为古典语言的机制是关系性的，字词是透明的，不会因自身之故而有内涵，字词刚一发出随即延伸向其他字词，古典写作是一种工具性写作。到了18世纪，文学形式得到了独立发展，字词具有了"重量"，从中滋生出一种如无字词就不可能出现的思想或情感内涵。在小说写作中，形式表现为简单过去时和第三人称：

> 简单过去时最终就是一种秩序的表现，因而也就是一种欣快感（euphorie）的表现。由于这种欣快感，现实既不是神秘的，也不是荒谬的，而是明朗的，一清二楚的，它时时刻刻被聚集和保持在一位创造者的手中。[①]

简单过去时意指一种创造性，是明显的谎言，通过语言符号的编码，将原因和目的结合起来，描绘了一种似真性的领域，从而使得资产阶级文化自然化。然而，到了19世纪，资产阶级意识形态不再具有普遍性，它只不过是各种可能意识形态中的一种，写作变得多样化了。作家致力于探索新的写作形式，这一探索却将作家置于矛盾境地。作家认识到当前世界的复杂多变，但只能运用一种虽华丽但已死去的语言对其加以报道，他们注意到"所见"和"所为"之间的悲剧性差异。福楼拜为抵制资产阶级意识形态发展了一种"作家—艺匠"的写作风格，马拉美的印刷体失写症企图在稀薄的字词周围创造一片空白区域。这些作家想在剥夺历史对象后，重新找到语言的新颖性。作家的努力创造了一种白色写作，最先由加缪在其《局外人》一书中加以运用。白色写作消除了语言的社会性，代之以形式的中性和惰性状态，文学最终完成了俄耳菲式的梦想——一位无须文学的作家。在白色写作中，字词变得透明，失去"重量"，重新找到了古典艺术的首要条件，即工具性。因而，"零度写

---

① ［法］罗兰·巴尔特：《写作的零度》，李幼蒸译，中国人民大学出版社2008年版，第17页。

作"是指形式的零度，研究界却将其误认为情感的零度，以评价新写实主义、先锋派小说的特征。林秀琴在《二十世纪中国文学批评99个词》一书中评述了这一概念。

零度写作强调由字词独立品质所带来的多种可能性和无趋向性。然而这种无趋向性越来越被狭隘地理解和使用了。在今天的文学现实中，我们不无随意地用零度写作来定义那些采用了外部聚焦，行为主义式的叙事规范，新写实小说就时常不乏贬义地被冠以零度写作的头衔。我们还时常把90年代被称作先锋写作，或那些不再承载某种主流意识形态，标榜无意义或消解中心的写作，或一些表现所谓后现代主义虚无态度的写作，也称为零度写作了。零度写作竟然变成类似于游戏的写作方式了。零度写作还成为区分文学是否"介入"现实世界，作家是否具有人文精神关怀的分水岭。① 为何新写实主义、先锋派小说被冠以"零度写作"的头衔？因为研究界发现新写实主义客观、冷峻的叙事策略暗合了巴特的"零度写作"，以"零度写作"评价新写实主义小说，从理论高度肯定了新写实主义小说取得的艺术成就。如赵联成在《"主体"的陨落与消失——新写实小说新论》中写道：

新写实作家"零度情感"的叙事，从根本上偏离了传统现实主义的叙事轨迹。叙事对他们来说已不再是主体意识的高扬，也不再是创作主体理想、理念与情感的表现过程，而是理想远逝、理念幻灭、激情消退后直面现实的无可奈何与无能为力，是对现实存在的一种别无选择的妥协与认同。对当代普通百姓生存现状"零度情感"的还原或显示，一方面说明了在新写实作家眼里，当下现实生活已经是无甚激情和"主体"可言的生存挣扎，同时也表明了他们自身对激情与主体的彻底失望与放

① 参见南帆主编《二十世纪中国文学批评99个词》，浙江文艺出版社2003年版，第410页。

逐。因为,在新写实作家看来,创作主体的激情只会妨碍他/她客观、公正地、"没有陈见"地叙述,"主体叙事"永远只能是褊狭的、带有个人好恶的叙述,由"主体"介入的叙述必然是夸饰的,或者是变形的,或者是隐瞒事实的。因此,针对过往文本创作中自我主体的无限放大和膨胀,新写实作家采取了"零度写作"(在巴特这里,"写作的零度",即表示拒绝意识形态,拒绝"文化承诺"的写作,它指的是纯粹虚构化的反现实主义文学叙事的"先锋派"创作)的叙事策略,他们心甘情愿成为"无需文学的作家"。①

杨增和将新写实小说的特点概括为文化转型、平面写作、零度叙事三个方面。

他认为,中国的新写实小说注重日常性的叙述,缺乏对现实生活的超越性探索。由此不难看出后现代主义和新写实小说存在着某种关联。零度叙事是一种不介入、不干涉的叙事方式。它不偏不倚,叙述者的主观好恶、情感、倾向为零度。从表层看,要求作者客观冷静地切入文本,反映人生的自然本色与原生态,建立一种不动声色的话语体系。"新写实"无论从叙事内容、叙事话语方面都表现出这种风格。在叙述方式上,新写实小说多采用第二人称,尽可能将叙事转变为客体的自我展示。叙述由人物一系列的言语、动作、姿势、表情组合而成,显示了作家主体的退隐和情感与意义的零度。《风景》于是成了一个不动声色的叙事范本。刘震云的《一地鸡毛》也采取了客观、冷峻的叙事策略。生活中鸡毛蒜皮的小事从容道来,作家们不

---

① 赵联成:《"主体"的陨落与消失——新写实小说新论》,《宁夏大学学报》(人文社会科学版) 2006 年第 4 期。

介入的立场，暗合了零度叙事理论。①

陈晓明在《无边的挑战——中国先锋文学的后现代性》一书中，深入探讨了中国当代文学的后现代性问题。陈晓明说："'新时期'文学作为思想解放运动的急先锋，全力书写'文革'时期极'左'路线对人们的肉体折磨和精神迫害。"②反观那段历史，终于意识到自己的存在，从而确立"文学是人学"的基本命题。20世纪八九十年代的新写实、先锋派作家群体无法介入现实的意识形态实践，他们的写作脱离了当时的现实，寻求形式主义的表意策略。对于先锋派文学"大写的人"不再有现实实践意义，更严重之处还在于，文学丧失了现实性。先锋派文学的反叛姿态无疑是时代精神的风向标。知青群体"反文革"的历史叙事方式和文化记忆方式使他们理所当然地成为历史主体。当一群远离"文化大革命"伤痛的新生代作家活跃于文坛时，他们没有成为时代的弄潮儿，而是处于现代工业文明给予"传统"的冲击中。

如果以主体论和反映论评价新写实主义、先锋派文学，只能陷入表意的焦灼中。在历史祛魅、主体沉沦后，这种一劳永逸的轻松自如，是否会带来无根的精神恐慌。那么，该如何绘制这份复杂的时代精神图，如何直面后现代缺乏历史深度的游戏狂欢？研究界积极借鉴20世纪西方语言学转向取得的理论成果来分析中国文艺界面临的新问题。"零度写作"作为一个新名词被引入中国，以评价新写实主义、先锋派等当代小说对"大写的人"的解构。

批评界借用了"零度写作"对主体的解构。在《写作的零度》中，巴特强调写作是一种形式，以写作的形式消解了人道主义的主

---

① 杨增和：《新写实小说的后现代主义美学向度》，《广西师范大学学报》（哲学社会科学版）2007年第8期。

② 陈晓明：《无边的挑战——中国先锋文学的后现代性》，广西师范大学出版社2004年版，第33页。

体地位，所以杨增和称"零度叙事是一种不介入、不干涉的叙事方式。它不偏不倚，叙述者的主观好恶、情感、倾向为零度"。赵联成、杨增和均将新写实主义不偏不倚，不带作者主观好恶，还原生活本身面目的叙事方式称为"零度写作"，将"零度情感"等同于"零度写作"。正如赵联成所说，"叙事对他们（新写实主义者）来说已不再是主体意识的高扬，也不再是创作主体理想、理念与情感的表现过程，而是理想远逝、理念幻灭、激情消退后直面现实的无可奈何与无能为力"。在这种生活格局面前，作家选择了退隐，不动声色地报道生活本身，这不正是一种直陈式的新闻写作？如巴特所言，"这种中性的新写作存在于各种呼声和判决的环境里而又毫不介入其中；它正好是由后者的'不在'所构成。但是这种'不在'是完全的，它不包含任何隐蔽处或任何隐秘。于是我们可以说，这是一种毫不动心的写作，或者说一种纯洁的写作"①。这不正是新写实小说的真实写照？批评界认为新写实小说印证了"零度写作"，仅仅在直陈式、毫不介入的层面上理解"零度写作"，从而将"零度写作"理解成了"零度情感"，却忽视了"于是，写作被归结为一种否定的形式，在其中一种语言的社会性或神话性被消除了，而代之以形式的一种中性的和惰性的状态"。巴特认为"零度写作"重新回到了古典艺术的首要条件，即工具性，"零度写作"实质上是形式的零度（在解构"历史"一节笔者将详细介绍"零度写作"的含义）。但正是这一截取使"零度写作"走红，"零度写作"似乎成为新写实小说的代名词。

三　"文本理论"

（一）借用"文本理论"解构"大写的人"

巴特的"文"强调的是语言的自由游戏，即语言的创造，而不

---

①　[法] 罗兰·巴尔特：《写作的零度》，李幼蒸译，中国人民大学出版社 2008 年版，第 39 页。

是对陈词滥调的重复，但小资产阶级文化（大众文化）的性质却正好相反："一切神奇的、诗意的行为都消失了，再没有（语言的）狂欢，人们不再游戏于词语之中：隐喻结束了，由小资产阶级文化所强加的陈词滥调占据了统治地位。"机械复制的"可耻"不仅仅在于制造了陈词滥调，更重要的是，这种陈词滥调往往是以真理的面目出现的。在《文之悦》中，巴特说：

> 我们均被言语活动的真实所控制，也就是说，被控制在他们的地区性中，被拖带到调整其相邻关系的可怕竞争中。因为，每一种语言（即每种虚构故事）都为霸权而奋斗；一旦有了权力，它便扩散到社会生活的潮流和日常生活之中，它就变成了多格扎（doxa），即自然本性：这便是政治家、国家工作人员的所谓非政治言语，这便是报纸的言语、电台和电视的言语，这便是会话的言语。①

言语活动因为重复使用被塑造成"自然本性"，文要以反常性，以求新、求异打破这一自然本性的俗套用语。因为一切语言一旦重复变成旧的语言，就意味着固化的所指，一经权力运作进而变成真理。因而，文是语言的极端不稳定状态，于是巴特勾勒了文的几大特征。

第一，意义处于漂游状态。在巴特看来，固定意义、真理、理性是同体物，文必须偏离这一同体物，如果没有这种偏离运动，文仍是关于意义的哲学。

第二，句子具有不完整性。一个完整的句子将词语固定放在主语、谓语的位置，以一种逻辑的严整性确保意义的稳定性，从而成为一个规则，强迫人们按照这一规则说话。在此，巴特将克里斯特娃的"任何意识形态都表现为在构成上是完善的语句形式"，反过来

---

① ［法］罗兰·巴特：《罗兰·巴特随笔选》，怀宇译，百花文艺出版社 2005 年版，第 204 页。

说成"任何完善的语句都冒着带有意识形态的风险"。

第三，文摆脱了命名。如"马克思主义""资本主义""唯物主义"，在提及名称的时候，意识形态便强行进入，人们被迫按照词的固定意义理解并使用该词。因而"根据言语活动的一种不肯与科学相混的方法论，文本在近于说的极限时，也在破坏命名，而且正是这种破坏使文本接近于享乐"。

"文"通过强调语言的自由游戏消解意义、真理、意识形态的客观真实性，这正是先锋派文学不同于现实主义文学、伤痕文学、寻根文学之处。写作表现为纯写作，它不再把写作看成指向写作之外的某种重要意义或价值的行为，不再要求写作对社会、历史、政治、文化、人生等重大现实问题做出承诺。这种写作只指向写作自身。这种写作不正是巴特所提倡的"文本写作"？"文本写作"是指写作不再被视作外在现实或作家个人的心理表达，而是语言的自行表达，这不正反映了文学由"写什么"向"怎么写"的转换？当代小说似乎成为"文本写作"在中国的现实翻版。陈晓明在《暴力与游戏：无主体的话语》一文中，运用巴特的"文本理论"解构了"大写的人"。陈先生写道：

> 在当代中国的小说实验群体中，孙甘露的叙事拒绝追踪话语的历史构成，他的故事既没有起源，也没有发展，当然也没有结果，叙事不过是一次语词放任自流的自律反应系列而已。作为语言暴力的同谋，孙甘露的叙事话语彻底能指化了。……当叙述不再具有统一性的功能，叙事话语也就拒绝与外部世界的统一秩序认同，话语自身产生各种构成机能，话语的方法论活动替代了叙述意图设定的总体形势——正如巴特认为的那样：文本成为"能指的天地"。能指与所指的分裂使符号内部失去任何统一的可能性，能指只能在自我生成的层面飘移，每一能指的意指活动都变成能指群的增殖或播散，在能指词的背后是一

片不断扩展的能指海洋。因此话语中的那些像词语一样的最小单位就不再是一个明确固定的意义实体，而是一片"闪烁能指的星群"。文本作为一个话语的方法论活动领域（从纯粹理论的意义而言），它的构成既没有目的，也没有终结，它是一个无限制的开放性的意指过程，因而文本的"能指的天地"已经把单个本文推向"复数文本"的境地。对于巴特来说，任何文本都不是什么前所未有的东西，相反，文本中的一切成分都是无数已经写出的文本的引文、回声、参照物。正是因为同时存在无数其他词汇，一个单独的词才能作为词而存在，才能确认它指涉什么——这也是德里达所认为的符号的差异性一样，因为有无数不在的、但已在字典里和其他文本中存在的更多的能指，文本的音乐总谱式的播散活动才得以进行。①

陈晓明借鉴巴特的"文本理论"分析孙甘露的叙事方法，透视先锋派小说在叙事方法方面所达到的复杂程度。陈晓明称在孙甘露的小说中"作者"转化为叙述人，仅仅具有转换视角的作用，而叙述人的实际作用不是构造一个以自我为中心的话语秩序，而是打破话语的习惯中心，扰乱话语可能的秩序。那么，叙述人不过是一个幻想的主体，它脱离了实在的世界。因此，符号对所指的追踪变成在能指链上的任意滑动，对象世界永远处于话语欲望的彼岸。叙事遗留大量的虚构痕迹，不再追踪同一的中心和实在世界的绝对真理。当叙述不再具有统一性功能，拒绝与外部世界的统一秩序认同时，便成为"能指的天地"。陈先生认为巴特揭示符号的统一性破裂之后，语言陷入游戏境地，从根本上动摇了文本内在统一性和终极真理的梦想。当代实验小说在一定程度上证实了解构理论的可能性与可行性，从解构的角度肯定了实验小说的语言革命，称孙甘露以极

———————

① 陈晓明：《无边的挑战——中国先锋文学的后现代性》，广西师范大学出版社2004年版，第204、214页。

端写作的方式沉迷于符号界的语词游戏，拒绝了对"大写的人"的夸大其词的幻想。陈晓明将巴特的后结构主义思想等同于德里达的解构思想，他说：

> 尽管巴特和德里达揭示符号的统一性破裂之后，语言陷入了游戏境地，他们确实打破了把文本作为实在世界的秩序的象征体系的幻想，从根本上动摇了关于文本内在同一性及其终极意义的梦想，他们无疑给文本提示了另一片沃地，而当代的实验小说也确实在一定程度上和方法上证实了解构理论及其批评策略的可能性和可行性。但是，不管是巴特还是德里达，都仅仅是揭示了文本或符号的另一种可能性，当他们极端偏激的观点移到小说叙事策略中来理解时，也只具有部分的适应性。巴特关于能指天地的设想和德里达关于"无底的棋盘"上的游戏的推论，可能只适合理解某些实验性话语。巴特后来退到语义学的游戏领域（德里达近年来也专注于'文本间性'式的写作），对符号所做的极端的推论，思考在语言的边界上增加新词汇——这种观点只适合于理解他所认定的"作者性文本"（显然巴特的"作者性本文"概念是模糊的，他设想的"作者"更像是谋杀作者的纯粹的文本方法论活动）。①

陈晓明看到了巴特以叙事话语消解了作者"主体"，却没看到巴特以语言促进了生命的新生。巴特的"文本理论"不是"闪烁能指的星群"，拒绝与外部世界认同。"文本"仍然是由代码编译而成，只是扰乱了资产阶级写作的代码秩序。资产阶级写作通过代码的重复使用，变成一堆陈词滥调，就像"痛苦"这个词语一样，"作为作家——我自认为是作家——我不断在言语的种种效果上欺骗自己：

---

① 陈晓明：《无边的挑战——中国先锋文学的后现代性》，广西师范大学出版社2004年版，第227页。

我不明白'痛苦'一词并不表现任何痛苦，也不知道，运用这个词也就意味着不仅什么都交流不了，而且立刻会让人生厌（尚且不谈这多么荒谬）"①。巴特希望通过重新编排、创新代码，使得语言忠于自我。作者不再成为政治传声筒、真理代言人，个人情感表达获得合法性，"小写的我"与写作共生并存。因而，巴特并非像德里达一样谋杀符号的统一性，也没有像福柯一样谋杀作者。相反，巴特不断创新符号，使得写作成为个人的存在依据。

（二）批判"文本写作"是一场无根底的游戏写作

傅翔同样运用巴特的"文本写作"分析先锋派小说，认为先锋派小说完成了对"人"的解构，但他认为这是一场没有根底的游戏。在《伊甸园之门——新时期小说的空间透视》一文中，傅翔以巴特的"文本写作"分析马原的叙事圈套：

> 以马原的《拉萨河的女神》为例，小说一开头就很意味深长："首先得让读者了解几件简单而要紧的事"，"于是几个人说好在星期天到拉萨河去。我们假设这一天是夏至后第二个十天……这样说下去，读者可以因此推测是在拉萨河里游泳度假日的故事。还可以进一步假设，夜里刚下过雨所以早晨尽管晴朗仍然凉爽是个典型的理想假日。"显然，马原在此玩了一次假定性前提的游戏。他利用了读者的思维定势来诱使读者上当。事实上，马原根本就没在后文中再关心那以前的假设。这不是记忆的遗忘，而恰恰是故意做的叙述游戏。正如罗兰·巴特说的："用语言来弄虚作假。这种有益的弄虚作假，这种躲躲闪闪，这种辉煌的欺骗使我们在权势之外来理解语言。我愿意把这种弄虚作假称作文学。"无疑，马原正是这种观点的代表，他

---

① ［法］罗兰·巴特：《恋人絮语——一个解构主义的文本》，汪耀进、武佩荣译，上海人民出版社 2009 年版，第 87 页。

不仅存心不写令人满意的结局，而且存心弄得没有连贯的情节。他放肆地颠覆与破坏了文本，有意在关键地方制造破裂、空缺和错位，在本应正常发展的地方斩断发展线索，抑或干脆指出发展线索本身的虚假性。①

文章开头，傅翔认为精神的疲乏必然导致对形式与技术的热衷，技术与形式的无限滋生与繁殖从侧面对这个时代做出诊断，那就是这个时代神圣精神的丧失。先锋派意图通过没有限期的实验与翻新来弥补心灵的空虚，这是一场没有结局的游戏，人们心灵的创伤越来越明显。尽管如此，傅翔也不得不承认先锋派文学在语言、结构革新方面取得的巨大成就。因此，他以《拉萨河的女神》为例，认为马原正是"用语言来弄虚作假。这种有益的弄虚作假，这种躲躲闪闪，这种辉煌的欺骗使我们在权势之外来理解语言"。但傅翔认为其中更多表现出一种绝望和颓废的精神。他认为马原在小说中不仅自称马原，而且让读者参与他的创造游戏，把创作过程和来源都告诉读者。读者一开始也许觉得新奇好玩，但随着"故事"的演进，读者感觉到一种受骗的尴尬。因为读者随着叙事者绕来绕去，到最后发现那是一条死胡同，但就在这时，叙事者却说，意义就在你走过的路中。这导致了意义的言说等于无意义。在傅翔看来，作为人学的文学，没有从根本上对意义的追寻便没有一种内在的力量吸引读者。傅翔仍在叹息人文精神的丧失，仍是"大写的人"的捍卫者。因而，他无法像陈晓明一样认同先锋派文学，在他看来孙甘露使用的语词在播散的行动中充分零散化，从而呈现出一种可怕的存在虚无状态。叙述成了纯粹的语词出场表演，它不展示什么，也不实现什么，这无异于阻碍了交流。傅翔不赞同孙甘露的写作技巧，情感上无法认同先锋派对"人"的消解，进而认为：

---

① 傅翔：《伊甸园之门——新时期小说的空间透视》，《文艺评论》1994年第5期。

在巴尔特看来，本文的阅读已不仅仅是一种消费行为，而是要读者参与的一种游戏。因为本文自身就在游戏，这是一种意指游戏，是能指的扩散和所指延搁的游戏。而读者本人则在作一种双重游戏：一方面，他像玩一场游戏那样作本文游戏，他遵循本文的游戏规则，实践着本文的再生产过程。另一方面，既然是游戏，就不能是对固有条件（譬如，白纸黑字地写在纸上的东西）的被动摹仿，这与本文的游戏规则是相悖的。既然阅读是这样双重意义上的游戏，那么它与写作就基本上没有区别。一方面，语言的意指活动规律已不仅仅是写作独有的规律，也是阅读活动的规律；另一方面，阅读本身就是对写作的完成，就是本文总谱的联合行者。可以说，本文废除了写作和阅读的差异，它把两者纳入了同一个意指活动过程，同一种游戏。①

傅翔认为先锋派小说纯形式的语言游戏，是一种技术主义。这种技术主义的泛滥，使得文学成为一个封闭自为的体系，阻碍了人与自身的交流，使得文学走入死亡之谷。傅翔以巴特的能指游戏评价先锋派小说，将巴特的"文本写作"理解成空洞的形式游戏。傅翔与陈晓明一样，将巴特的后结构主义等同于解构主义。巴特希望通过"文本写作"不断扩增语言形式，颠覆从传统继承而来的写作方式，这种写作方式浸透着资产阶级意识形态，语言结构成为压迫人说话的法西斯，是一种被普遍化的支配力量，成为不可避免的异化关系，人丧失了自我。为使得语言沟通自我，巴特通过"文本写作"从内部裂解语言结构，通过创新语言形式，表达个体最隐秘、最细微的感受。因而，巴特的能指游戏，并不是空洞的形式，而是重新扰乱资产阶级通过操作符码建构的秩序。以形式沟通历史、意识形态是巴特的思想精髓。前期，揭示意识形态的形式虚构性，后

---

① 傅翔：《伊甸园之门——新时期小说的空间透视》，《文艺评论》1994 年第 5 期。

期则通过形式裂解意识形态的虚伪性。傅翔将巴特的"文本写作"误认为是纯粹的游戏写作，是套用"文本写作"评价先锋派小说得出的结论。

"文本写作"与先锋派小说确实存在某种相似性，都是为了对抗意识形态，但是先锋派小说是以从现实逃离的姿态完成对意识形态的解构，先锋派小说的语言游戏令其为形式作茧自缚，最后又走回现实，实现了自我救赎，新历史主义小说的兴起表明先锋派作家放弃了纯粹的形式主义。在此意义上，"文本写作"应成为新历史主义小说的理论资源。因此，以"文本写作"评论先锋派小说有失公正，"文本写作"是以形式对抗形式，以求新求异的语言形式对抗资产阶级俗套的语言形式，现实、历史在巴特看来是一个大文本。先锋派小说实质上是巴特反对的文学样式，它使得形式成为"零度"，导致文学的消亡。但傅翔将先锋派小说视为"文本写作"，陈晓明更是认为先锋派文学实现了巴特的文学乌托邦，陈先生说：

> 年轻的作者——在超越马原的意义上他们被看作"先锋派"，开始在虚构性上画下背离现实的地平线，一个虚构的话语空间，一个由想象、幻觉和语言的迷津构筑的精神乌托邦。正如罗朗·巴特所说的那样："尽管不断为自己的孤独感到内疚，文学的写作仍然是对语言至福境界的一种梦想的语言，这种语言的清新性借助某种理想的预期作用，象征了一个新亚当世界的完美，在这个世界里语言不再是疏离错乱的了。写作的扩增将建立一种全新的文学，如果这种文学仅是为了如下的目标才创新其语言的话，这就是：文学应成为语言的乌托邦。"①

---

① 陈晓明：《无边的挑战——中国先锋文学的后现代性》，广西师范大学出版社 2004 年版，第 311 页。

在陈晓明看来"文本写作"是巴特的理想文学样式，他用"文本写作"评价先锋派小说。因而，先锋派小说实现了巴特的文学乌托邦之梦，陈先生将巴特的文学观仅仅理解为先锋派纯形式的语言游戏。当先锋派作家意识到形式只不过是远离社会的一块暂时的休憩地，以拒绝的姿态只是表明自己的妥协、退让，最后让文学成为一块风雨飘摇之地。先锋派作家走出形式，走向历史深处。陈晓明称先锋派小说的自我反省，使其不可能营造巴特的"语言乌托邦"，而是体现文化的意味，承担精神救赎的使命。在陈晓明看来，先锋派后期的转变超越了巴特的形式游戏，巴特的语言乌托邦只是一座封闭的形式象牙塔。

"文本写作"等同于先锋派小说的纯粹语言游戏成为学术主流意见，王岳川同傅翔一样，认为"文本写作"使得写作变成一场游戏，成为欲望的表达，通过批判"文本写作"表达了对后现代文化的不满。王岳川说：

> 罗兰·巴特从传统的古典的"可读性"作品，终于进入到现代的"可写性"文本中，从而完成了从结构主义向解构策略的转化。当然，在这种转化中，巴特突出地强调了关于欲望在解读中的重要性。因为，正是这种欲望的享乐、欲望自身的快乐感，使得文本的阅读成为欲望的再生产和欲望的满足，甚至从他的《文本的欢欣》、《恋人絮语》中可以看出，他对恋情、对阅读的带有色情的"快乐"，充分显示其欲望显露的游戏性过程。
>
> ……如果一味在90年代倡言无所驻心的"中性写作"或"欲望写作"，对中国当代文学而言当是一种不妙的奢侈，一种意义透支或写作形式的空洞挪用。在当代文化转型时期，关注前沿问题和问题的解决，是一切写作的良知之所在。如果对解构理论语境不加厘定，对中国当代跨国资本的权力话语的问

题实质没有觉察，一味玩"文本的游戏"和对"作者死亡"望文生义地移植，我以为，都将产生大面积的意义倾斜和失衡。这确乎值得中国文学界批评界深思。①

前文论述"作者死了"这一观点时，提到巴特称写作是生命的启新仪式，期待以写作对抗生命的虚无主义。为何傅翔、王岳川都将巴特的"文本写作"视为一场彰显欲望的游戏？一方面，由于两位学者都将巴特的后结构主义思想等同于解构主义思想，认为"文本理论"是能指游戏。从中国后现代文化的立场理解巴特的"文本写作"，将"文本写作"等同于先锋派小说。另一方面，出于东西方的文化隔膜，无法理解巴特反神学的真正意图。巴特认为西方传统人文科学均是智力运作的结果，用语句化的概念、常用论点、固定说法建立观念体系，这一观念体系为确保其真理性和证伪性，使其成为经久不衰、无限延续的权力话语，毫无顾忌地强迫别人接受。这种话语是严厉无情的可怕独裁者，享受君临一切的独白乐趣。人们近乎麻痹地重复着这种语言，人的自我感受力被扼杀。在西方传统人文科学中唯有米什莱通过想象，将科学与感性意象联系起来，使得历史、自然界中的每一部分都独立、清晰、生动地被吟唱和听闻，世界成为一个众声合唱的完整乐谱。那些侵扰身体的细微感受（嫉妒、惧怕、欲望）直接而明确地被意识到，情感的想象力把最细微、最不引人注意的事件解读为危急时刻。躯体被挑逗、情感处于迷醉状态，世间的细微差异都激起了人的兴奋点。

巴特面对的是逻各斯中心主义的强劲对手，希望通过文本写作攻击西方整个文明的象征系统和语义学系统，裂解意义系统本身。然而，中国传统文化拙于理性思辨，却在西方后现代主义狂潮席

---

① 王岳川：《作者之死与文本欢欣》，《文学自由谈》1998 年第 4 期。

卷下，在还未完成现代性革命进程之时过早地向后现代性转向。因而，反理性主义对于中国学界来说只是一场没有对手的较量。在这种自由无度、"破坏性"极强的后现代主义文学的肆虐下，中国文学笼罩着颓废和绝望的气息。傅翔认为当代小说的技术泛滥使得文学走入死亡之谷。王岳川认为后现代文化带来了思想的荒原，人们只能感受到自身存在的孤独感和无望感。中国后现代文化在没有可攻击对象的靶场上任意妄为，势必受到非议。但王岳川、傅翔"望文生义"地运用巴特的"文本写作"评价中国后现代文化，也有失公正。

王岳川仅仅从欲望的角度理解《文之悦》，他认为"正是这种欲望的享乐、欲望自身的快乐感，使得文本的阅读成为欲望的再生产和欲望的满足"。王岳川不赞同当代小说，认为当代小说玩弄语言技巧的写作方式无法弥补人类信仰的缺失。在他眼中，巴特竟冒天下之大不韪，宣布"作者死了"，消解意义，彰显欲望。在《文之悦》中，感性的、肉体的，甚至欲望的东西都浮上了历史地表，而伟大的、隐喻的、诗意的文学已经消失。但就积极意义而言，文本带来的快乐是对政治异化的扬弃。在这种快乐中，一切都四散了，即本源、语言、文化、意义都不再有其中心。王岳川称："写作从一种沉重的历史记忆中走出来，而变成自由地滑行于记忆之间的妥协物，甚至变成了记忆的自由存取或机遇性的书写游戏。"可见，他是从当代小说的角度理解巴特的写作观（巴特写作观强调形式与历史、意识形态的关联）。在他看来，"文本写作"与"零度写作"无异，都等同于"欲望写作"，在欲望中，人学会逃避。逃避崇高，逃避伟大，逃避超越，拥抱着一种虚无的自我价值。最后，王岳川要我们警惕"如果一味在90年代倡言无所驻心的'中性写作'或'欲望写作'，对中国当代文学而言当是一种不妙的奢侈，一种意义透支或写作形式的空洞挪用"。王岳川在对"文本的游戏"进行中国化的改造后，又呼吁人们不要对"文本的游戏"进行望文生义的移植，将其套用到后现代文化，从而使巴特成为背黑锅的人，通过批判巴特，表达对后现代文化的不满。

"文本理论"被翻译的时间在中国具有历史性意义，1987年在文化上意味着一种转折。翻译时间反映了中国后现代主义的兴起，而其被消化、吸收的过程则体现了中国后现代主义的征象。中国当代小说的出现掀起了"文本理论"的接受高潮，"文本理论"以写作对抗主体、真理、意识形态正是当代小说的语言革命意义，因此"文本理论"也无法逃避学者们对当代小说的指责。"文本理论"在中国已经化身为当代小说的代名词，我们也能理解王岳川的指责，对"文本理论"的批判折射了中国后现代文化的弊端。

第二节 借用巴特文论解构"历史"

在第一本著作《写作的零度》中，巴特称："写作是被其社会性目标所转变了的文学语言，它是束缚于人的意图中的形式，从而也是与历史的重大危机联系在一起的形式。"[①] 形式成为把作家和历史联结在一起的锁链，不同的写作形式凸显了具体的历史情境。在《结构主义活动》中，巴特称："结构主义并不取消世界的历史：它努力将历史与某些形式、心智以及美学联系起来，而不仅仅是与某些内容（这种事情已经发生过上千次）、物质、意识形态联系起来。"[②] 在《历史的话语》中，巴特质疑了历史"事实"的客观真实性，他认为"事实"只能作为话语中的一项存在语言，叙事话语造就了历史之"真"。巴特以形式消解历史客观性的观念，在20世纪90年代初期，成为研究界解构"历史"的理论来源。

---

① ［法］罗兰·巴尔特：《写作的零度》，李幼蒸译，中国人民大学出版社2008年版，第9页。

② ［法］罗朗·巴特：《结构主义活动》，张小鲁译，《外国文学报道》1987年第6期。

一 "零度写作"

（一）赞赏"零度写作"是巴特推崇的理想文学样式

"零度写作"同时参与了对现实的解构，但这是一种认识的误区。这一认识误区导致研究界对"零度写作"持截然相反的态度。在《表意的焦虑》一书中，陈晓明引用"零度写作"分析先锋派小说的特征。陈先生说：

> 通过语言修辞策略来转化被压抑的表达欲望，通过抒情性描写来化解生活的悲剧性后果，语言形式变成了决定性的本体存在。没有真实的历史与现实，没有意识形态的真实诉求，先锋小说似乎有些像罗兰·巴特所说的达到一种零度写作状态。巴特关于"零度写作"的概念充满矛盾和含混，但却为我们思考纯文学和形式主义，以及文学与历史的联系提供了一种参照和依据。巴特设想有一种摆脱了意识形态、摆脱历史记忆的纯粹文学写作。他攻击现实主义写作和古典写作。在他看来，现实主义写作不过是一种同语反复，小说中的简单过去时是一种明显的谎言，包含有一种由于简单的再生作用而能增加具有不同远近或虚构性的秩序。写作被一种历史延续性控制，因此，小说就是一种死亡，它把生命变成一种命运，把记忆变成一种有用的行为，把延续变成一种有方向的和有意义的运动。巴特指出，这种转变过程只有在社会的注视下才能完成。"正是社会推出了小说，这个所谓的记号综合体是被当做超越物和被当做一种延续体的历史的。"巴特同时攻击古典写作对字词的功能化处置，在他看来，古典语言的机制是关系性的，它是一种表达的艺术，而不是创新的艺术。字词并未像后来那样由于某种强烈性和意外性而重新产生一种经验深度和特性。巴特推崇现代诗的写作及对语言机制的运用。在现代诗中，关系仅仅是字词

的一种延伸，而字词变成了"家宅"，诗的字词绝不可能是假的，因为它就是一切："字词以无限的自由闪烁其光辉，并准备去照亮那些不确定而可能存在的无数关系。一旦消除了固定的关系，字词就仅仅是一种垂直的投射，它像是一个整块、一根柱石，整个地没入一种意义、反射、意义剩余的整体之中：存在的是一个记号。"但这个记号不同于古典语言的记号，在现代诗的字词下面隐含着一个地质学式的内涵层次。它不是被强制性引向被选择的固定关系，而是字词本身的内涵决定了它的存在。在这里，"名词被引向一种零度状态"。①

陈晓明借鉴"零度写作"评价先锋派文学，他认为，"没有真实的历史与现实，没有意识形态的真实诉求，先锋小说似乎有些像罗兰·巴特所说的达到一种零度写作状态"。陈先生将"零度写作"解释成"巴特设想有一种摆脱了意识形态、摆脱历史记忆的纯粹文学写作""巴特要求摆脱传统文学性语言的束缚的同时，寻求新的解决方案，即创造一种白色的、摆脱了特殊语言秩序中一切束缚的写作，这就是零度写作"。这是对"零度写作"的误解。"零度写作"不是由巴特提出的，而是法国文学发展到19世纪的一个阶段性特征，巴特认为"零度写作"导致了文学的穷途末路，而且"零度写作"是不真实的。巴特不是为了摆脱传统文学性语言的束缚而创造"零度写作"。恰恰相反，巴特意识到作家总是处于"历史"和"传统"的压力下，作家为了摆脱写作的记忆，创造了一种白色写作，这种白色写作是不真实的。巴特说：

　　不幸，没有什么比一种白色的写作更不真实的了，在如下领域里逐渐形成了一些自动机制，在这里首先有一种自由，一

---

① 陈晓明：《表意的焦虑：历史祛魅与当代文学变革》，中央编译出版社2002年版，第119—120页。

套凝结的形式越来越具有话语最初的清新性，一种写作重新诞生于一种不确定的语言领域中。达至经典水准的作家成为他自己原初创作之模仿者，社会从这位作家的写作中创造出一种方式，并使他重新成为他本身"形式的神话"之囚徒。①

白色写作并不是巴特赞赏的形式，而是作家为摆脱写作记忆做出的无奈选择。陈先生却认为"巴特试图把文学写作从以往的历史中解救出来，他的形式主义策略显然是杜绝资产阶级意识形态的有效武器。巴特把'零度写作'看做是革命性的写作和写作革命"。巴特认为，正是权势或斗争产生纯粹的写作类型，写作是将作家和历史联系起来的锁链。巴特期望写作能不断扩增语言，不断创新写作形式，在形式之上构成附着于思想功能的机制，而不像"零度写作"将写作归结为否定的形式，从而导致写作的灭亡。

由此可见，陈晓明的"巴特设想有一种摆脱了意识形态、摆脱历史记忆的纯粹文学写作"观点与巴特的初衷完全相反。陈先生为何如此理解"零度写作"，我们可以尝试阐述一下其中的逻辑线索。由于先锋派文学没有真实的历史与现实，没有意识形态的真实诉求，陈先生称先锋派文学达到了"零度写作"的状态。作为先锋派文学的捍卫者，"零度写作"自然成为一种理想的文学样式。因而，陈先生认为巴特推崇"零度写作"，从而推测出巴特认为写作应该摆脱意识形态，成为纯粹的语言形式游戏，以巴特推崇"零度写作"达到推崇先锋派文学的目的。既然"零度写作"是巴特所赞赏的文学样式，那么巴特便"攻击现实主义写作和古典写作"，"推崇现代诗的写作及对语言机制的运用"。

巴特显然是从现代诗对字词的处理而引申出零度写作的概

---

① ［法］罗兰·巴尔特：《写作的零度》，李幼蒸译，中国人民大学出版社2008年版，第40页。

念（同时还参照了某些语言学家关于中性项或零项的看法）。巴特要求摆脱传统文学性语言的束缚的同时，寻求新的解决方案，即创造一种白色的、摆脱了特殊语言秩序中一切束缚的写作——这就是零度写作。"零度写作根本上是一种直陈式写作，或者说，非语式的写作……这种中性的新写作存在于各种呼声和判决的汪洋大海之中而又毫不介入，它正好是由后者的'不在'所构成。……这是一种毫不动心的写作，或者说一种纯洁的写作。"巴特奇异的思想不仅揭示文学写作所具有的历史异化，同时去表达它所具有的历史梦想。巴特试图把文学写作从以往的历史中解救出来，他的形式主义策略显然是杜绝资产阶级意识形态的有效武器。①

巴特并非攻击现实主义写作和古典写作，推崇现代诗的写作及对语言机制的运用。巴特只是追溯了法国文学的历史，认为现实主义写作的成功之处在于其以文学的形式创造了"现实"，使得资产阶级文化获得普世价值。现代诗的写作以字词的沉积性，扰乱了现实主义写作建构的秩序。字词的不透明性使得自然变成了一些由孤单的和令人无法忍受的客体所组成的非连续体。"零度写作"正是要清空现代诗字词的沉积性，回到古典写作字词的透明状态。

陈先生为何称在现代诗中"名词被引向一种零度状态""巴特是从现代诗对字词的处理而引申出零度写作的概念"？因为陈先生认为先锋派用形式主义策略来抵御精神危机，来表达无法形成明确主题的历史无意识内容，力图消除历史的起源性或历史的连续统一性。传统现实主义小说把简单过去时变为现在进行时，把叙述人"我"变为第三人称"他"，正是为了获得一种历史的完整性（在陈先生看来，这正是巴特所反对的）。先锋派小说的语言摆脱了因果必然

---

① 陈晓明：《表意的焦虑：历史祛魅与当代文学变革》，中央编译出版社2002年版，第120页。

性，文本成为字词自由游戏的场所，恰似巴特在形容现代诗时所提及的"在现代诗中，关系仅仅是字词的一种延伸，而字词变成了'家宅'，诗的字词绝不可能是假的，因为它就是一切：'字词以无限的自由闪烁其光辉，并准备去照亮那些不确定而可能存在的无数关系。一旦消除了固定的关系，字词就仅仅是一种垂直的投射，它像是一个整块、一根柱石，整个地没入一种意义、反射、意义剩余的整体之中：存在的是一个记号。'……"①巴特对现代诗的溢美之词，正是陈先生对先锋派文学的颂扬。所以，陈先生称巴特是从现代诗对字词的处理而引申出"零度写作"的概念，先锋派也赢得了"零度写作"的桂冠。陈先生通过巴特攻击现实主义与古典主义，推崇现代诗，从而达到抑现实主义文学，扬先锋派文学的目的。

陈先生将"零度写作"设想为一种理想的、纯粹的文学样式，进而认为"零度写作"实现了文学乌托邦，称：

> 巴特把零度写作看做是革命性的写作和写作革命，因而，"作为一种必然性，文学写作证明了语言的分裂，后者又是与阶级的分裂在一起；作为一种自由，它就是这种分裂的良知和超越这种分裂的努力。尽管不断为自己的孤独感到歉疚，文学的写作依然是对语言至福境界的一种热切的想象，它急忙地朝向一种梦想的语言，这种语言的清新性借助某种理想的预期作用，象征了一个新亚当世界的完美，在这个世界里语言不再是疏离错乱的了。写作的扩增将建立一种全新的文学，如果这种文学仅是为了目标才创其语言的话，这就是：文学应成为语言的乌托邦"。②

陈晓明既用"零度写作"也用"文本写作"评论先锋派小说，

---

① ［法］罗兰·巴尔特：《写作的零度》，李幼蒸译，中国人民大学出版社2008年版，第25页。

② 陈晓明：《表意的焦虑：历史祛魅与当代文学变革》，中央编译出版社2002年版，第120—121页。

在他看来"零度写作"与"文本写作"无异，均是巴特理想的文学样式，因而先锋派小说实现了巴特的文学乌托邦之梦。陈先生认为先锋派文学达到了"零度写作"的状态，这一先入为主的偏见造成了对"零度写作"的误读。将巴特认为写作是作家与社会、历史的契约关系，理解成了写作不再对历史做出承诺。将写作应不断扩增语言，创新表达思想、反映现实的形式，理解成了写作的理想形式为形式处于惰性状态的"零度写作"，进而将一种不可能的文学理解成了文学乌托邦。

"零度写作"与中国当代小说如影随形的关系，使得"零度写作"被刻意歪曲。蔡洞峰与陈晓明一样，认为"零度写作"是巴特赞赏的理想文学样式，他概括了"零度写作"三个方面的内涵和美学特征：

> 第一，"零度的写作根本上是一种直陈式写作"，是没有语式的写作，类似于新闻式的写作。即文中不具有写作主体的"感伤的形式"。第二，零度写作作为一种中性的写作即"白色写作"，具有"主体不在"的特征。表现为在作品中不再有作者的影子。保持"一种中性的和惰性的形式状态"。由此看出，零度写作的目在于淡化写作主体的介入式价值取向和审美评判，在中性的自由写作中消解作者写作中的功利色彩，从而使得文学表现生活的面更广，途径更多，内容更丰富。写作的中性化使得写作内蕴和审美价值具有了多种可能性。巴尔特十分推崇存在主义哲学家、文学家加缪的写作，将其看作零度写作的典范。加缪《局外人》中以超文学的透明的语言，塑造了一个对现实世界的一切抱"无所谓"态度的默尔索形象。加缪让人物以存在主义的方式自由自在地生活着，不介入、不评判。巴尔特认为加缪实现了一种作者"不在"的风格，一种不介入的零度写作。第三，零度的中性写作具有工具性特征。即作为业余

的首要条件的语言形式的工具，驱除了古典写作中的目的性和意图性。它是一种全新的使用语言的方式，即采取一种中性的零度写作并摆脱某种典雅或华丽的风格，以及消除个人情绪的介入。因而，语言不再是沉重的、单义的、观念的，而是处于一种纯中性的可变形式的状态。当写作的语言工具不再为社会意识形态所利用，不再具有功利性时，作家才可能完全自由地写作而不必受制于社会和阶级意识。这种全新意义上的中性零度写作中的工具性美学色彩的表现，诚如巴尔特所说："于是文学被征服了，人的问题敞开了，并失去了色泽，作家永远是一个诚实的人。"①

从对《写作的零度》的分析中，我们知道巴特认为写作受到历史、社会因素的制约，肯定了写作的意识形态功能。"零度写作"只是法国文学发展过程中的一个阶段性特征，巴特并非赞赏零度写作，恰恰相反，他认为"零度写作"导致了文学的穷途末路。蔡洞峰没有从整体上把握巴特的写作观，只是从中抽取了"零度写作"这一概念，并由这一概念推导出巴特的文学观，从而彻底颠倒了巴特的文学观，这在一定程度上代表了研究界的价值取向。在革命工具主义与审美自主主义时期，文学处于反映现实与表达人性的附庸地位。到了后现代文化时期，研究界亟须将文学从意识形态的束缚中解放出来。因而，蔡洞峰认为只有当写作的语言不再为社会意识形态所利用，不再具有功利性时，作家才可能完全自由地写作而不必受制于社会和阶级意识。"零度写作"作为一种纯洁性写作，不再与现实、意识形态相沟通，表明了蔡洞峰的文学理想。因而，他认为巴特赞赏"零度写作"，称"这种全新意义上的中性零度写作中的工具性美学色彩的表现，诚如巴特所说：'于是文学被征服了，人的问

---

① 蔡洞峰：《文本的欢欣——罗兰·巴尔特零度写作理论的美学思想及其审美现代性》，《海南广播电视大学学报》2008 年第 4 期。

题敞开了，并失去了色泽，作家永远是一个诚实的人'"。

陈晓明、蔡洞峰对"零度写作"的曲解不是偶然。20 世纪 80 年代初，《写作的零度》没有引起研究界的关注是由于巴特对意识形态的批判会削弱意识形态的权威。到了 80 年代末，巴特强调写作与意识形态的关联，成为研究界刻意回避的对象。因而，《写作的零度》没有引起研究界的兴趣。相反，巴特在分析整个写作史过程中提及的"零度写作"这一概念引起了研究界的极大兴趣。因为"零度写作"反映了当时文学思潮的走向，是理想文学样式的真实写照。"零度写作"随即成为一个信手拈来的"法宝"，并扩展为巴特的文学理念，这无疑是将自己的期待转嫁于巴特。

（二）批判"零度写作"根本性扭曲写作的本质

与陈晓明、蔡洞峰抬高"零度写作"不同，王岳川对"零度写作"进行了批判：

> "写作"（ecriture）或许是"现代性社会"的最大奥秘，同时也是现代社会中最为彻底的话语转型。在传统的话语中，写作是经天纬地的"不朽盛事"，是人为寻求真理而获得的一种话语特权。写作成为思想的直接呈现，成为思想的对等物，甚至成了新思想的导引。而巴特却将"写作"的本质和内涵加以根本性扭曲，使其不再是对真理的直接砥砺，不再是对不朽盛事的先行见到，而是一种现世的书写实践，一种非意向性的世俗行动，甚至是一种无所驻心的中性的"白色写作"。
>
> 一部写作史，在罗兰·巴特看来，只不过是某种思想在一片虚空中欢快地升腾于修辞性的字词之上而形成的所谓"写作"而已。所以写作首先是对对象的把捉，一种书写的劳作，并最终发展为"对对象的谋杀"，使对象达到它的一种变体却"不存在"。于是，从对语言的尊重走向对语言的破坏，从对思想的渴求到对思想的解体，写作终于完成了自己的历史——当代新

写作方式——"写作的零度"的中性写作。从此，写作除了符号以外，再也看不到超越性思想的烙印，再也没有那种梦幻般的理想光泽，而是一种纯结构性的单色调写作——白色写作。写作的热情消失在后现代平面上，写作残存的意义随着中产阶级的生活消费方式而逐渐解体。①

这种认识与王岳川对后现代文化所持的批判态度是分不开的。王先生称在传统话语中，写作是经天纬地的"不朽盛事"，是人为寻求真理而获得的一种话语特权。在后现代文化中人类对真理、良善、正义的追求不断被语言所消解，生命的价值和世界的意义消泯于话语的操作之中。王先生将后现代文化的弊病归咎于巴特，认为"巴特将'写作'的本质和内涵加以根本性扭曲，使其不再是对真理的直接砥砺，不再是对不朽盛事的先行见到，而是一种现世的书写实践，一种非意向性的世俗行动，甚至是一种无所驻心的中性的'白色写作'"。与陈晓明抬高"零度写作"不同，王岳川叙明"零度写作"的罪状，认为"只不过是某种思想在一片虚空中欢快地升腾于修辞性的字词之上而形成的所谓'写作'而已"，"写作除了符号以外，再也看不到超越性思想的烙印，再也没有那种梦幻般的理想光泽，而是一种纯结构性的单色调写作——白色写作"。陈晓明与王岳川的相同之处在于，都认为"零度写作"是巴特主张的理想文学样式。他们同样抓住了"零度写作"这根救命稻草，认为当代小说实现了不与意识形态、真理、主体相砥砺的"零度写作"。"零度写作"似乎成为当代小说的旗帜，作为捍卫者的陈晓明将"零度写作"抬至文学乌托邦的地位，作为反对者的王岳川则认为"零度写作"根本性扭曲了写作。所以有学者提出要在介入和零度的结合中认识写作，孟建伟称：

---

① 王岳川：《作者之死与文本欢欣》，《文学自由谈》1998 年第 4 期。

　　"介入"式写作和"零度"写作其实都只是揭示了写作方式的某一方面，完整地看，这两种写作方式应该形成一种互补。但是，萨特的"文学以自由为本质"，巴尔特的"写作语言建构中不应含有社会意识和观念意义"等观点，毕竟有其片面和不现实的地方，因此这种"互补"的首要条件必须是吸取两种写作观的合理成分。概括地说"介入"理论所强调的写作社会责任感与"零度"理论所体现出的关注个体的倾向，应该成为我们认识写作本质的一种有益参照。①

　　孟建伟认为既然"零度写作"是一种主体毫不介入，不对社会、历史做出承诺的白色写作，那么应该运用"介入"理论对其进行补充，即"'介入'理论所强调的写作社会责任感与'零度'理论所体现出的关注个体的倾向，应该成为我们认识写作本质的一种有益参照"。

　　《写作的零度》强调写作与意识形态的联系，然而巴特在这本书中提到的一个概念——"零度写作"却在20世纪80年代末引起了研究界的极大关注。研究界认为当代小说在一定程度上实现了"零度写作"。无可否认，当代小说确实具有"零度写作"的某些特性。如"零度写作"是一种新闻式的直陈写作，一种主体不介入的毫不动心的写作，这体现了新写实主义小说的特征。"零度写作"剥夺了历史的对象，取消了语言的社会性，在摆脱文学传统的束缚后，语言获得了新颖性，正是先锋派语言革命所取得的成绩。因而，研究界将那些不再承载某种主流意识形态，标榜无意义或消解中心的写作，均称为"零度写作"。研究界视"零度写作"为评价当代小说的有力武器，并将自己对当代小说的好恶转嫁于"零度写作"，将"零度写作"扩大为巴特的整个文学观念。如陈晓明认为"零度写

---

　　①　孟建伟：《在"介入"和"零度"的结合中认识写作》，《山西师大学报》（社会科学版）2004年第4期。

作"是巴特提出并赞赏的文学样式，称巴特设想有一种摆脱了意识形态、摆脱历史记忆的纯粹文学写作，将文学写作从以往的历史中解救出来。王岳川则认为"零度写作"谋杀了写作对象，称巴特将"写作"的本质和内涵加以根本性扭曲。两位学者对后现代文化持有的不同态度，使得"零度写作"在中国遭遇了冰火两重天的尴尬局面。无论褒还是贬，"零度写作"都与中国后现代写作如影随形，从而令其成为在文学理论研究与文学作品评论类文章中频繁亮相的术语。

由于将中国当代小说与"零度写作"对号入座，研究界从评价当代小说的立场出发理解"零度写作"，从而导致了对"零度写作"的误读。首先，"零度写作"并不是巴特提出的文学主张，"零度写作"是法国文学发展到一个阶段的产物，最早由加谬在《局外人》中加以应用。其次，"零度写作"也不是巴特赞赏的文学类型。恰恰相反，巴特认为权势和斗争产生了纯粹的写作类型。"零度写作"取消了文学的社会性和神话性，导致了文学的穷途末路。"零度写作"在20世纪80年代末成为研究界关注的焦点，是由于中国当代小说的兴起。在新文艺思潮面前"束手无策"的学者们主动求助于"零度写作"，这一内因需求直接主导了"零度写作"在中国的接受。《写作的零度》强调写作与意识形态的关联，成为研究界刻意回避的对象。相反，其中的一个概念因为与当代小说相似被无限放大，"零度写作"唯有通过中国当代小说才能被接纳，那么对"零度写作"的误读与歪曲实属必然。

"零度写作"反映了当时的文学思潮，因此备受瞩目。在赞成后现代文化的一方，"零度写作"成为研究者心中的理想文学样式；在反对的一方，"零度写作"成为批判的对象。在此，我们发现一个很有趣的现象。20世纪80年代初期在马克思主义文艺思想的指导下，研究界以《写作的零度》证实写作形式与意识形态的关联，从而反对机械反映论。但受到主体论的影响，将对写作方式的选择歪曲为人的意图的表现，与巴特认为作家的自由受制于"历史"与"传统"相对立。在中国文论后现代转向时期，研究界将"零度写作"视为当代小说的标杆，从中推导出巴特的文学理想是彻底摆脱意识形态，摆脱历史记忆的纯粹写作。

"零度写作"在20世纪80代末一跃成为学术新星，是由于中国当代小说的出现。《写作的零度》与《神话学》在八九十年代不受重视，是因为其采用的符号学方法与意识形态的特殊关联不符合当时的中国国情，但谈论的侧重点受制于中国文论发展水平。80年代初，研究界引证《写作的零度》强调文学与意识形态的关联，到了90年代，反而通过"零度写作"强调文学的非意识形态功能。这种刻意歪曲，正体现了中国文论的主导性。中国文论的内因需求促进了巴特文论在中国的引入，因此只有通过满足内因需求的方式才能被接受。这种南辕北辙的误读反映了中国文论面临的问题。阐明其被误读的根源及过程，恰恰揭示了中国文论的发展进程。80年代将《写作的零度》解释为写作是作者意图的显现，体现了主体论与反映论的博弈，90年代将"零度写作"解释为巴特理想的文学样式，体现了中国后现代主义的兴起。因而，巴特文论的接受史是中国文论发展史的一个侧影。

二 《历史的话语》

巴特在《历史的话语》这篇文章中，论述了叙事话语建构历史的过程。《历史的话语》于20世纪70年代末已被翻译成中文，但《历史的话语》并非像《结构主义——一种活动》《叙事作品结构分析导论》那样，在80年代初期成为理论界关注的焦点，而是到90年代初才登堂入室，因为这一时期文艺界需要以《历史的话语》作为解构"历史"的有力武器。革命工具主义与审美自主主义都是现代性话语，反映现实与倡导人性都是真理性的元叙事，文学被赋予了神圣的光环，能体现改革开放的时代潮流，能触及人的灵魂深处。

然而，到了商品经济时代，文学的意识形态功能明显弱化，人们开始变得务实，对物质的追求超出了对精神的追求及对历史的信仰，无须文学提供思想指南和精神慰藉。文化变成了一种有利可图的商品而失去了权威性，文化产业使得影视、音响、书籍以最迅速和最便捷的方式向人们提供消费品，知识分子渐渐失去了真理代言人和知识启蒙者的地位，文学也失去了轰动效应。张颐武称"五四"以来文化所信仰和追求的一系列理想与信念不仅仅面对商品带来的冲击，也面对着来自文化或文学内部的挑战。这一挑战来自实验小说对文化赖以生存的理想精神的消解和颠倒，具体表现为超越历史崇拜。张先生写道：

> 但在实验小说的探索中，"历史"的概念受到了从未经历过的严厉的攻击。他们不是反思或质疑某个历史事件的真实性，而是干脆把历史本身当成质疑的对象。历史真实被视为是根本不可能存在的，而决定论的荒谬性则更为明显。……这种对历史的质疑的一个基本方面就是历史真实性的追问。这种追问来自于实验小说作者对历史事实和历史叙述的区分。他们往往认为"历史"就存在着两个基本的要素，一是历史事实，也就是在某个具体的时空中发生的事件，二是人们对之进行描述的本文。而前者存在是我们无法加以判断、界定、归纳的；后者则天然地含有意识形态的因素，其可靠性是可疑的。因为任何叙述都必然要使用语言，而语言则是一种自我完成的自足性的符号系统，它与现实之间并无直接的关系，而只在自身系统的差异与区别中发挥作用。于是，语言与现实之间，词与物之间就处在一种相互剥离与分裂的关系之中。因此，本文对"历史"的描述必然处于自我消解的状态之中。另一方面，则每一个叙述"历史"的人都先在地受他的语言与话语秩序的控制，受到意识形态的压抑，他的观察和思考受到他本身的污染而不可能

达到纯然的真实。①

文学的现实主义法则归根结底是对现实的认同方式，本质上是意识形态的产物。人类文明一直承载着历史意义的压力，确定历史意义是说明历史的有效方式。但20世纪80年代末，"历史""现实"作为意识形态的同体物，被人们抛置脑后，"历史"再也无法煽动人们的激情，不再成为人们行为的指挥棒。学者们努力寻找理论动摇坚不可摧的历史信念，巴特的话语理论为研究界提供了解构"历史"的强有力武器，"历史"之真在话语中土崩瓦解。如陈晓明引证巴特的话语理论为中国的后现代性进行辩护，陈先生说：

> 后现代话语一方面揭示了当代文学中富有活力的现象；另一方面也给话语的重新建构提示了历史引导。在主流权威话语秩序之外，知识分子因此开始重新开辟话语空间。正是经历了八九十年代之交的历史变故，旧的意识形态话语才耗尽了它最后一点真实的历史品质。随后的历史岁月，它只需要制作符号化的能指，它自身，以及它周边其他的话语并不关心它的实际所指。庞大的能指符号群不断地无限地再生产，这就是中国在20世纪末期独有的文化景观。但在它的庞大体系之外，创生的富有活力的话语开始生长，尽管一开始是以混乱的、无序的、自相冲突拼杀的方式展开历史实践，但中国的思想文化场域，第一次开始不是围绕主流意识形态中心而展开话语叙事，而是以学术性话语的自相论争攻讦开始创建自主性的思想基地。在此之前的所有的思想理论话语，都是以直接对话的形式，以"获得承认"的主体意愿展开与主流意识形态对话，而后现代则不同，这是另一种话语。正如罗朗·巴特所说的那样："最大的

---

① 张颐武：《理想主义的终结——实验小说的文化挑战》，《北京文学》1989年第4期。

问题是去胜过'所指'、胜过法律、胜过父亲、胜过被压制者，我不说驳倒，而是说胜过"。正是因为这种"胜过"，后现代在当代话语中扎下根来。①

在肯定后现代文化的同时，陈晓明引证巴特的话语理论解构现实，陈先生写道：

> 文学的现实主义法则归根结底是对现实的认同方式，本质上是意识形态的产物。毫无疑问，在人类的文明中一直存在着提高历史意义的永恒压力，而对于当代的生活秩序来说，确定现实意义则是说明历史的最有效的方式，现实从历史延续而来，它是历史的凝固或结晶，现实成为一种历史的过程，这就拥有了获得永恒性的可能。因此，崇尚现实的法则与其说是在搜集现存的事实，不如说是在搜集"能指"，正如巴特所说的那样："把这些能指以这样的方式联合和组织起来，以取代受拘于固定意义的纯事项清单的贫乏性。"现实的或历史的事实从来都是想象的结果，都是人们设定的和认可的东西，事实要想存在就必须先引入意义，这样事实只能同语反复地加以定义。巴特分析说，我们注意能够给予注意的东西，但是能给予注意的东西不过就是值得注意的东西，结果，区别历史（或现实）话语与其他话语的惟一特征就成为一个悖论："'事实'只能作为话语中的一项存在于语言上，而我们通常的作法倒像是说，它完全是另一存在面上某物的、以及某种结构之外的'现实'的单纯复制。历史话语大概总是针对着实际上永远不可能达到的自身'之外'的所指物的惟一的一种话语。"②

---

① 陈晓明：《现代性与后现代的缠绕及其出路》，《辽宁大学学报》（哲学社会科学版）2004 年第 1 期。

② 陈晓明：《从虚构到仿真：审美能动性的历史转换——九十年代文学流变的某种地形图》，《当代作家评论》1998 年第 1 期。

陈晓明通过话语理论得出"历史话语是一种假的执行语,其中自认为是描述性成分的东西,实际上仅仅是该特定话语行为的独断性的表现。人们认可的'现实性'从来都是以特定的观念、概念、术语表达的意义,历史或现实的'真实性',不过是居于统治地位的意识形态对现实的某种规约和期待"①。陈先生解构了现实主义文学的巨大历史寓言,将人们从被蒙蔽、压制的处境中解放出来。"现实性"并不是一种自然事实而是一种文化产物,就革命现实主义之"现实性"而言,它是政党意识形态为某些特选的现象设定的意义要求,在此,"现实"意味着你被某种真理(实则意识形态)要求,只能如此这般地把握现象,真理告诉你"如此这般"把握到的现象就是现实,否则只是无本质的纯粹偶然之现象。换句话说,只有那些"如此这般"地显示出某种意义的现象才是现实或真实。"如此这般",即意识形态对现实之为现实的意义设定与要求。所谓"本质性""现实性""真实性"在革命现实主义的话语系统内是一回事,它们都指向意识形态所要求的"意义"。那么,所谓忠实于历史客观现实、反映历史客观规律的口号,显得多么滑稽、可笑。我们还有理由歌颂现实主义文学、伤痕文学、寻根文学在表达理想、塑造典型方面取得的"丰功伟绩"吗?我们学会了调侃,学会了捏造,以感觉的碎片捕捉支离破碎、难以捉摸的生活瞬间,这才是"真实""活灵活现"的个体。那么,先锋派文学作为自我表白的话语,以否定、拒绝、非承诺的姿态玩弄语言的游戏,以释放、书写和理解自我的生命铭文,就可以堂而皇之地与现实主义文学、伤痕文学、寻根文学抗衡。陈先生通过话语理论解构历史,从而为先锋派小说正名。

《历史的话语》是巴特的结构主义作品,在 20 世纪 70 年代末已被翻译成中文,却直到 80 年代末才被提及。《历史的话语》在经历

---

① 陈晓明:《从虚构到仿真:审美能动性的历史转换——九十年代文学流变的某种地形图》,《当代作家评论》1998 年第 1 期。

了一个时代的沉寂后一举成名，其被冷落及受宠的历史境遇体现了中国文论的发展状况。因为在现代性话语时期意识形态具有不言而喻的真实性，没有人对此抱有怀疑。《历史的话语》冒天下之大不韪公然挑衅历史之"真"，当然无法让人容忍。《历史的话语》与《写作的零度》中的思想是一致的，在巴特看来历史与意识形态都是通过操作符码获得似真性，以形式将写作与意识形态联系起来。为何陈晓明选择《历史的话语》作为解构历史的理论资源，因为他只是在解构的层面上理解话语理论，没有看到在巴特看来，历史是被叙事话语建构的。陈晓明将《历史的话语》等同于巴特的"解构"思想，他运用《历史的话语》解构传统现实主义的历史客观性，走向先锋派的文学虚构性。先锋派只是玩味语言的形式游戏，这种形式游戏与现实、历史完全脱节，成为一个独立的审美领域，带有神秘主义色彩。因而，陈晓明误认为巴特的叙事话语是先锋派追求的纯粹语言形式，没有看到巴特以形式沟通与社会、历史的联系，历史即是一个大文本。

在《写作的零度》和《历史的话语》中，他意识到语言与权势的关系，他称语言结构是不折不扣的法西斯，它强迫人说话，资产阶级通过操控语言将意识形态自然化。所以，巴特将文学称之为在权势之外理解语言。陈晓明却从《历史的话语》中发现文学解构历史，"零度写作"实现了文学乌托邦。与陈晓明不同，南帆在《历史的话语》中发现了语言与权势的关系。南帆认为新写实主义决定撤销所有叙事惯例，让现实毫无修饰地天然浮现，这种超级叙事不可能出现。因为一旦叙事开始，叙事内部的历史成规就立即生效，它通过叙事语言进入叙事对象。正如巴特所说："语言按其结构本身包含着一种不可避免的异化关系。"① 南帆引用《历史的话语》，证

---

① ［法］罗兰·巴尔特：《写作的零度》，李幼蒸译，中国人民大学出版社 2008 年版，第 148 页。

实新写实主义只是一场叙事的幻觉。南帆说：

> 叙事学包含了大量精致的文本分析。从叙述时间、聚焦、叙述层到语态、行动、元复调诸如此类的考察剔精扶微，甚至不无琐碎。这种状况往往掩盖了叙事学所具有的揭露性功能。事实上，如同罗兰·巴尔特反复阐明的那样，叙事学同时还揭开一个基本的事实：作家所使用的叙事语言并非透明的、中性的、公正无私的；种种权势与意识形态隐蔽地寄生于叙事语言内部，作为语言体系的规则而形成一种专横，一种独断，甚至一种暴力——一种语言的暴力。巴尔特发现，事实与价值之间的距离已在写作的字词空间内部消失，字词既呈现为描述，又呈现为判断。巴尔特曾经在这个意义上谈论现实主义。在他看来，现实主义力图造成一个错觉：人们可以避开语言的干预体察现实。现实主义试图隐蔽叙事语言的相对性与社会性，它把叙事话语装扮成天然的、与对象合二而一的符号；现实主义不像浪漫主义或象征主义那样歪曲世界，它的唯一任务仅仅是展现事实的"真面目"。巴尔特指明，这像是一个语言设置的圈套。其实，语言本身是有"重量"的。语言结构仅仅是一种人类精神的地平线，它并非世界本身。如果人们将叙事话语视为天然的透明符号，那么，人们必然将小说所呈现的世界当成一种非意识形态的天然存在——这无疑是一种巧妙的伪饰。①

通过《历史的话语》南帆认识到新写实主义意图摆脱意识形态只是一厢情愿，只要叙事话语存在，语言的权势就不可能被驱除。南帆认为既然新写实主义无法"还原"现实，那么就应该发挥叙事话语的功能，对现实进行改造。在文学与现实之间，南帆区分了文学话语与常规话语。常规话语是一种强调指称的话语，是日常生活

---

① 南帆：《新写实主义：叙事的幻觉》，《文艺争鸣》1992年第5期。

的忠实投影，文学话语表明语言自律的内在逻辑，语言不是蒙在现实之上的一层透明薄膜，文学话语以抗衡常规话语的姿态对世界进行想象性的改造，以"美的规律"建构现实，以便使现实澄明。南帆认为80年代中国文学的语言革命意义在于作家竭力拉大文学话语与常规话语的距离，文学话语负责向现实展示一个不同寻常的维度，常规话语成为沟通文学与现实的中介。这样，文学话语成为作家承担使命的方式之一——作家最终将通过文学话语改写人文环境。①

南帆认为文学话语高于现实，文学话语是渗透着意识形态的装饰品，通过截留、修改、删除，美化现实。所以，当南帆看到巴特用《历史的话语》解构了历史后，担心叙事话语的权力太大，会导致历史的陷落。在巴特的话语理论中，南帆认识到历史以客观表象出现的狡诈手段。

> 历史叙事使用第三人称，个人的趣味与抒情语言没有理由修改既定的事实；诚如巴特所发现的那样，历史话语取消了目的记号；历史学家试图让读者觉得，所指物正在自言自语："作者企图通过故意省略对作品创作者的任何直接暗示，以避开他本人的话语的地方，历史似乎在自行写作。这一方法被极广泛地运用着，因为它适合历史话语的所谓'客观'的方式，而历史学家本身则从不在这种方式中出现，实际的情况是，作者放弃了人性的人物，而代之以一个'客观的'人物；作者的主体依然明显，但他变成了一个客观的主体。"②

在传统文学观中，历史是客观、唯一的，历史真相只有一个，历史的"真"成为历史叙述的终极目标，现实，乃至未来是这种真实的延续。然而，巴特的话语理论告诉我们，这种"真"只是历史

---

① 参见南帆《文学话语的维度》，《文艺评论》1994 年第 6 期。
② 南帆：《文学史与经典》，《文艺理论研究》1998 年第 5 期。

话语设置的一个圈套。历史无可对照，所有的历史事实均已逝去，这些事实不可能再为当今的人们亲眼看见。历史话语已经不可能与它所陈述的事实照面，并且接受订正。

南帆与陈晓明一样，都是站在中国后现代文化的语境中，理解一种外来理论。陈晓明为了给后现代文化鸣锣开道，让"历史"成为后现代文化的绝响，将《历史的话语》看作巴特的"解构"理论，通过叙事话语解构了意识形态。而南帆在《历史的话语》中看到了语言与权势的关系，但他认为叙事话语应该高于现实。文学有责任告知与揭示现实所包含的平庸，必须同时具有反抗平庸的功能。因而，在他看来新写实主义试图还原生活本身，通过大量琐屑、平凡、充满偶然性和随机性的生活事物表达对于生活的感受和看法，是在拉近文学话语与常规话语的距离，使得文学臣服于生活，文学因此失去反抗精神。先锋派小说则明目张胆地扩张叙事特权，南帆以王安忆的《纪实和虚构》为例进行了说明：

> 《纪实和虚构》的结束有一个跋，跋向人们袒露了这部小说的写作动机。这是大煞风景的一席告白。跋里面说，为了抵抗难耐的孤独，那个作为主人公的作家开始虚构：一方面虚构自己的家族史，一方面虚构自己的社会关系。对她来说，家庭神话是一个莫大的安慰。这些告白放弃了逼真的效果，毫无戒心地将虚构的作法通知四方。作家不想保持一个统一的图景，她干脆地将幕前幕后一起向观众敞开。
>
> ……这仿佛表明，作家不再景仰历史话语的传统尊严；历史话语无非一种类型的叙事，她甚至带着某种戏谑、诙谐的态度有意冒犯传统尊严，从而向历史故作庄重的认真开玩笑。①

南帆从《历史的话语》中看到叙事话语的意识形态功能后，认

---

① 南帆：《叙事话语的颠覆：历史和文学》，《当代作家评论》1994 年第 4 期。

为既然无法还原现实，那么叙事应成为作家审美王国的有力手段。叙事对于南帆而言只是改造世界的工具，但他发现先锋派文学玩弄叙事技巧，让历史变得玩世不恭后，他不禁质疑：

> 叙事话语的特权会不会太大了？叙事话语显出了坚固的骨架之后，不仅历史消失了，生存于历史之中的无数个体同样被定义为语言碎片。语言的宏大结构屹立在那里，个体不过是这个系统之中一个成分，并且按照这个系统的规则运转——这就是结构主义给出的图景。这意味着，人们从历史的压抑之下走入了语言的压抑。于是，反抗再度出现了。巴尔特在话语之中发现了一个新的客体——文本。他提倡以一种享乐主义的态度遨游于文本之中，通过解构主义式的解读得到一种个体的欢悦。这种欢悦显然是对于种种话语特权的超越，语言结构将在自由的欢悦中解体："文本具有自己的社会理想：文本先于历史。文本获得的如果不是社会关系的透明度，至少也是语言关系的透明度。在这个空间里没有哪一种语言控制另一种语言，所有的语言都自由自在地循环。"①

南帆的逻辑线索为历史—叙事话语—文本，即叙事话语解构了历史之"真"，历史是被话语修订的形式，历史叙事的意识形态功能无处不在。当人们从历史的压迫下走入语言的压迫之后，南帆认为巴特以文本解构语言权势。南帆仍相信存在历史的真相，他说：

> 也许，人们必须首先肯定历史景象的真实存在。如果将物理的基本概念——时间与空间——暂且视为独立于意识形态的客观因素，那么，人们无法在逻辑上否认，种种历史景象独一无二，不可更改。任何历史景象的时间与空间坐标都不可重复，

---

① 南帆：《叙事话语的颠覆：历史和文学》，《当代作家评论》1994年第4期。

一个人不可能两次趟进同一条河。但是，历史景象的唯一性并不能保证历史话语的唯一性。①

南帆认为历史具有客观性，由于诉诸不同的历史话语，导致对同一历史场景的不同解释，文化观念与认识水平的差异也可能导致对不同历史事实的认定。因而，当南帆看到先锋派文学为了逃离现实获得个人愉悦，侵犯历史的威严，让写作变成一座纯形式的象牙塔后，他认为巴特在话语中发现的"文本理论"只是作家不想继续负担沉重历史的机智，如何面对历史仍面临巨大的传统阻力，这种阻力是文学颠覆历史的最后一道防线。南帆只看到了叙事话语是介入历史、现实的形式，但是他不认为这种形式与历史等同，形式只不过是对现实的修葺，形式应该高于现实，当他发现这种形式不能美化现实而蜕变为语言的游戏后，便质疑叙事话语的权力太大导致历史的陷落。南帆将"文本理论"等同于解构主义，他说"巴特通过解构主义式的解读得到一种个体的欢悦"，通过解构历史，现实土崩瓦解，成为能指的狂欢游戏。

巴特的逻辑线索为叙事话语/历史——文本/历史。在巴特看来，形式与历史等同，历史即是叙事话语建构的，不存在历史的客观真实性。语言是权势的运作场，巴特希望以文本冲破资产阶级意识形态的包围圈。历史即是一个大文本，这时的历史成为一种个人史。在《写作的零度》《历史的话语》中，巴特以形式揭开了意识形态的神秘面纱，在《S/Z》《文之悦》中则通过形式革命对抗资产阶级意识形态。以写作对抗资产阶级意识形态是巴特的学术主线，他一生的梦想即是实现文学乌托邦。因而，巴特的后结构主义"文本理论"不是解构历史，而是重新建构历史。陈晓明认为"零度写作"实现了文学乌托邦，《历史的话语》完成了对意识形态的解构，是带

---

① 南帆：《文学史与经典》，《文艺理论研究》1998年第5期。

着推崇先锋派文学的前见，这是一种错误的前见。南帆通过《历史的话语》意识到语言与意识形态的关系，但他只将文学话语视为装饰现实的形式，当形式不能美化现实并冒犯历史尊严后，进而批判"文本理论"导致历史的陷落。

第三节　借用巴特文论重构"历史"

20 世纪八九十年代中国文学历经了从"现实"到"虚构"，九十年代走向"新历史主义"。80 年代末 90 年代初，巴特文论参与了对主体、历史的解构，揭示了文学虚构的语言革命意义。然而，到了 90 年代中期，先锋派文学从"形式"向"历史"转化，这种转化不是倒退式的回归，而是通过审美形式沟通"历史"。80 年代末，由于急于从意识形态的束缚中解脱出来，先锋派干脆以拒绝意识形态的姿态实现文学自主性。当文学陷入"形式主义"的泥潭寸步难行时，先锋派走出纯文学的象牙塔，与现实对话。文学自身构成一种现实，一种现实存在的符号体系，文学在总体上，不再是高于现实的精神产品，而是与现实平行的符号体系。陈晓明借用《历史的话语》解构现实主义之"真"后，并未触及其"正当性"，因为当我们将一切文学还原为虚构之后，并不意味任何虚构都是正当的。因此，虚构的正当性问题突显出来。陈晓明意识到新历史主义以审美形式沟通了历史，但他不是借助巴特的理论证实虚构的正当性。在《剩余的想象：九十年代的文学叙事和文化危机》结尾，陈先生将 80 年代以来的中国文学分为三大类型，即对"现实"说话的现实主义文学，对"文学"说话的先锋派文学，对"现在"说话的新历史主义文学。陈晓明强调：

新的认识论图式说到底是要达到一种美学认识的综合高度。对历史、现在和全球化现状的理解，最终都转化为审美认识化，转化为艺术地把握"现在"和表现"现在"的特殊方式。①

新历史主义与"语言论转向"和"历史转向"之间具有复杂而多重的内在关联，它既不是从语言论"文本性"的彻底"转离"，也不是向历史主义"历史性"的单向"回归"，巴特的话语理论成为新历史主义的重要理论资源。这一时期，不只是停留在运用《历史的话语》解构历史的层面，而是让文学走进历史。南帆通过《历史的话语》感叹叙事话语权力的扩张导致历史的陷落，对"文本理论"表示怀疑。因为他将巴特的叙事话语等同于先锋派、新写实主义纯粹的语言游戏，只看到叙事话语介入现实的形式，却没有看到形式即现实，南帆仍相信文学叙事要高于现实。

陈峰在《后现代语境中的历史"客观性"问题》一文中，关注文学与历史的联系。陈峰称后现代主义将历史等同于文学，虚构的成分进入一切历史话语之中。"作者之死"使历史文本化迈出了决定性的一步。后现代主义者取消了作者对于文本的权威，使文本从作者的阴影中走出来，随之读者的地位空前提高。文本永远是一个待阐释的对象，文本的意义不再源于作者的创造，而是来自读者的解释。一旦历史被完全文本化后，历史客观性也就无处容身了。但是后现代主义在对历史客观性进行批判、反思的同时，也在探讨如何重构历史。由破到立是历史学走向成熟必经的一个阶段，后结构主义文本理论为历史学提供了新的起点。②

张进深入探讨了文本进入历史的方式。张进称新历史主义走出了狭义的文本（文字的小文本），同时又进入了广义的文本（社会历史大文本），但始终未能摆脱"文本性"。张进发现了巴特的结构

---

① 陈晓明：《剩余的想象：九十年代的文学叙事与文化危机》，华艺出版社 1997 年版，第 354 页。

② 参见陈峰、王海涛《后现代语境中的历史"客观性"问题》，《东岳论丛》2004 年第 3 期。

主义、后结构主义思想与新历史主义的联系。在此，张进援引了《历史的话语》中经常被提及的片段：

> 巴尔特断言，"历史'事实'这一概念在各个时代中似乎都是可疑的了。"而且，"历史叙述正在消亡：从今以后历史的试金石与其说是现实，不如说是可理解性。"但结构主义对于人类意义"建构性"的强调代表了一种重大进步。它认为意义是系统的产物，意义不是自然的和永恒的。人能表达什么意义首先取决于他分享何种语言。①

在张进看来，结构主义不是否定、批判历史主义，而是以语言建构历史，不存在客观真实的历史，巴特的后结构主义文本理论更是沟通了文本与历史的联系。张进说：

> 后结构主义除了强调话语及话语实践外，还强调了一个"文本性"（textuality）概念。巴尔特认为，从结构主义转到后结构主义，部分地是从"作品"转到"文本"，从视文学为封闭实体转向视其为不可还原的复合物和一个不能被固定到单一中心、本质或意义上去的能指游戏。文本不是一个结构，而是一个"开放的结构过程"。首先存在着一种文本性，亦即文本的生产性。文本作为意义的载体是多重的、不确定的和多义的。每个文本都具有互文性（intertextuality）。一切文学作品都是由其它文学作品织成的，每个词汇、短语或作品片断都是先于或围绕它的其它写作物的重造。
>
> 在后结构主义那里，文本和文本性无远弗届，文学走出了象牙之塔，占领了历史；它按照自己的形象改写历史，把一切都看作一些不确定的"文本"。解构主义者德里达自己的工作也

---

① 张进：《新历史主义与语言论转向和历史转向》，《甘肃社会科学》2002 年第 2 期。

是极端非历史的，是回避政治的，并且在事实上忽略了作为"话语"的语言的，其中似乎没有为历史现实留下位置。但其"文本"、"文本性"和"互文性"概念都强调了文本的开放性、过程性和生产性。这种特性虽主要还局限于各种文本之间，但它毕竟已经为其它社会历史因素留下了进路。它"并不是在荒诞地力图否定相对确定的真理、意义、同一性、意向和历史连续性，他是在力图把这些东西视为一个更加深广的历史——语言、潜意识、社会制度和习俗的历史——的结果。"也就是说，一旦我们意识到后结构主义的这一深层历史眷注并对其学说进行适当的"历史化"，后结构主义就会变成一种新型的"历史"诗学。①

张进没有运用后结构主义文本理论解构历史、主体，或批判文本理论导致意义的消亡，他发现后结构主义推崇的是"具有多样性、可塑性、自由运转的、没有限制的"非大写的历史，这种历史观念正是"历史转向"的起跑线。词语及文本就是世界的构成部分，这样文学就成了历史现实与社会意识形态的交汇场所。文学不再是对自己说话，"文本理论"打开了文学面向历史、社会的窗户。

第四节　借用巴特文论反传统文学本质主义

南帆不仅借用巴特的话语理论解构了历史之"真"，而且对"真理的话语是怎么被生产出来的"进行了考察，他认为批评话语的文化功能不可能指定为一种形而上学的绝对理念；批评话语的形式也不能塞入一个固定不变的模式，批评的"本体"是一个虚幻的概念，批评话语的描述包含了历史的坐标。他引证了这一观点：

---

① 张进：《新历史主义与语言论转向和历史转向》，《甘肃社会科学》2002年第2期。

　　经历了话语生产的考察，一些批评家对于现实主义叙事话语提出了重大疑义——例如罗兰·巴特。如果将现实主义视为一套叙事成规，承认这套叙事成规内部隐含的意识形态密码。那么，人们将为现实主义叙事话语保留一个正当的历史地位。可是，现实主义叙事话语常常作出了过分的许诺，似乎只有现实主义叙事话语才能书写唯一的真实。这遭到了叙事学——话语生产考察的一个分支——强烈非议。如同罗兰·巴特反复阐明的那样。叙事学揭开了一个基本的事实：作家所使用的叙事话语并非透明的、中性的、公正无私的；种种权力与意识形态隐蔽地寄生于叙事话语内部，作为语言体系的规则而形成一种专横独断，一种语言的暴力。巴特发现，事实与价值之间的距离已经在写作的字词空间内部消失：字词既呈现为描述，又呈现为判断。巴特在这个意义上谈论了现实主义，在他看来，现实主义力图造成一个错觉：人们可以避免话语的干预体察现实。现实主义试图隐蔽叙事话语的相对性与社会性，它把叙事话语装扮成天然的、与对象合二而一的符号；现实主义不像浪漫主义或象征主义那样歪曲世界，它的唯一任务仅仅是展现事实的"真面目"。巴特特地指明，这像是一个语言设置的圈套。其实，语言本身是有"重量"的。语言结构仅仅是一种人类精神的地平线，它并非世界本身。如果人们将叙事话语视为天然的透明符号，那么，人们必然将小说所呈现的世界当成一种非意识形态的天然存在——这无疑是一种话语生产制造出来的巧妙伪饰。①

　　南帆通过巴特的话语理论意识到文学话语的意识形态功能，让他明白文学话语不仅是对现实的摹仿，还通过字、词、句等既定的

---

①　南帆：《文学批评与文化批评——批评话语生产》，《作家报》1997 年 11 月 13 日。

语言惯例强迫现实就范。南帆看到了叙事话语的特权：

> 换言之，文学话语不是一种没有先决条件的现场制作，话语成规将作为一种预制的语言零件大面积地介入文学话语生产。这些预制的语言零件事先对现实进行一种简化，一种排列，一种潜在的解释；话语成规不仅提供了文学话语赖以产生的一系列精密框架和运作的支撑点，在一个更广阔的意义上，这些框架还同时体现出特定意识形态的倾向性和标准。[①]

南帆引证："作家所使用的叙事语言并非透明的、中性的、公正无私的；种种权力与意识形态隐蔽地寄生于叙事语言内部，作为语言体系的规则而形成一种专横，一种独断，甚至一种暴力———一种语言的暴力……"这段话论证文学批评不具有客观性，不存在一个永恒的文学史，它是历史叙事与文学制度共同修缮经典作品的声望，文学史极大程度地被嵌入权力结构。在南帆看来，文学史是一种意识形态叙事，必须承担传承文化，弘扬经典的责任。因此，要通过重写文学史反映当前的历史语境，在当前历史文化的水平线上对传统文学的价值重新作出评价。南帆通过巴特的话语理论强调文学史的意识形态功能，不同的叙事话语将会呈现出不同的文学史。因此，我们要在历史的长河中不断修订文学史，让那些曾经被忽略的文学作品浮出阐释的黑暗区。

南帆借用巴特的话语理论提出重写文学史，陶东风则借用话语理论走向了日常生活审美化，但两位学者都对本质主义文学观进行了有力的驳斥。21世纪初，文艺理论界展开了关于本质主义与反本质主义的大讨论，矛头主要指向陶东风的《文学理论基本问题》。支宇在《"反本质主义"文艺学是否可能？——评一种新锐的文艺学话语》一文中，对《文学理论基本问题》进行了集中反驳，支宇说：

---

① 南帆：《文学批评与文化批评——批评话语生产》，《作家报》1997年11月13日。

《文学理论基本问题》所倡导的"反本质主义"对文艺学知识生产最大的启示性意义在于,它从根本上解构了传统形而上学知识生产的"本质主义"神话。在它看来,任何一种知识和话语所自诩的"本质"、"规律"、"真理"都是具体的、特殊的和偶然的,并不具备跨时空的客观性、唯一性和普遍性。作为一把锋利的理论之剑,"反本质主义"从底部摧毁了"阶级工具论"和"审美自主论"两套中国文艺学界主流话语的理论根基,使人们得以有强大的理论武器怀疑这两种至今仍然束缚中国文艺学家们的"大文学理论"的权威和霸权。

面对这样一种无"本质"、无"真理"的绝对自由状态,文艺学获得了无边的理论创造空间,它可以以任何一种独特的方式来进行思考、言说和创造。然而《文学理论基本问题》所确立的"反本质主义"文艺学却没有试图确立什么,它表现出一种彻底的解构性、一种文艺学知识生产上的"无政府主义"。它只是一味热衷于调查既有文学观念在发生学上的历史/地域性,致力于解构一切文艺学对文学"本质"的认定,暴露一切文学观念的"非普遍性"和"非真理性"。其结果必然是,《文学理论基本问题》根本无力建构一个系统的文学理论体系,无法形成一套完整的文学理论话语。①

陶东风从语言建构的角度,应对支宇的发难:

建构主义反对本质主义,但它同时也可以是一种关于本质的言说。建构主义的文学理论并不完全否定本质,而是认为文学的"本质"是受到社会历史条件制约的文化与语言建构,我们不能在这些制约语境之外,也不能在语言建构行为之外谈论

① 支宇:《"反本质主义"文艺学是否可能?——评一种新锐的文艺学话语》,《文艺理论研究》2006 年第 6 期。

文学的本质（好像它是一个自主的实体，不管是否有人谈论都"客观存在"着）；也就是说，建构主义不是认为本质根本不存在，而是坚持本质只作为建构物而存在，作为非建构的实体的本质不存在。本质主义文学观的核心是认为文学的本质是先验的、非历史的、永恒不变的，是独立于语言建构之外的"实体"，即使没有关于文学本质的言说行为，文学本质仍然像地下的石头一样"客观"存在着，只是没有被人发现罢了。①

在《文体演变及其文化意味》一书中，陶先生大量引证热奈特、托多洛夫、怀特、华莱士·马丁、罗兰·巴特等人的观点论证话语结构的建构。陶先生称文体演变与文化环境密切相关。文化是什么？从语言学、符号学的角度看，文化就是人类社会的符号活动的总集合。他引证巴特的话："文化，就其各个方面来说，是一种语言。"华莱士·马丁也认为："语言，以及他们所蕴含的价值标准和态度与我们认为是独立于语言的事物其实是不可分的；语言就在事物之中，事物的始终我是从这一或那一视点来体验的。"② 风格模式不仅体现了作家的个性和整体构思，而且总是以各种方式反映着文化模式。因而，小说叙述不仅是一种创造方法，一种文学现象，而且是人类体验、理解、解释世界的一种方式。这也就是说，选择了什么样的叙述方式，现实就按什么样的方式向我们呈现。

进而陶先生分析了先锋派小说的元叙事技巧。他称以真实性为核心价值标准的现实主义在1985年前后发生了变化，其标志就是叙述行为的虚构本质不再被小说家讳莫如深地掩藏于故事之后，而是被着意推到台前。传统小说对真实性的信仰是以特定的社会文化为

---

① 陶东风：《文学理论：建构主义还是本质主义？——兼答支宇、吴炫、张旭春先生》，《文艺争鸣》2009年第7期。

② 转引自陶东风《文体演变及其文化意味》，云南人民出版社1999版，第127—128页。

背景的，其中关于文学与外在世界的关系的观点是真实的、直接的哲学和文化基础。这种语言观被索绪尔以降的语言学所粉碎，语言被认为是自成体系的、自主的，语言与现实之间不存在一一对应的关系。巴特主张："描写就是用一种符码表现另一种符码，而不是表示所指的对象或外在现实。因而，语言本身无所谓真假，只有有效与无效之分，它构成一个具有融贯一致性的符号系统。文学语言的法则不关心语言与现实是否相符（不论语言学派怎么认为），而是关心语言是否符合作者所建立的符号系统。"① 语言的意义是由语言自己创造的，相应的文本的意义也是由文本自己决定的，它与外在世界无关。因而，虚构一词的含义远远超出了技术层面，而具有本体论的意义，它不但是标示文学活动和语言活动之本体状态的术语，而且是标示生活、现实甚至整个意义世界的本体状态的术语。可见，文学是虚构这一文体学的命题，是与世界是虚构的、人生是虚构的、意义是虚构的等文化哲学命题联系在一起的，它深刻揭示了人类对于人生与世界之真实意义的怀疑，揭示了小说家对于文学可以揭示人生真谛这一传统使命感的背弃。②

南帆、陶东风都运用话语理论反传统文学本质主义，南帆借用话语理论证实叙事话语与意识形态的联系，提出重写文学史，陶东风则是通过话语理论证实叙事话语虚构功能的合法性。陶东风引用"描写就是用一种符码表现另一种符码，而不是表示所指的对象或外在现实。……"这段话不仅肯定了先锋派的叙事技巧，认为文学不需要与现实对话，文学不再揭示人生真谛，文学虚构具有本体论意义，而且告诉我们文化是被建构的。陶东风认为文化研究是对文本中心主义的反驳，但这不是回到庸俗社会学，文化研究是建立在西

---

① 转引自周宪、罗务恒、戴耘《当代西方艺术文化学》，北京大学出版社 1988 年版，第 223 页。

② 参见陶东风《文体演变及其文化意味》，云南人民出版社 1999 年版，第 189—191 页。

方语言学转向的基础上的。后结构主义文论强调语言与文化是一种基本的社会实践，它具有物质性。正如巴特所言，文化是一种语言。那么，传统本质主义假定事物具有超历史的、永恒不变的普遍/绝对本质，只是一种幻想。社会文化变迁是通过审美形式建构的，审美活动已经超出所谓纯艺术/文学的范围，渗透到大众的日常生活中。巴特的"社会神话"研究正是运用符号学方法分析大众文化现象，这不是传统的外部研究方法，而是突出符号在现代社会中的建构作用，将日常生活以审美的方式呈现出来。借助巴特的理论，陶东风对传统本质主义文学观进行了有力的反驳，大大扩展了文艺学研究的边界。

中国传统文学观认为文学存在确定、普遍的本质，文学理论需要回答"文学是什么"的问题。从传统的文学为意识形态服务产生的"文学工具论"，到20世纪80年代初确定"文学即人学"的命题，再到90年代以来后现代文化的"私人化、身体化写作"。文学研究的对象不断发生改变，研究界逐渐意识到文学不存在超越历史、文化的唯一、永恒的本质，事物的本质是被历史社会文化语境建构起来的。乔纳森·卡勒将文学比作杂草，称杂草就是花园的主人不希望长在自己园子里的植物，要判断什么是杂草，要看不同的地方、不同的人会把什么样的植物判定为不受欢迎的植物。[①] 因而，在新的历史语境下，要重新建构文学话语，对纷繁复杂的文学现象进行解释，将不能归类的现象驱除出文学领域。正如南帆所说：

> 可能已经有愈来愈多的人意识到，既有的文学理论正在遭受全方位的挑战——也许已经到了重新考察种种文学理论基本问题的时候了。从近代至现代，中国的文学理论历经一系列重大的转折。每一次历史性的震荡都涉及文学理论基本问题的再

---

① 参见［美］乔纳森·卡勒《当代学术入门：文学理论》，辽宁教育出版社1998年版，第23页。

认识。……二十世纪的八十年代，这种理论模式遇到了强烈的冲击。历史的某一部分仿佛突然地启动——现代主义文学的一拥而入，二十世纪的诸多西方文学批评学派大兵压境，一系列叛逆性的文学观念产生了巨大的理论压力。进入九十年代之后，后现代主义文化与全球化语境正在将文学问题引入一个更大的理论空间。这时，传统的文学理论模式已经不够用了，一批重大的文学理论命题必须放在现有的历史环境之中重新考察与定位。①

南帆阐述了文学理论与历史语境之间的互动关系，我们必须抛弃文学研究的对象是一个稳定、明确的实体的观念。20世纪文学理论显示了两条线索。一批文学理论家倾向于文学是独立的审美空间，拒绝插手社会历史，捍卫"文学之为文学"的神圣领域。这种审美主义在80年代中后期的写作中得到集中体现。余虹称这种独立于"现实"和"自我"之外的文学自身被理解成纯粹的语言游戏和神秘超验的生命体验②。耿占春找到了"诗本身"的有力证据，"语言经此孤立于世界，经此超脱于人，语言便孤寂地、骇人地浮沉在意义的自我作用的意向综合体中。诗的语言在此是一个没有历史、没有环境、没有主体、没有对象的行为"③。因此，耿占春将诗看作纯粹的语言游戏。另一批文学理论家则试图打破文学封闭的自律空间，开始探讨文学与历史的关系。20世纪西方语言学转向所取得的理论成果，为文学重新进入历史搭建了桥梁。文学的效果来自某种文学话语与社会的认同。对于我们如何考察文学语言，伊格尔顿认为，文学理论必须考察"话语产生了什么效果以及如何产

---

① 南帆主编：《文学理论新读本》，浙江文艺出版社2002年版，"导言"第1页。
② 参见余虹《革命·审美·解构——20世纪中国文学理论的现代性与后现代性》，广西师范大学出版社2001年版，第267—268页。
③ 耿占春：《语言的欢乐》，载《改变世界与改变语言》，社会科学文献出版社2000年版，第89页。

生这些效果"①。具体来说，文学理论必须考察特定的意识形态氛围对文本生产与读者期待视野的隐蔽控制。文学理论不仅分析文学的存在，更为重要的是分析文学如何历史性地存在。

21 世纪初研究界出版了大量文学理论著作，② 探讨新历史语境下的文艺状况。

巴特的话语理论为重构文学话语提供了新的视角，巴特认为文化是被语言建构的，他调查了各种文化实践，从高雅文学到流行时装和食品，以符号学分析将大众文化纳入文学领域，使得文学从精英文化的殿堂走向了日常生活。巴特称语言是权势的运作场，通过话语分析发现文学语言、社会历史、意识形态相互交汇的地带，为文学进入历史提供新的入口。文学不再是被动地反映现实，相反，文学是现实得以呈现的形式，文学话语使得文学走出封闭的语言游戏，重建文学与社会历史的联系。陶东风正是在巴特等人的理论基础上，提出了日常生活审美化的观点。南帆认为文学话语的提出，使得文学理论没有兴趣回答"文学是什么"的问题，文学成分广泛分布于社会历史的深处，如同社会的神经系统。③ 文学与社会千丝万缕的联系，正体现了文学的价值，文学是建构世界的审美方式。这种方式使我们得以摆脱物质功利主义，摆脱麻木、冷酷的面孔，以

---

① ［英］伊格尔顿：《二十世纪西方文学理论》，陕西师范大学出版社 1987 年版，第 224 页。

② 如刘安海、孙文宪主编：《文学理论》，华中师范大学出版社 1999 年版；顾祖钊：《文学原理新释》，人民文学出版社 2000 年版；袁鼎生主编：《文学理论基础》，广西师范大学出版社 2001 年版；南帆主编：《文学理论新读本》，浙江文艺出版社 2002 年版；钱剑平：《文学原理导读》，华东理工大学出版社 2002 年版；葛红兵：《文学概论通用教程》，上海大学出版社 2003 年版；余三定主编：《文学概论》，南京大学出版社 2004 年版；陶东风：《文学理论基本问题》，北京大学出版社 2004 年版；王一川主编：《文学概论》，北京师范大学出版社 2005 年版；欧阳友权：《文学理论》，北京大学出版社 2006 年版；杨春时：《文学理论新编》，北京大学出版社 2007 年版；钱中文：《文学原理：发展论》，社会科学文献出版社 2007 年版；张利群主编：《文学原理》，广西师范大学出版社 2008 年版；鲁枢元主编：《文学理论》，华东师范大学出版社 2006 年版；赵炎秋主编：《文学原理》，湖南师范大学出版社 2006 年版；等等。

③ 参见南帆主编《文学理论新读本》，浙江文艺出版社 2002 年版，"导言"第 11 页。

爱和同情之心学会理解、宽容。因而，巴特的话语理论成为 21 世纪中国文艺理论建设的重要理论资源，为文学改造社会、改造世界提供了新的起点。

第五节　巴特后结构主义者的形象转变

巴特的话语理论为中国文论后现代主义的兴起提供了重要的理论支撑。同时，巴特的后结构主义文论不仅参与了对"主体""历史"的解构，还为新历史主义提供了借鉴意义。这一时期研究界塑造了巴特的后结构主义者形象。21 世纪初期出现了两本研究巴特思想的专著，即项晓敏的《零度写作与人的自由》和汪民安的《谁是罗兰·巴特》，这两本著作的立脚点是强调巴特的后期思想，汪民安认为老年巴特更让人着迷，项晓敏则认为巴特的"文本理论"实现了人的自由。项晓敏将"零度写作"视为"实现人的自由的途径"，认为"零度写作"是巴特提倡的理想文学样式。在项晓敏看来，"零度写作"与"不及物写作"一样，都是巴特的后结构主义思想。项晓敏认为：

> 巴尔特反对一切带有价值取向的革命式写作、马克思主义式写作、思想式写作等写作形式，提出文学不应是社会意识的附庸，它是一种语言结构。提倡一种形式主义的、非使命感的、中性的或白色的写作，即"零度写作"。在对写作行为和文学作品的分析中，认为文学作品的结构是由语言的水平轴和风格的垂直轴共同组成的图式结构。一切写作都是在空的语言结构形式中，伴随着作者的个人风格而融进社会历史和文化内涵的；零度写作理论、主张写作是语言结构的构建和行为动作过程，不是意义和观念的载体，已初具结构主义思想。它将文学及其写作纳入语言结构之中，在自由的言语和中性的零度写作中，作者不再被社会意识和传统价值观念束缚，而仅仅是"语言神

话的囚徒"。文学中自由的语言表达，使得"文学成为语言的乌托邦"。写作主体也因此摆脱了观念社会、道德价值的禁锢而获得了解放和自由。①

项晓敏与陈晓明一样，同样认为"零度写作"是巴特提倡的写作类型，但不像陈晓明将"零度写作"作为捍卫先锋派文学的武器。项晓敏认为"零度写作"摆脱了意识形态的束缚，使得写作主体不再禁锢于社会意识和传统价值观念从而获得自由。写作与人的自由之间的关系成为项晓敏论证巴特思想的逻辑主线，项晓敏以人的自由这根主轴将"零度写作"与"文本写作"等值，认为不及物写作是对"零度写作"的进一步论述：

> 这种写作不受"及物"的制约而给予创作主体极大的自由度，不仅成为作家快乐幸福的源泉，也是自由本身的状态。显然，当作家不再是为目的而企图"及物"地去写某种东西的人，而成为一个可以自由地"不及物""写作着"的人时，写作者的身上便会出现一种巨大的精神的和心理的自由感受，而且只有在写作变成不及物的时候，它的目标和结果，亦即写出的文本或内容，才会呈现出其审美的价值而非功利的价值。不及物写作的实质，也就是作家的写作，不再犹如全能的上帝那样在作品中到处干预、指涉并注入某种目的，作家不再成为社会意识或阶级利益的形象代言，而是消解主体对社会事物的意识伦理关怀，只关注主体自我，使写作成为一种不指涉社会而回观自我的写作行为，是对个人终极关怀的一种形式，是个人自由追求的表现形式。②

---

① 项晓敏：《零度写作与人的自由——罗兰·巴尔特美学思想研究》，复旦大学出版社2003年版，第4—5页。

② 项晓敏：《零度写作与人的自由——罗兰·巴尔特美学思想研究》，复旦大学出版社2003年版，第54页。

　　项晓敏将文学自主与人的自由联系起来，认为主体只有在不承担社会和伦理的重担时，才是自由的。项晓敏以关注人的自由的文学对抗意识形态的文学，但他并没有走向主体论。项晓敏所说的人的自由，不是指"大写的人"的自由，因为"大写的人"即主体，是为了获得本质性存在而被赋予历史使命。人的自由是指个体人的自由。由个体人的自由从而推导出"'零度写作'与不及物写作消解了主体对社会事物的意识伦理关怀，只关注自我，使写作成为一种不指涉社会而回观自我的写作行为"。不及物写作着重于写作本身与"零度写作"的去意识形态功能一脉相承，写作不再沦为工具，而成为关注自我的游戏写作。"零度写作"与不及物写作成为项晓敏心中的理想样式，在这种类型的写作中，功利性目的都被消解了，文学实现了向自身的回归。"零度写作"是巴特在"社会神话"研究阶段的代表作《写作的零度》中提出的概念，项晓敏称"中性、不及物的'零度写作'成为了结构主义理论在文学、文学评论的代名词，成为人们论述和评议巴特的中心之一"。（不及物写作是巴特后结构主义思想）项先生以人的自由将"零度写作""不及物写作"纳入自己的逻辑框架，对二者进行自圆其说的解释，沟通了巴特的结构主义与后结构主义理论，并认为巴特的后结构主义思想实现了人的自由。

　　汪民安同样认为巴特是在"零度写作"的基础上，提出"不及物写作"的概念，在《谁是罗兰·巴特》这本书的开头，汪民安分析了"零度写作"，汪民安称：

　　　　零度写作与其说是发现了一个真相，不如说是巧妙地隐藏了他的某个理想。零度写作意图消除写作的干预性，消除写作中的价值评判（巴特不喜欢的那种政治式写作），消除写作中的功利色彩，从而扩大写作本身的容量，扩充写作本身的种种可能性。写作一旦斩除任何写作之外的目标时，它就变得专注自我了，它就开始留恋写作本身了。正是在零度写作的基础上，巴特后来又奠定了一对著名的概念：及物写作和不及物写作。零度写作至少是一种不及物写作，不及物写作（intransitive writing）是作家（author）写作并非（writer）写作，作者写作则是一种及物写作（transitive writing），作家的不及物写作致力于"怎样写作""作家是劳动者，他加工他的言语（即便为灵感所启发），他在其著作中自我专注……作家是那种典型的在如何写作中探究世界的为什么的人……作家视文学为目的"。不及物写作此时有一个目的，尽管是文学的目的。而巴特此前的零度写作不仅没有文学以外的目的，甚至连文学的目的也不是十分明确，它旨在消除一切符号标志本身。除了不及物写作同零度写作有着某种明显的承继关系外，巴特另一个著名说法"作者之死"也能明显在此看出潜藏的种子，"作者之死"主要是放开文本的专名权和垄断权，让文本充分地自我嬉戏，然后，让作者退场，沉默和销声匿迹不正是另一种形式的零度吗？[①]

由上述引文可以看出，汪民安非常赞赏"零度写作"，并将自己对"零度写作"的赞赏转化为对巴特的赞赏，认为"零度写作"与其说发现一个真相，不如说巧妙地隐藏着巴特的理想。汪民安在"零度写作"中看到了"不及物写作"的萌芽，"零度写作"消除了写作的干预性、价值判断后，专注于写作本身，正是"不及物写作"的雏形。为何汪民安将"零度写作"看作巴特的理想，对其加以推崇，并将其与"不及物写作"联系起来？从分析中，我们发现汪民安是通过巴特的写作观反对文学的工具性。在现代性的话语体系下，意识形态成为垄断性的权威话语，文学只有对社会、历史做出承诺才能获得合法性。在原有的价值体系下，研究者们感到窒息、压抑，

① 汪民安：《谁是罗兰·巴特》，江苏人民出版社2005年版，第47页。

文学自主性成为大家共同探讨的话题。汪民安认为文学只有摆脱时间的纠缠、历史的入侵才能获得自身的价值。巴特的"零度写作"和"不及物写作"与心中的乌托邦正相契合，这种写作与意识形态的写作形成强烈对峙，没有历史、没有现实、没有主体，只是语言的狂欢游戏。通过这种写作，个体获得逃避社会价值的世外桃源，解构了一切权威话语，真正实现了生命的欢腾。

尽管汪民安意识到巴特写作理论无法与社会、历史脱离干系，写作、文学、语言处于一种永远无法解决的矛盾和冲突中。语言永远是历史性的，是历史的遗产，作家无论如何，他永远摆脱不了这种语言习惯的阴影。"零度写作"试图消除写作的社会性、神话性，只是在乌托邦的意义，在一种审美的意义上，在虚构的意义上才可能存在。但这种文学类型让汪民安在历史、社会的重压下呼吸到了新鲜空气，他视"零度写作"为理想的文学类型，因而极力渲染"零度写作"，并认为"他（巴特）为一种形式主义的，非使命感的写作，一种中性的白色写作和零度写作留下了令人难忘的辩护声音，他为它们存留了一块自留地，一块肆意驰骋言语的空间，一块有待开拓的形式主义地盘"。进而汪民安以不及物写作论证《文本的快感》。在汪民安看来，巴特文本是解构的替代物，通过文本完成了对知识主体、认识主体、自由和存在主体的解构，在快感中获得真正的享乐。汪民安说：

> 从此，巴特就按照他的构想进行文本写作了。如果说他从前的写作，不论是《写作的零度》，还是《符号学原理》，不论是《神话学》，还是《叙事作品结构分析导论》，都应归于作品概念下——他们确实在试图阐述真理，寻找本质，挖掘深度；那么此后的写作，他的文本理论之后的写作，却是在嬉戏、欢闹和娱乐了，巴特既没有一种说服人的意图，没有宣讲、讲道的口气，也没有求真的愿望。从此之后，我们只看到了那个沉

醉于自我表述，沉醉于快乐，沉醉于复杂、矛盾、敏感和多愁善变的巴特，沉醉于欲望、自我满足、闲适和色情的巴特，沉醉于反讽、修辞和解构的巴特。巴特从一个真理的宣传者已转向了文本的嬉戏者，巴特信誓旦旦的结构目标现在给彻底毁了。①

　　汪民安认为巴特在《写作的零度》《符号学原理》《叙事作品结构分析导论》中阐述真理，寻找本质，是对巴特的一种误解。在《写作的零度》中，巴特以写作的形式沟通了意识形态，语言与权势的关系是困扰巴特的难题，他希望文学成为语言的乌托邦。在《叙事作品结构分析导论》的结尾，巴特告诉我们，"序列不是起源于对现实的观察，而是起源于需要"。巴特从表达欲望入手，认为文学是一种使人们对表述本身感兴趣的语言表述，这种语言表述能引起人们对其本身的兴趣。叙事引发叙事，叙事不是意图的呈现，而是符码的演绎过程，在叙事过程中燃烧着感觉的激情。那么，巴特一直是一个追求享乐、自我满足的文本嬉戏者。前期，他在建构统一的叙事模式；后期，则关注文本的差异性。巴特最初的文学趣味，便是关注写作与欲望的关系，称纪德是他的原始起点。

　　汪民安之所以认为巴特后期将前期的结构目标彻底抛弃，成为一个享乐主义者，是因为在《符号学原理》《叙事作品结构分析导论》中，汪民安只看到了一个勤于综合、乐于整理、热情归纳和分析的理性巴特，没有看到巴特分割、重新组合的动力源于叙事的欲望。巴特的求真务实并不是对真理、本质的追问，而是在组织符码时获得快感。在《流行体系——符号学与服饰符码》这本结构主义的巅峰之作中，巴特称意象系统把欲望当作自己的目标（希望符号学分析把这一切变得昭然若揭），其构成的超绝之处在于，它的实体基

① 汪民安：《谁是罗兰·巴特》，江苏人民出版社2005年版，第145页。

本上都是概念性（intelligible）的："激起欲望的是名而不是物，卖的不是梦想而是意义。"① 前期巴特以精确的分析建构系统科学，是为了表达欲望。后期，巴特以文本写作裂解西方的意义系统，也是为了彰显欲望。

汪民安仍是在形式/内容二分的框架下解释巴特的结构主义及"文本理论"，他始终不能理解巴特的形式是包含着内容的形式，在巴特看来整个历史文化都是一个大文本。汪民安认为前期巴特是一个本质挖掘者，因为在他看来还存在离开语言的本质；后期巴特通过文本游戏表达欲望、追求享乐，他便认为巴特陷入文本的形式主义，这种形式与现实、历史完全脱节。正是这一形式游戏彻底实现了汪民安心中的乌托邦之梦，文本在解构主体之后，解构了历史，因此他说"老年巴特的形象出现了，那是个更让人着迷的形象"。在汪民安看来，前期巴特无法割舍地谈论文学与意识形态的关联，让意识形态成为笼罩在文学上空的阴云，通过理性的分析建立系统科学，是对真理的追问，延续了七八十年代现实主义文学的噩梦。后期巴特不再痴迷于精确的分析，放弃了建立系统科学的美梦，则彻底解构了真理、意识形态。

同时，将"零度写作"视为不及物写作的雏形，是具有"中国特色"的巴特文论。从前面的分析，我们得知巴特认为"零度写作"使得形式处于惰性状态，从而导致文学的穷途末路。巴特寄希望于扩增语言的形式，以求新、求异的享乐之文从内部裂解资产阶级通过操作符码建构的，具有似真性的俗套用语。不及物写作、文本写作要通过不断创新形式对抗资产阶级意识形态。因而，不及物写作完全是"零度写作"的对立面。项晓敏、汪民安认为巴特在"零度写作"的基础上发展出不及物写作，因为他们以解构意识形态

---

① ［法］罗兰·巴特：《流行体系——符号学与服饰符码》，敖军译，上海人民出版社2000年版，第4页。

将二者联系起来。"零度写作"使得形式处于零度，自然使得写作不被意识形态所利用，但这是一种无可奈何的妥协。"文本写作"则是以反常的姿态疯狂地前进，破坏报纸、电视语言。急于摆脱意识形态束缚的学者们只看到二者的同，却忽视了其中的异。不约而同地将"零度写作"看成"文本写作"的萌芽，认为后结构主义者巴特才是真实的巴特。

一　《S/Z》是巴特颠覆结构的里程碑事件

研究界对巴特后期思想的推崇，使得《S/Z》和《恋人絮语》这两本书受到关注。研究界普遍认为自写作《S/Z》后，巴特转向了后结构主义。① 2000年，屠友祥翻译的《S/Z》，由上海人民出版社出版。屠友祥为《S/Z》写下了长篇导读，他对书名进行了分析：

> S和Z之间的斜线号（/），是一个纵聚合体（paradigme）的两项交替互生的符号，具有语言学和象征的性质。严格地讲，

---

① 在英国学者霍克斯看来《S/Z》的中心主题是意义从符号的相互影响中产生，我们生活于其中的这个世界不是一种"事实"而是关于事实的符号，我们从一个系统到另一个系统不停地给这些符号编码和解码。这种观点来自巴特早先的兴趣，即全部人类的事务（例如，食物、服饰）都渗透着编码行为，以及它的作用是人类活动中独一无二的。这种观点的结论是，我们生活在一个无法向我们提供"纯洁的""天真无邪"语境的世界上。这是一个关于符号的世界，而不是经验的世界。因此，结构主义最终倾向必将是趋向一种适合于分析这种世界的科学。罗伯特·休斯认为，尽管巴特在《S/Z》的开场白中明确和故意地否定结构主义诗学的一个重要方面，但与霍克斯一样，休斯认为巴特在这本书中仍关注普遍存在的编码以及人的经历中的代码。巴特不仅在衣着、食品、家具以及日常生活的其他方面发现了积极发挥作用的编码活动，在文学作品中同样发现了编码活动。对于巴特来说，纯粹的上下文不存在，所有的上下文都经过语言的编码。因而，在研究《萨拉辛》时，他关心的是显示巴尔扎克的"现实"如何总是从某种事先存在的代码中派生出来。"可写的文本"是抵制陈旧的谎言以及前人使用过的寿终正寝的代码的唯一方法。巴特将《萨拉辛》分成561个意义单元，故意不根据事件或情节对文本做明显的结构分割，是为了强调阅读过程要走出文本所描述的那个世界的各种编码活动，结构主义应该扩大他的结构概念和增加灵活性。为将具体的文本分析到最小的细节，巴特分辨了五种主要代码，文本的每个重要方面都可以根据这五种代码得到考察。这样做化解了结构主义困在某个理想的分析层次，而不能完备地处理实际文本的危机。

这书名应该读作 S 对 Z（S versus Z）。也就好象男/女的相对，恰好字母 S 和 Z 在形体上也处于相对的状态，又是巴特的阅读对象——巴尔扎克的《萨拉辛》中两位主要人物萨拉辛（Sarrasine）和赞比内拉（Zambinella）的字首大写字母。惟有差异，方构成"对"，构成意义。而《S/Z》书本身显示了"S 对 Z"的不能成立，因为 Z 是阉歌手，无法与 S 相对。这种差异和意义生产的泯灭本身充满了象征意义。照巴尔扎克的说法，Z 是个具有异常、偏离、脱离性质的字母，简直含着魔法意味。①

纵聚合关系是结构主义语言学的基本方法，因为在语言系统中只存在差异，符号的价值是由其在系统中的位置决定的，一个符号区别于其他符号的特征，便构成该符号。在《符号学原理》一书中，巴特根据结构主义语言学将符号学划分为四种基本类型，即语言/言语、能指/所指、系统/组合、涵指/直指。纵聚合关系是意义之源，屠友祥也提到差异是生命和意义之门。可以说纵聚合关系演绎了《S/Z》，萨拉辛的艺术生命来自 S 与 Z 对立，一旦发现 Z 非男非女，破坏了分类的基础，使得意义无法生成，也使得寻求中心意义的 S 失去了生存的凭借，在象征上遭到阉割，与 Z 融为一体，最终在肉体上死亡。屠友祥认为不仅是书名，整本书都是纵聚合关系的产物。聚合关系双方的对立是意义之源，一旦取消了对立，意义便瓦解。那么，《S/Z》仍是一个结构主义的文本。但是《S/Z》在中国的接受过程中却转变为巴特彻底反结构的印证。汪民安认为在《S/Z》中巴特从头至尾颠倒了结构主义，完全抛弃了结构目标。汪先生说：

> 依据传统的眼光，《萨拉金》无论如何是一个严谨有序、环环相扣的紧密文本，是逻辑性和叙事性密切缝合的文本（萨拉

---

① ［法］罗兰·巴特：《S/Z》，屠友祥译，上海人民出版社 2000 年版，"导读"第 29 页。

金对赞比内拉的爱情从缘起到高潮到最后绝望式的毁灭依循着
一种严格的逻辑推理），依据巴特对可读性文本的解释，它也是
一个不折不扣的可读文本。然而，巴特在此将这个可读性文本
奇迹般地摧毁了，巴特赋予编码以一种巨大的力量，文本似乎
不再由内容、由情节、由叙事时间等传统的阅读习惯支配，而
是由起功能作用的编码支配，编码似乎占有主动权。巴特就此
给阅读和批评提供了另一个角度，阅读和批评不再依附于先在
的文本组织，相反，阅读和批评有自己充分的能产性，它可以
依据自己的想法、趣味，也可以说欲望，重新打量和生产文本，
重新组织和观察文本，文本不再是一个有惰性有既定成见的组
织，阅读和批评可以使其发生翻天覆地的变化，《萨拉金》这部
可读性文本由于阅读的再生产作用，已经变得面目全非，在
《S/Z》里面，很难感受到巴尔扎克的精确、细腻、严谨的现实
主义法则。批评不再对任何教条、任何现实、任何总体性承诺，
它只对自己的创造性承诺。①

汪民安认为巴特将《萨拉辛》（汪民安翻译为《萨拉金》）划分
为 561 个语汇各自所起的功能作用，而不是如何组成一个整体的现
实主义小说，这 561 个单元正因为它们各自所归属的语码不同，即
功能性不同而不再具有任何相关性。正是在这点上，《萨拉辛》作为
一个现实主义文本的信念被无情地瓦解了。那么，阅读与批评便不
再依赖于先在的文本，而可以根据读者自己的想法、趣味随意拆分
文本。批评便不再依赖于现实、整体性，而依赖于读者的创造性。
汪民安说：

> 《S/Z》最终实现了巴特的一个愿望，即"许久以来致力于
> 微观分析"的愿望，在实现这个愿望之际，巴特说他这次不同

---

① 汪民安：《谁是罗兰·巴特》，江苏人民出版社 2005 年版，第 170 页。

于常规的评述和分析工作令他极其快乐，"《S/Z》的经历就我而言，表达了工作和写作中的极乐"。无独有偶，写完《符号帝国》后，巴特也宣称："那是我写得最快活的一本书，写《符号帝国》所获得的快乐较之任何一本书而言更大、更强烈。"巴特越来越将写作同快乐联结起来，写作的使命似乎不是求道，尤其是解构背景下的写作——解构主义明确地表示对任何潜藏的本质主义信念拒斥。巴特在实践中越来越突出个人的趣味，越来越展示个人的声音，也越来越感觉到写作中的伦理价值——写作中惟一的价值。快乐成为他的主题是自然而然的，巴特很少有那种不惜一切代价求真的愿望与使命，这样看来，解构对他就不是一种哲学、一种知识、一种学说，它就是他的气质、他的本能、他的自我。①

汪民安称巴特在写作《S/Z》时，将写作同快乐联结起来，写作的使命不是求道。从对《写作的零度》及文本理论的分析中，我们知道巴特反对文学应揭示人的本质性存在，尤为强调文学的形式功能。在巴特看来，现实主义文学是通过操作符码获得似真性，使得资产阶级文化自然化。因而，巴特不是通过写作《S/Z》解构文学的历史使命或本质主义，巴特认为历史、现实是被形式建构的。那么，认为《S/Z》解构现实主义文学的历史使命，解构现实，实质上是汪民安的愿望。汪民安反对现实主义的意识形态叙事，现实以真理性为权威话语，文学必须忠于现实。因而假道巴特对巴尔扎克现实主义文本的解构，反对现实主义文学，从而得出文学不对现实、不对教条做出承诺的结论。

马驰同样认为《S/Z》是巴特由结构主义转向后结构主义的代表性著作，但与汪民安不同，马驰不认为《S/Z》的目的是解构

---

① 汪民安：《谁是罗兰·巴特》，江苏人民出版社 2005 年版，第 177 页。

《萨拉辛》的现实主义原则，而是最终证明《萨拉辛》是一个"有限度的文本"，巴尔扎克到头来根本就不是一个"现实主义者"。马驰说：

> 他（巴尔扎克）的叙述没有向我们提供一个透明的、"纯洁的"窗口，通过它来观察文本"之外"的"现实"。相反，文本表明自己本质上和应用于文本的分析方法非常相似：它充满隐蔽的"造型"的手法，是一个哈哈镜长廊，还犹如一扇厚厚的彩色玻璃窗，这窗户把自己的色彩、形状毋庸置疑地强加于通过它可以瞥见的事物身上（如果确实有这样的事物的话）。巴特似乎要说，我们所看到的大部分东西其实都是玻璃窗上的：我们看的是这扇窗子，而不是窗外的东西。窗子起一种信息的功能，而不是媒介的功能，而且它不完全受作者的支配。①

在马驰看来，《S/Z》如巴特所言扩大了结构主义的灵活性。但陈平认为《S/Z》体现了巴特的结构主义立场不坚定，他说：

> 我们从《S/Z》中还是可以比较清楚地看到巴特从结构主义向所谓"后结构主义"的过渡。在此之前，他关注叙事作品的结构分析，试图总结出一些总体性的叙事学规则。代表作品有《叙事作品结构分析导论》、《符号学原理》、《符号学历险》、《时装系统》。那段时间，尽管他也偶尔表现出对于结构分析方法的怀疑和不满，但总的来说，他是在一丝不苟地艰难地做着理论探索，并注意总结和借鉴其他理论家的成果。有的学者称巴特为"结构变色龙"，理论立场不坚定，这对他是不够公正的。从他那一阶段的著作可以看出，他在结构主义理论方面已

---

① 马驰：《叛逆的谋杀者——解构主义文学批评述要》，中国人民大学出版社1990年版，第38—39页。

经作了卓有成效的探索，得到若干成果和教训。他是在发现结构主义的理论缺陷以后开始转向的。巴特还是一个做事认真的人，或许正是因为他过于认真，所以他写于那一时期的作品学究味太浓，显得枯燥和生涩。其实以巴特的才情而论，本来不适于从事枯燥的理论研究。我们也更喜欢写作《S/Z》、《恋人絮语》、《文本的快感》、《神话集》和《萨德，傅立叶，罗耀拉》时的巴特。在他做着自己喜欢的事情的时候，他的文字潇洒飘逸，酣畅淋漓，颇具说服力。①

陈平之所以认为我们更喜欢"写作《S/Z》、《恋人絮语》、《文本的快感》、《神话集》和《萨德，傅立叶，罗耀拉》时的巴特"，是因为，他将《S/Z》视为巴特对自身结构主义的反叛。和大多数学者一样，陈平也引用了巴特在《S/Z》的篇首所说的话：

有人说佛教僧侣通过苦修而在一枚蚕豆中看到了整个的风景。最初的叙事分析家便是打的这种如意算盘：以某种结构囊括世上所有的叙事作品。他们想到：我们将从每个故事中抽取出它的模式，再由这种模式归纳出一个宏大的叙事结构，然后用这个结构去分析（验证）所有的叙事作品：这种涸泽而渔的工作最初并不可取，因为文本因此而失去了差异。"②

陈平同汪民安一样认为在《S/Z》中，巴特彻底走向了后结构主义。陈平说，"巴特所作的理论思考对于我们今天客观地评价结构主义诗学有一定的意义，因此值得重视"。《S/Z》的价值正在于我们能客观的评价结构主义，巴特对自己前期结构主义的批判，更加

① 陈平：《罗兰·巴特的絮语——罗兰·巴特文本思想评述》，《国外文学》2001年第1期。

② ［法］罗兰·巴特：《罗兰·巴特随笔选》，怀宇译，百花文艺出版社2005年版，第151页。

证实了中国研究界对结构主义的批判。结构主义文论在中国从来不是一个受欢迎的对象，只是在特定的历史时期被用来作为补充中国传统批评的方法。所以，研究界都对这一转向拍手称赞。

夏基松在《现代西方哲学教程新编》中称，自 1970 年《S/Z》一书发表后，巴特的文艺理论思想发生了明显的变化，从强调静态结构的研究转变为否定客观的、固定不变的静态结构的存在。夏先生称巴特的这种思想早在 20 世纪 70 年代以前就已经开始萌芽了，不过那时并不是主要的、系统的，70 年代以后，即在他的后期才成为他的文艺思想的主流。①

为何研究界一致认为从写作《S/Z》开始，巴特就彻底颠覆了前期结构思想，将巴特的后结构主义思想等同于解构主义思想？究其原因，一方面，从巴特的自白中，将巴特对结构主义一个方面的否定扩大为对结构主义的否定。巴特的这段自白成为中国研究界证实巴特后期转向的铁证。而在外国学者看来，巴特只是否定结构主义的一个重要方面。用休斯的话来说，巴特分辨了五种代码，使得文本每个方面都得到考察。这样做化解了结构主义困在某个理想的分析层次，而不能完备地处理实际文本的危机。从理论储备来看，研究界还未能理解巴特代码的意义，如汪民安认为巴特拆分代码是为了解构现实主义统一的叙事模式，现实是客观世界的再现，而巴特所说的世界不是一种"事实"，而是关于事实的符号（这一认识的误区在马驰的评述中得到纠正）。由于对代码的陌生，研究界看到了《S/Z》与《叙事作品结构分析导论》的区别，却无限放大了这一区别，认为《S/Z》彻底颠倒了《叙事作品结构分析导论》的叙事结构，没有看到《S/Z》仍是一个关于编码与解码的故事。巴特希望通过重新组织代码以反对资产阶级通过操作代码建构的"现实"。

---

①　参见夏基松编《现代西方哲学教程新编》，高等教育出版社 1998 年版，第 639—640 页。

另一方面，由于研究界对结构主义文论抱有敌意，因而很容易抓住巴特的"把柄"，认为巴特认识到结构主义的弊端，走向反结构主义的"文本理论"。"文本理论"是后现代文化中一个时髦的话题，能有效解决中国当前面临的问题，巴特后期思想自然成为他的主要思想。

二 《恋人絮语》——一个结构主义还是解构主义的文本

《恋人絮语——一个解构主义的文本》，1988 年由上海人民出版社出版，译者汪耀进在 *Fragment D`un Discours Amoureux*（《恋人絮语》）后加上"一个解构主义的文本"的副标题，直接体现了这一时期对巴特后期思想的关注。1997 年上海人民出版社再版《恋人絮语——一个解构主义的文本》时，干脆将"恋人絮语"四个字去掉而仅仅保留了"一个解构主义的文本"。对于这一"解构主义的文本"，贺晓波曾调侃地说：

> 巴特曾在 1975 年搞过一个对《少年维特的烦恼》的话语解析讨论班，最后则不知不觉地产生了这本 Fragment D`un Discours Amoureux，算是巴特先生的文化符号学思想的一个在文学领域的映射。Fragment D`un Discours Amoureux 直译是"恋语片段"，或参照某一版本的译出，叫"恋人絮语"，但当被上海人民出版社译出时，书名成了《一个解构主义的文本》。不过，这在当前所有的日常生活领域都被"亚当·斯密的手"所牵着的境况下是容易理解的。……为了在足够的空间下给书以足够美丽的外衣，Fragment D`un Discours Amoureux 就成了《一个解构主义的文本》。"解构主义"，看不懂吧，这就玄妙了，反正是一种"主义"，买了吧，买了说明你有层次感了；"文本"嘛，一个很普通的词，好懂，没啥好说的。不过我想，巴特现在要是还活着，而且神智还清醒的话，对"解构主义"这说法倒是不会太介意，反正就他本人而言，结构主义，解构主义，都和他有

关系。但对于"文本"这个词，八成他会让在中国的同行捎个话，给出版社提个建议，最好把它改成"本文"，尽管最后出版社听不听是另外一回事了。①

解构主义兴起于20世纪60年代末，兴盛于70年代，于80年代末传入中国。因而，在《恋人絮语》后加"一个解构主义的文本"在当时实属时髦之举，正如贺晓波戏言买了说明你有层次感。但译者加注这么一个副标题，不只是追捧新主义，其中也有译者对这本书的理解，试图以一个副标题统领全书的内容，译者认为《恋人絮语》这本书正体现了巴特的解构主义思想。

巴特思想经历了一次重大转向，这一转向以1967年为分界线。从1956年9月巴特为《神话集》写长篇后记《今日神话》，到1967年《时装系统》的问世，这十年巴特关注符号学的科学性、系统性，熟练运用结构主义语言学理论分析广告、时装、照片、烹饪等文化现象。这一时期出版的主要著作有《论拉辛》（1963）、《符号学原理》（1964）、《批评文集》（1964）、《批评与真实》（1966）、《叙事作品结构分析导论》（1966）。1968—1980年发表的著作明显不同于前期。巴特重新审视了结构主义符号学，出版的主要著作有《S/Z》（1970）、《符号帝国》（1970）、《文之悦》（1973）、《罗兰·巴特自述》（1975）、《恋人絮语》（1977）、《明室》（1980）。从前面的论述当中，我们得出中国学界一致认为从写作《S/Z》开始，巴特由结构主义转向后结构主义，那么写于《S/Z》之后的《恋人絮语》自然是一个后结构主义的文本（译者将后结构主义等同于解构主义）。但这种加标签的做法遭到张智庭（"怀宇"为其笔名）的驳斥：

　　他认为 *Fragments d'un discours amoureux* 是"一个解构主义

---

① 贺晓波：《罗兰·巴特与恋人》，《书城》2000年第11期。

文本"的观点很可能建立在该书"是对歌德的《少年维特之烦恼》一书的解读"这一认识基础上，我认为这种看法并不准确。作者在书中开头的"本书是怎样构成？"的文字中就告诉我们，这本书"旨在展示一种陈述活动，而非一种分析"。在这段文字的结尾处，作者写道："我们'拼凑了'来自多方面的片段。有的来自一种固定的阅读，即对于歌德《少年维特之烦恼》的阅读。有的来自一些经常浏览的读物（柏拉图的《会饮篇》，禅宗，精神分析学，某些神秘学说，尼采，德国浪漫曲）。有的来自偶然翻阅的读物，有的来自与朋友们的谈话。最后，还有的来自我个人的生活经历。"显然这是在"拼凑"一部"新的"作品，而不是像《S/Z》一书依据不同的能指符码解构巴尔扎克的《萨拉辛》那样来分析一部作品。这不仅不是一种"解构"，反而是某种程度的"结构化"（非严格的结构主义的意义）。①

殷企平称《恋人絮语》的结构是精心设计的：即每一段聚合都有一个正题和一个副题，紧接着是一小段"开场白"，解释正题或副题的意义，即点明其适用于同类文本的普遍意义。……巴特对爱情故事的分析和评论在很大程度上体现在他对该故事的处理方式上：整个故事不是平铺直叙，而是被分成碎片散见于文本当中，或者说是曲折地反映在主人公的沉思中；这段爱情经历本来是带有强烈的感情色彩的，但是巴特却像从事科学工作那样把这段经历的要素一一加以分类，然后围绕这些要素组织故事的情节和人物形象。……巴特用了一个修辞学术语"辞格"（figure）来形容他的话语片断。每个片断就是一个修辞格，而全书则是诸辞格的不同形式的变奏。巴特的用意是：每个恋爱故事的叙述者都会有意无意地遵循某种修

---

① 张智庭：《谈罗兰·巴特著述的翻译》，《文汇读书周报》2001年6月9日第2版。

辞格，而这种辞格的形成则是古往今来无数文本互相碰撞的结果。①

从副标题我们发现，译者将巴特的后结构主义等同于解构主义。巴特通过命名80个修辞格（Figure）作为编辑和分析爱情文本的主题，这80个修辞格通过打乱字母顺序随机排列。巴特将这80个修辞格作为爱情经历的要素，每一个修辞格下有一段开场白，展示情节概要，然后是数字编排的序列，展开事件的产生、发展、消亡过程。如在片断"衰隐"后有一段介绍："衰隐。这是恋人的一种痛苦的感受。他感到情偶似乎要避免一切接触，而这种莫名其妙的冷淡又并非就是针对恋人的，不是为了其他什么人，包括情敌在内，而故意对恋人冷淡。"接着是1.这是褪色的，褪了又褪的；2.严厉的母亲；3.欲望；4.衰隐；5.声音；6.疲惫；7.电话；8.听之任之还是接受。②巴特在发现"痛苦"一词无法表达痛苦时，创造了"衰隐"一词来刺痛恋人。以新代码反对旧代码，因而巴特的后结构主义并没有解构符号，而是重新建构符号。并非研究界没有看到《恋人絮语》中的结构因素，在《恋人絮语》后加注"一个解构主义的文本"这样一个副标题，完全吻合中国"国情"。在当代小说解构主体、解构历史、解构意识形态的"破坏性"面前，"解构"成为学术界的口头禅。解构主义顺势成为巴特的主要思想，那么给这样一部后期著作冠以"解构主义"的称号，抬高了这本书的地位。

第六节　小结

巴特结构主义代表作《历史的话语》，以及"社会神话"研究阶段提出的一个概念"零度写作"，为何在塑造后结构主义者形象过程中发挥推波助澜的作用？表面上看是中国研究界接受巴特文论的

---

① 参见殷企平《谈"互文性"》，《外国文学评论》1994年第2期。
② 参见［法］罗兰·巴特《恋人絮语——一个解构主义的文本》，汪耀进、武佩荣译，上海人民出版社2009年版，第99—103页。

无序状态，实质上是中国文论的内因需求选择了不同时期的巴特。在《写作的零度》中，巴特运用符号学方法揭示了资产阶级意识形态的虚构性，巴特一直致力分析"现实"被编码的过程。在巴特看来，结构主义颠覆传统哲学将历史视为客观真实的内容，用形式沟通了与历史的联系，将历史看成用语言表述的一种形式。20世纪80年代初，研究界译介《结构主义——一种活动》时，只看到结构主义作为一种方法，通过模拟对象，显示事物的功能，使得世界变得可理解。因为当时意识形态具有不可证伪性，研究界希望以结构主义方法弥补中国传统文学批评主观印象式及外部研究的不足，运用新方法分析旧事物，所以我们只看到一个保守的、主张方法论的巴特。到了90年代，解构意识形态科学性成为主流话语。《历史的话语》成为解构历史的有利理论资源，在解构浪潮下，研究界只看到巴特的"破"，却忽视了"立"。因为当时虚构成为先锋派追求的审美目标，以虚构反抗历史、真理、主体。1987年，文坛从"寻根"的精神深度导入叙事的虚构迷宫。同时，马原和一批先锋派出现，为中国当代文学的转折画下一条界线。"大写的人"已经死亡，历史隐退。文学只是一次写作过程，一大串语词的游戏，一大堆生活碎片的拼凑游戏。巴特一直强调历史是一种形式，叙事话语造就了历史之"真"。由于将巴特叙事话语等同于先锋派的纯粹语言游戏，陈晓明、南帆只看到了历史的虚构性，却没有看到这种虚构的正当性。《历史的话语》与后结构主义文本理论一道成为研究界解构意识形态的理论资源。90年代中期，新历史主义兴起后，张进看到了文学进入历史的方式，巴特的话语理论、文本理论即是新型的历史诗学。

"零度写作"与《历史的话语》、后结构主义文本理论"同流"，也是因为其对主体、历史的消解体现了先锋派文学的特征。所以，巴特各阶段文论在中国的齐头并进是中国文论的主动选择，不同时期的内因需求成为取景框，让我们只看到巴特的一个侧面。20世纪80年代初，在《结构主义——一种活动》中只看到结构主义作为方法的重要性。90年代，在《历史的话语》中只看到叙事话语对历史的解构，在《写作的零度》中，只看到"零度写作"的去意识形态功能。然而，《写作的零度》《结构主义——一种活动》《历史的话语》中的思想是一脉相承的，即用形式沟通历史，揭示"现实"的编码过程。但是，出于当时文论建设的需要，巴特在80年代初只是一个方法论者，到了90年代却成为一个激进的知识分子，《历史的话语》、"零度写作"成为解构意识形态的"法宝"。

巴特的后结构主义思想在中国难逃形式主义的窠臼。20世纪80年代初，研究界批判结构主义批评是一种极端形式主义批评，割裂了与社会、历史的联系，是由于受到马克思主义唯物论的影响。90年代，研究界批判"文本理论"是一场无根底的游戏写作，是因为将文本看作封闭的形式象牙塔。其中，一方面是因为研究界从先锋派文学的角度理解"文本理论"，但根本的原因，是研究界仍固执于形式/内容二分的思维模式。认为"文本理论"的能指游戏，使得写作脱离现实，成为欲望的狂欢。自始至终，研究界都没有看到巴特以形式沟通了历史、现实。"文本理论"是通过创新形式颠覆资产阶级意识形态的，形式是思想的附着机制。从极端形式主义到能指狂欢，研究界都没有走出对形式主义的偏见，形式只是现实的点缀，是"蛋糕上的酥皮"。

研究界认为巴特后期彻底颠覆了前期的结构思想。巴特的中国形象迥异于西方学者眼中的形象，西方学者从写作、构造我们时代的可理解性角度发现了巴特的一致性。李幼蒸也强调巴特最具有持久性价值的是其文本意义结构分析技术方面。李先生称早期巴特符号学实践大量针对文化意识形态意义层次的揭露，但只将其视为一般文化意义分析工作的实验场，而不转入社会性行动领域。后期"文学思想实践"主要停留在"文本"意义构成的分析层次上。不是我们看不到巴特的学术价值，屠友祥发现了《S/Z》中的结构因素，殷企平、张智庭均看到了《恋人絮语》中的结构因素，在他们看来，巴特的后结构主义仍保留了结构痕迹。然而，南帆、汪民安、项晓敏、汪耀进等学者将巴特的后结构主义等同于解构主义，因为他们误用了巴特的思想。南帆认为历史具有客观真实性，汪民安认为巴尔扎克的现实主义文学承担着反映本质的历史使命。所以，他们认为巴特通过"文本写作"解构了历史之"真"及本质主义。但是，在巴特看来，历史、现实是被代码建构的，不存在任何本质和客观事实。后期，巴特通过重新编排代码扰乱资产阶级建构的唯一、稳定的代码秩序。巴特面前不存在需要解构的对象，解构只是南帆、汪民安的意图。两位学者通过借鉴巴特的后结构主义思想解构意识形态，让他们无视巴特后期思想的结构痕迹。因为 20 世纪 90 年代，文学为了重获自由，以反叛者的姿态摆脱政治的枷锁。巴特身上的结构残余，会让我们看到变革的不彻底性，结构意味着真理、意义，是对意识形态的眷恋。因此，需要一个激进的革命者，"作者死了"和"文本理论"成为解构意识形态的理论资源，成功塑造了后结构主义者（即解构主义者）巴特的形象。

第四章　文化巴特——21 世纪以来巴特文论接受的延续期

21 世纪巴特形象在中国由激进知识分子转变为大众文化批评家。巴特将符号学的方法应用到广告、照片、服装、摔跤、脱衣舞等大众文化，从《符号帝国》到《神话——大众文化诠释》，从《流行体系——符号学与服饰符码》到《明室——摄影纵横谈》，从《埃菲尔铁塔》到《恋人絮语》，这些著述探究了大量当代消费社会中的大众文化现象。对大众文化的喜好，使得巴特在 21 世纪成为广告界、艺术界、新闻界的新宠。这一时期巴特摆脱了严肃的政治面孔和学者气质，显示出对通俗文化的亲和力。他的文化符号学家、作家身份成为文化界关注的热点。

第一节　文化批评家巴特

一　运用《符号学原理》分析大众文化

这一时期巴特的文化符号学研究方法引起了研究界的高度关注。高宣扬说：

> 在纪念罗兰·巴特诞辰 95 周年和逝世 30 周年之际，人们庆幸地发现：罗兰·巴特的符号论，首次使符号论研究走出符

号的单纯系统，走出传统符号研究方法论的约束，在符号与人、思想、社会以及文化的广阔而复杂的交错网络中，在符号的上述交错网络的活生生的运动中，全面探索符号与人、社会、文化的多面向的生命运动的结构及其趋势，从而为当代符号论研究开辟了广阔的前景。特别是为当代符号、文本、图像、对象及其媒体网络的复杂关系的研究，为当代信息社会和网络社会的文化的性质及其趋势的分析，奠定了理论和方法论基础。①

在网络信息化时代，大众传播的过程不可避免地要涉及符号，印刷媒体中的文字与图画，电子媒体中的人物语言、动作、表情和画面，从根本上说都是一种符号。巴特的符号学为理解和研究大众传播开辟了路径。如陈阳将符号学分析运用于传播学，以巴特的直指/涵指、隐喻/换喻等概念解释新闻现象。陈阳说：

> 符号学中的"隐喻（metaphor）"和"转喻（metonymy）"两个概念对于研究新闻传播也很有意义。1968 年 10 月 27 日，伦敦发生了约五个小时的反越战和平示威游行，整个游行平静地结束，只是在美国使馆附近发生了冲突，极少数人受伤。然而，英国媒体的报道与实际情况大相径庭，媒体无一例外地将报道焦点放在美国使馆附近发生的极个别冲突上，将一次和平示威游行描绘成一次暴力事件。莱斯特大学大众传播研究中心三位学者抓住这次机会进行调查，写成《示威游行与传播：一个个案研究》（1970）一书，书中认为记者选择了游行事件中的冲突为报道重点，而舍弃了大部分游行过程，造成了不公正的报道；这并非记者有意掩盖和歪曲事实真相，而是追求冲突性和变动性的新闻价值取向决定了他们从事新闻报道时的定势。

---

① 高宣扬：《罗兰·巴特文化符号论的重要意义——纪念罗兰·巴特诞辰 95 周年和逝世 30 周年》，《探索与争鸣》2010 年第 12 期。

符号学中的"转喻"就是部分代替整体，就上例而言，媒体以极个别的冲突代替整个游行事件，是一种"转喻"，把"游行"这个符号的意义转到"冲突"这个符号上，"冲突"所体现出的意义就成了"游行"的意义。很明显，这是一种新闻选择。媒体进行新闻选择，可能出于新闻价值，也可能出于媒体自身的价值立场和社会文化环境，但是无论出于何种原因，经过事实取舍后所表现出来的"媒介真实"，跟社会真实是有差别的，只是一种李普曼所说的"拟态环境"，并深深影响受众头脑中的看法。①

陈阳告诉我们，关于新闻的报道并非有意掩盖、歪曲事实真相，而是新闻报道的方式即构成了事实，这一事实与社会真实是有差别的。运用符号学方法研究传播的内容，为理解传播文本的意义提供了新的理论，以此研究传播表面现象背后更深层的权力结构和社会背景。但是陈阳误用了转喻的概念。转喻（métonymie），李幼蒸翻译为换喻。隐喻与换喻是符号学的一组基本概念，指语言的两根轴。隐喻指因位置相似而形成的聚合体，换喻指因位置毗连而形成的组合体。不是陈阳所说，符号学中的"转喻"（即换喻）是部分代替整体，这与汉语修辞学相混淆。巴特认为新闻报道属于换喻，巴特详细分析了社会新闻事件的结构。巴特认为新闻事件重要的并非措辞本身，而是将措辞联合起来的关系。他将社会新闻事件的关系归为两种类型——因果关系和巧合关系。因小果大往往产生惊人的新闻效果，如一列火车在阿拉斯加脱轨，因为一头鹿堵住了道岔。两个性质相差较远的内容凑在一起的巧合关系同样能产生新闻效果，如一位妇女击退四名歹徒。② 所以，换喻是指位置上的毗连、随机的

---

① 陈阳：《符号学方法在大众传播中的应用》，《国际新闻界》2000 年第 4 期。
② 参见罗兰·巴特《符的想象——罗兰·巴特评论集（二）》，陈志敏译，（台北）"国立"编译馆 2008 年版，第 235—246 页。

因果性、有序的巧合，产生了社会新闻事件。不是陈阳所说，转喻以极个别的冲突代替整个游行事件，"冲突"代替"游行"的意义产生了新闻事件。

来洁则运用《符号学原理》四组基本范畴分析艺术现象。以外延/内涵一组为例。

> 外延与内涵
>
> 在中国当代艺术指的多是当代艺术家对贴近社会现实的涉及政治、经济、个人属性等热点问题来表达自己观点的创作。当代艺术的模式和手法具有艺术家的个人独特性，作品构建出形式多样的外延和丰富独特的内涵。比如陈逸飞创作了国际瞩目的"中国符号"——老上海、仕女、小桥流水，抒写着旧中国的浪漫景象；张晓刚则创造了另一种形式符号——细腻淡雅、忧伤木然的家庭老照片图式；1989 年后以张晓刚、王广义为典型的"政治波普"，通过关注人们真实的生存空间以及对政治情结的自我消解，使得艺术家对当今问题的反映更加贴近中国的社会现实，撇开政治内容不谈，作品尤其吸引人的是其有趣内涵和独特风格。"政治波普"也因此成为中国艺术的一种代表符号，张晓刚艺术被欧美的画商和收藏机构重视和认可，代表中国的当代艺术在西方市场上创造了艺术品的价值神话。①

来洁运用符号学方法看出了艺术本体之外的文化因素。外延和内涵被李幼蒸翻译为直指和涵指。我们介绍直指和涵指这两个概念：

第二性系统：E   R   C

第一性系统：⎡
             ERC

---

① 来洁：《从符号学角度思考艺术的价值——读罗兰·巴特〈符号学原理〉》，《美术大观》2009 年第 5 期。

或表示为：（ERC）RC[①]

第一系统是直指，第二系统是涵指。第一系统（ERC）成为第二系统的表达方面或能指，并与第二系统的所指形成涵指的意指功能。巴特认为涵指是意识形态的一部分，涵指的所指同文化、知识、历史相连。来洁只是套用这组概念，却没有真正理解。他说"作品构建出形式多样的外延和丰富独特的内涵"。在他看来，外延只是作品的一种形式，内涵则是这种形式所表达的内容。因而，来洁将直指/涵指等同于形式/内容。艺术家独特的风格是作品的直指，风格所表现出的文化意味即是涵指，从而将涵指理解为艺术品的价值神话，是中国艺术的代表符号。来洁完全忽略了涵指是一种有意图的语言，涵指通过操纵直指，使得文化成为一套象征系统。资产阶级意识形态正是通过涵指的超强意指性，将自己的价值标准强加给他者，从而促使整个社会将其制定的标准作为唯一、正确的标准加以接受。陈阳、来洁运用《符号学原理》中的方法分析新闻、艺术，提升了我们对新闻事件、艺术作品的理解能力，但他们误解了符号学的四组基本概念。

二 运用"神话"研究分析大众文化

《神话学》是巴特早期的著作，他称这一时期为"社会神话"研究阶段。这一时期巴特用符号学方法批判小资产阶级意识形态。郝永华在《罗兰·巴特文学文化批评中的"神话学"方法》一文中，强调巴特神话批评中结构主义符号学与意识形态的结合。郝永华认为，巴特在《神话学》中延续了非完全结构主义的语言观，巴特的"神话学"方法突破了语言学的狭隘范围，把结构主义符号学与意识形态批评结合起来，揭示了"神话"的结构、意义生

[①] ［法］罗兰·巴尔特：《符号学原理》，李幼蒸译，中国人民大学出版社2008年版，第69页。

产机制及其意识形态性质。郝永华认为，应该辩证地看待巴特的现实主义文学观。一方面，巴特让我们警惕，现实主义文学样式可能成为统治阶级意识形态的俘虏和承载形式，它以客观再现的外观传播着统治阶级意识形态的价值观念并使之自然化。另一方面，巴特的文学神话学否定了文学书写再现现实的可能性，这使他的理论具有某种后现代主义的批判力度，也同时具有后现代主义理论上的缺陷——否定现实，否定把握现实的可能性。①

从郝永华对巴特现实主义文学观的批判，可以看出他认为文学应该反映现实。因而，尽管他客观地转述了巴特的现实主义文学观，却无法理解巴特现实主义与中国传统现实主义的区别，无法从形式的角度真正把握写作与意识形态的关联。但从郝先生对巴特现实主义文学的赞许中，可知巴特写作观在20世纪80年代初未受重视的原因。这一疏漏一方面体现在当时的学术话语中，研究界无法理解巴特现实主义文学观的新颖处。在马克思主义唯物论体系下，现实是铁板钉钉的事实，具有客观真实性。巴特的文学神话学却认为资产阶级通过操作"符码"把社会和文化方面特殊的、历史的东西转变为自然的、必然的东西，力图以一种永恒性、自然性来掩盖自身的历史特殊性和可改变性。从而，对资产阶级意识形态进行批判。另一方面，是研究界的有意回避。因为在20世纪80年代初，现实主义文学通过仰赖意识形态获得合法性，意识形态话语是具有真理性的垄断性话语。但是巴特毫不留情地揭开了意识形态的神秘面纱，认为统治阶级通过"自然化"的意识形态使得自己的文化观获得普世价值，从而操控现实。巴特对意识形态的批判无疑会削弱意识形态的权威。因而，"神话"批评在20世纪80年代初成为一个盲点。20世纪80年代末，意识形态成为明日黄花，研究界迫不及待地从意

---

① 参见郝永华《罗兰·巴特文学文化批评中的"神话学"方法》，《江西社会科学》2009年第2期。

识形态的牢笼中解放出来。巴特强调一切写作都具有意识形态性，让研究界避之唯恐不及。

21 世纪以来，《神话学》研究成为一个热门话题，是因为消费文化的兴起。"消费"构成了当今时代的主题，借助大众传媒技术，人们每时每刻都处于消费空间之中，到处充斥着神话。在今天，随处可见的广告充斥在电视、报纸、杂志等媒介之中。大众传媒创造大量的神话，引领时尚创造最大利润。为了实现这一目标，商家采取各种手段，使消费者成为自觉接受的对象。我们切身体验到自己处在大众传媒编织的谎言当中，我们开始怀疑传媒报道的新闻真实度，警惕广告塑造的时尚代言人。我们不希望被媒体左右，被时尚误导。巴特的《神话学》揭示了制造神话操纵者的意图，打破人们将"历史的"内容误认为是"自然的"这一概念，解开人们被蒙蔽的状态。研究界运用神话学的方法揭示了广告背后的文化意味，但是这种揭秘缺乏意识形态批评。如池筠在《车轮上的"神话"——丰田汽车广告的符号学解读》中，运用神话研究方法分析广告：

> 丰田汽车广告片《重返五彩缤纷的日子》通过男女主人公吵架的对话，反映出把车当成家庭成员的观念。在这里，车不是一个交通工具，而是一个人，并且是一个亲人。可见，车在女主角心里的地位如此之高，这是用广告符号话语构建出来的暗示性的结构性意义和符号价值。车被隐喻为亲人，表现出对车的喜爱与信赖。
>
> ……巴特区分了符号第一层和第二层的表意，他把它们分别成为外延意义和内涵意义。巴特认为内涵意义总是有意识形态意味的，是他所说的社会的"神话"。由此，符号的内涵意义常常试图通过文化的方式建构社会权力关系。广告表现出的外延意义是，舒适、豪华的丰田汽车就像家里的一个人，工作、生活都离不开他。内涵意义是从渗透于符号系统中的文化意义

发散出来的，整个广告片传达了身份、财富的信息，暗示丰田汽车会带领人们驶向五彩缤纷的幸福生活。①

万建中在《西王母神话的现代表达——读罗兰·巴特的〈神话学〉》一文中所述如下：

> 那么，谁来讲述西王母神话呢？如何讲述西王母神话呢？制作西王母的现代神话是一个系统工程，现代传媒将为完成这一工程起到举足轻重的作用。现代传媒本身就是神话，以其讲述神话，可使西王母从上古的隐居状态跃入现代社会的前台，成为神圣的公众形象。西王母可以成为产品，可以用来销售并获得消费；或者成为某种保健品的商标；也可能成为救死扶伤的精神动力；还可以成为当今社会的一个流行语汇，时常在人们的嘴唇跳来跳去。总之，西王母可以批量生产，成为时髦的日用品。世俗的西王母是建立于神圣的西王母之上的，她的故事通过不同类型的产品得到鲜活的转述。西王母所释放出来的现代讯息是美好的、人们普遍向往的。②

池筠、万建中借用神话学方法揭示了消费时代，大众传媒如何编码广告，诱导消费者选择商品。商品不仅仅是单纯的商品，更多是一种身份地位的象征，购买商品体现出消费者的品位及其对理想的追求。广告潜移默化地改变了人们的消费及价值观念，传媒塑造了一代人的生活方式和思维模式，这无疑让消费者清醒地认识到传媒作为背后操手的控制力量。然而，这只是揭露了财富、身份、地位的蛊惑力，却少了份巴特的勇气。巴特是通过神话学方式揭开意

---

① 池筠：《车轮上的"神话"——丰田汽车广告的符号学解读》，《新闻世界》2010年第 7 期。

② 万建中：《西王母神话的现代表达——读罗兰·巴特的〈神话学〉》，《青海社会科学》2010 年第 5 期。

识形态的神秘面纱，现实是在生产和建构某种文化意义与价值观念，并且承载着特定的意识形态。巴特说："整个法国都被笼罩在这匿名的意识形态之中：我们的报纸媒体、我们的电影、我们的剧场、我们的通俗书刊文化、我们的仪式、我们的司法、我们的外交、我们的对话、我们对天气的评论，一宗谋杀案审判，一切感人的婚礼，我们梦想的烹调，我们穿着的衣服，日常生活的所有事物，都依赖中产阶级所有及令我们拥有在人类与世界间关系的表现。"① 这种去意识形态性在中国蜕化为消费文化的批判者。

第二节　作家巴特

这一时期，巴特不仅成为文化界的"红人"，也成为作家的"知音"，网络写手的拥护者。在网络时代，人人成为写手，作家不再是一种职业，我手写我心，在微博上暴露自己的情感经历，抒发对人生百态的感悟。不用刻意地装腔作势，不用发表高谈阔论，只是展示真实的自我，通过写作表达自己的多愁善感。巴特通过求新、求异的文本写作争取个人思想、情感、欲望自由的手段，受到研究界的关注。《罗兰·巴特论罗兰·巴特》、《明室》（又译为《转绘仪》）、《恋人絮语》这三本书成为热门话题。

在《罗兰·巴特论罗兰·巴特》中我们感受到巴特的坦白。巴特的自传是一个被剥夺了"生平"与"故事"的传记，缺乏叙述的连续性。这样一本没有私有姓名，无结构、无中心的多重书写，所剩下的只是一群自由演出的符码，但正是这本书袒露了巴特对自我叙述的欲望，他不断地指认、言说、剖析、坦白那个叫罗兰·巴特的戴着面具的人。网络文学需要的正是这种直白，人们已经厌倦了

---

① ［法］罗兰·巴特：《神话——大众文化诠释》，许蔷蔷、许绮玲译，上海人民出版社1999年版，第200页。

虚伪与做作，在繁忙的工作之余期待在网络上留下自己真实的心声，像巴特一样不用遮掩、避讳。巴特越出学术圈说出了普通民众的心声，民众需要一个真实的巴特，也期望像巴特一样做一个真实的人。巴特不再是一个政治激进分子，而是一个敢于袒露心声的挚友。

张同铸说，对于晚年罗兰·巴特来讲，文学已不再是不同符号相互交织的游戏（《S/Z》），也不再是感官与精神愉悦的对象（《文之悦》），而是一种媒介，通过这个媒介，巴特要"言说自我"。那个经历了结构主义、曾大声宣布"作者死了"的作家已经成为历史。《罗兰·巴特自述》中被看作幻想的东西正是他的"想象物"，正是这个"想象物"决定了罗兰·巴特之为罗兰·巴特。这一想象物是指："实际上，正是在我泄露我的私生活的时候，我才暴露得最充分：不是冒着暴露'丑闻'的风险，而是因为我在我的想象物的最强的稳定性之中介绍想象物。想象物，这正是其他人在捉人游戏中追捉的东西。"① 张同铸认为巴特一直压抑着自己的想象物，写作者与自己的"想象物"相对抗是《罗兰·巴特自述》一书的重要主题。巴特一直小心翼翼，不敢暴露自己的同性恋倾向，直到他所深爱的母亲去世后，他才不再恐惧暴露自己的"想象物"，他希望能在新的写作中战胜自己的恐惧。②

最后一部著作《明室》表面上看是一本探讨摄影本质的书，但更是怀念他去世不久的母亲的书，这本书流露出巴特的生死之欲。巴特说：

> 我以自己的方式解释死亡。如果像很多哲学家说的那样死亡是"种"的冷酷无情的胜利，如果"个别"的死是为了满足

---

① ［法］罗兰·巴特：《罗兰·巴特自述》，怀宇译，百花文艺出版社 2002 年版，第 50 页。

② 参见张同铸《晚年罗兰·巴特和他的"想象物"》，《淮阴师范学院学报》2008 年第 4 期。

"一般"，如果个体以其本来之外的别的什么面目再现之后死了，从而实现了自我否定和超越，那么我这样一个不曾生过孩子的人，在我母亲生病期间，我生了她。她死了，我再也没有任何理由要和高级"活人"（"种"）的步伐保持一致了。我的特性再也不可能被普及了（除非以空想的方式通过文字进行，从那时起，这样做的打算就变成了我生活的惟一目的）。除了彻底的、非辨证的死亡之外，我再没有什么可等的了。①

这像是一封绝笔书，是他离世前的宣言。巴特在写作中流露出的真挚情感，使得《明室》进入研究界的视界，我们在被感动的同时，也希望能在照片、影像中捕捉自己的记忆与感动。陈镭说：

> 从《罗兰·巴特谈罗兰·巴特》《转绘仪》到《慎议》《巴黎的夜晚》，巴特的最后一批作品表达了相似的观念：传记、照片、日记这些东西常常只是一种见证，证明事件曾经存在过，却不能帮助回忆，难以达到普鲁斯特的效果，有时甚至损害了回忆。对巴特而言，"我不仅要珍视我的痛苦，还要尊重我这痛苦的与众不同之处"。这种不满足符合他对语言的一贯看法，要摆脱其暴力的、法西斯的规则，但是这种摆脱与创新已不再表现为主体的消解。②

陈镭认为《明室》诉说了丧母之痛，这种痛苦强化了自我体认，展示出一个前所未见的巴特。陈镭认识到这种对自我的体认，不是对主体的回归，而是在作家的个人史里取得"真实"的资格。巴特不再作为一个思想家躲在文本背后，而是直接表露自己的情感、欲望、经验。这种自传式的写法是作家为了认识自我而建立的标记，

---

① ［法］罗兰·巴特：《明室——摄影纵横谈》，赵克非译，文化艺术出版社2003年版，第119页。

② 陈镭：《罗兰·巴特的"反日记"》，《菏泽学院学报》2010年第32卷第1期。

是巴特安身立命的一个支点。这一时期，我们不再过多关注主体身份危机，或感叹读者主体性的丧失，也没有将自传体读解成作者对主体性的追问，巴特直白的感情深深打动了我们。

在巴特身上，我们明白了——写作如恋人的语言像微风轻拂水面，在对方心中引起涟漪。"言语是一层表皮：我用自己的语言去蹭对方，就好像我用辞令取代了手指，或者说我在辞令上安上了手指。我的言语因强烈的欲望而颤栗。"① 唯有恋人的语言才能触动伤心处，引发眼泪。"我在扮演一个角色：我是止不住要哭的人；我又是为自己扮演这个角色，恰恰是这点使我潸然泪下：我就是我自己看的戏。看到我自己哭泣又愈加伤心落泪；如果泪水渐少了，我旋即又念叨起那刺痛我的言词，于是便又涕泪涟涟。"② 在恋人眼中，每一个词语都是一个情境，一个引发无限遐想的场景。"昨天夜里——我一提起这个就情不自禁地颤栗起来——我把她搂在怀里，紧紧贴着我的胸膛，我不停地吻着她那轻吐柔情蜜意的双唇，我的眼睛融化在她那迷人的目光里！上帝啊，我心甘情愿受到责罚，只要我现在仍然能够感受这上苍的福佑，以使我回忆这灼人的快乐，使我在心底里重温旧梦！"③

研究界将关注的侧重点转移到巴特的作家身份，认为宣布"作者死了"的学者巴特已经成为一个过去式。张同铸说：

> 晚年巴特需要一种新的写作实践和一个关于文学的新概念——但这个"新"只是相对于巴特以前所抱的观点而言的，巴特借助于"作者之死"等比较极端的说法成功地隐匿了他的

---

① ［法］罗兰·巴特：《恋人絮语——一个解构主义的文本》，汪耀进、武佩荣译，上海人民出版社 2009 年版，第 63 页。

② ［法］罗兰·巴特：《恋人絮语——一个解构主义的文本》，汪耀进、武佩荣译，上海人民出版社 2009 年版，第 153 页。

③ ［法］罗兰·巴特：《恋人絮语——一个解构主义的文本》，汪耀进、武佩荣译，上海人民出版社 2009 年版，第 107 页。

主体性，他一直在压抑着他的"想象物"，一种为普遍秩序所不容的"私密"的自己。但现在这种新的观点要求写作的"我"与他的写作之间产生一种新的关系。[1]

张同铸认为巴特疾呼"作者死了"只是一种掩饰，在《文之悦》《S/Z》等作品中，巴特是以一个知识启蒙者的形象表达观点，仍是旧知识分子的代言人。

在《罗兰·巴特自述》《明室》等晚期作品中，则出现了一个"新"巴特，这时的巴特只是一个毫无顾忌、无所担当、抒发一己之欲的作家，因而《恋人絮语》获得作家的青睐。

《恋人絮语》这本书究竟是一个结构主义还是解构主义的文本已无关紧要，这本书让人感悟到爱情的春天。张念在《絮语中沉默》一文中评价《恋人絮语》，她说：

> 这本书很像一座开放型的建筑，乌蒙贝托·艾柯曾提到过的，你可以从任何一道门，任何一条通道进入，它无限地敞开。翻开书，任何一页既是起始，又是结束，如果你非要说它是小说，这会惹恼所有的小说家，因为你在书里找不到人物。故事，以及任何完整的叙事线索，有的只是只言片语，某种情愫，一番感受，几段思绪，这就是罗兰别出心裁的文本形态，也是罗兰关于爱情的观念，在这里，形式和内容的界限消失了，或者说形式就是内容，内容就是形式。为此，小说只有在不是小说的地方才有可能诞生，它永远"处于愿望状态，处于假设状态"。巴尔扎克的时代终结了，小说已不再是一个围绕意义和真理内核拼贴出来的完整的圆，而是支离破碎，难以辨认的模糊印记。但它依然是具体的，不抽象，不怪诞，一个电话、一件

---

[1]　张同铸：《晚年罗兰·巴特和他的"想象物"》，《淮阴师范学院学报》2008 年第 4 期。

礼物、一种眼神、一声叹息、一次倾诉统统被纳入一项关于爱情的语言运动之中。好好地放纵语言，一如在爱情中放纵自己的个性。强烈的个人性带给我们的是一种惊诧，一种突然降临的意外。个人性深深地根植在独特的文体风格之中，因此，怎么说比说了些什么显得更为重要。①

作家闻树国围绕《恋人絮语》中，"可怜相""墨镜""我沉醉了，我屈从了……"三个片断写了《可怜楚楚——罗兰·巴特〈恋人絮语〉解读》《孤独者的温柔之乡——罗兰·巴特〈恋人絮语〉解读》《絮叨忧郁——罗兰·巴特〈恋人絮语〉解读》三个中篇小说，完全以模仿巴特的笔调写了"你"与"伊人"之间发生的一段不该发生的恋情。同样，都是没有开始、没有结尾的只言片语，只是一些意象的随意拼贴和时空的任意转换。"你"想了想，就从抽屉里拿出笔记本，学着罗兰·巴特的口气写道：

词语：情场的晕眩

阐释：比如站立是你的常态你却突然蹲了下去；不久你发现这不正常就又猛地站了起来。这个时候，你会强烈地感觉到生命的血液好像一直是沉积在脚踝那一带的，由于体位的变化而产生振荡就如同经过摇荡后的香槟酒，一旦旋开瓶盖儿就涌泉一般蹿出来；血液仿佛江河倒灌似地从脚面脚踝一带泛上来迅速地冲到头顶，带给你一阵强烈的晕眩，眼前的一切全都模糊了起来有的甚至已经变形，照在热气蒸腾中的镜子里的影像；薄雾轻云掩映下的月亮；蝉翼薄纱后面的面孔；被水桶撞破的井水里浮荡着的一张脸……强烈的晕眩使你迅速地闭上了眼睛；

---

① 张念：《在絮语中沉默》，《山花》2001 年第 8 期。

闭上了眼睛的你看见的只是一团无明（佛教用语）。[1]

　　张念在这本书中体验到某种情愫，一番感受，几段思绪，这就是巴特别出心裁的文本形态，也是巴特关于爱情的观念。闻树国则在巴特的感召下写下了三篇凄美的爱情故事。在闻树国无标点的句子及对词语做出巴特式的阐释中，我们看到了一场语言的游戏，能指的狂欢。然而，"你"感受到了真正的爱情，"你"在墨镜中体会到"伊人"的狡猾，编写了关于"爱情"和"乌贼"的辞书，"伊人"用墨镜"想让你知道我对你隐瞒什么"，"乌贼"用墨汁"把水搅混让周围泛起墨色水晕，无异于告诉对方我在这里"。"你"说："感谢巴特。如果不是罗兰·巴特，你无论如何永远也不会有关于爱情与乌贼的想象。"在阅读闻树国的文章时，既可以感受到语言的优美、想象的丰富，也能体会到饱受爱情折磨的"为伊消得人憔悴"。

　　巴特并非到晚年才转型为作家，苏珊·桑塔格将巴特生命的主题归结为写作。巴特称纪德是他的原始语言，是他的原始起点，从一开始他便将写作与欲望联系起来。认为写作应该像纪德一样，以一种谦逊、适度的方式展现作者内心丰富的感受和矛盾，以一种病态、自我隐秘泄露的方式展示自己、剖析自我。巴特正是要在这一"自我型"的写作中，躲避世俗观念和传统道德伦理的影响，通过游戏性的写作表达个体心中的情绪，体验个体的愉悦感受。写作是巴特思想的主线，中国研究界直到 21 世纪才关注巴特的作家身份，是由于网络文学、通俗文学的兴起。

第三节　时尚巴特

　　当中国视觉文化崛起时，传统的绘画和电影理论显然捉襟见肘，

---

[1]　闻树国：《可怜楚楚——罗兰·巴尔特〈恋人絮语〉解读》，《时代文学》1999 年第 2 期。

于是，巴特有关图像的种种理论，从复杂的符号学分析到照片的印象描述等，引发了本土读者的高度关注。尤其是今天，随着数码摄影时代的到来，影像的大众狂欢是人们日常生活中不可或缺的。在图像时代，照片不再只是文字的说明，正如巴特所说：

> 从前，图片说明文本（使其更为明确）：今天；文本加重图像，使其具有一种文化、一种道德规范、一种想象力。从前，文本简约为图像；今天则是一种向着另一种扩延，内涵仅仅被体验成像是由照片的类比性所构成的基本外延的自然反响。因此，我们面对的是带有文化的中性作用特征的一种手段。①

从数码相机到手机拍摄，使得如何解说"读图时代"的影像变成一个热门话题。《明室》对摄影艺术的研究使其得到艺术家的青睐。邵欣园称《明室》这本书让他感受到的"刺点"是，巴特无法寻找到与记忆里的形象相符的母亲。每张照片都只是保留着母亲的一个侧面，一个局部，一个稍纵即逝的残留。即使这些都是曾经的母亲、曾经存在的母亲，但都不是母亲的本质。巴特对母亲的眷恋让邵欣园感动，也让他明白摄影的精髓。在《摄影艺术的哲学思考——读罗兰·巴特的〈明室〉》中，邵欣园写道：

> 在罗兰·巴特看来，"摄影出自纯粹的偶然并且只能如此（和文字相反，文字的东西可以因为一个字于无意之间起的作用，使一个描写的句子变成一个发人深思的句子），摄影能立即把成为人种学知识素材的'细节'显现出来。"不管是照片，还是"一般图像"，在细节方面，每个人观看的角度不同，触动观者的细节不同，对同一张照片的解读也就因人而异。当图像

---

① ［法］罗兰·巴特：《显义与晦义——批评文集之三》，怀宇译，百花文艺出版社2005年版，第14页。

给予观众不同的体验和感受时，对于图像的生理感应就很自然的上升为精神层面的感应，观众会对照片的世俗价值与精神价值进行判定。罗兰·巴特希望看到的是，从生理感应上升到精神感应所产生的愉悦，而作品本身与现实产生的关联性以及逻辑关系，则是更值得关注的。①

邵欣园从巴特对图像的分析中明白了如何评价一张好图片。巴特告诉我们："摄影的真谛很简单，很平常，没有什么深奥的东西：'这个东西存在过'。"这个看似平常的东西，让"我明白了，在摄影、疯狂和某种我不知其名的东西之间存在着某种联系（扭结般的），我开始把这种东西称作爱的痛苦"。闵锐等学者则从巴特的图像分层理论，看出与显现内容相关联的意识形态：

事实上，对图像内涵的敏感与个人对不同文化词汇系统的掌握以及人生阅历息息相关。在他的最后一本书，一本关于观看的书——《明室》中，巴特认为照片中存在某些他称为刺点（PUNCTUM）的内涵符号，PUNCTUM 常常是个细节，就是说，是一件东西的局部。在一张期望自己看上去像白人一样体面的黑人家庭合影中，一个黑人妇女脚上穿的"带袢的皮鞋"，令巴特感到亲情和温情。对于熟视无睹的其他人，这可能完全不被察觉。……巴特的图像分层理论最犀利的地方在于，通过这种区分，过去被认为属于图像属性、自然、客观、理所当然的内涵因子得以从图像中剥离出来，它们所包含的特定人类社会在文化、习惯、法律、传统的编码方式因而得以被审视分析。②

---

① 邵欣园：《摄影艺术的哲学思考——读罗兰·巴特的〈明室〉》，《艺术百家》2010 年第 7 期。

② 闵锐、彭彤：《图像的编码与分层——罗兰·巴特的图像分层理论》，《天府新论》2009 年第 6 期。

巴特对图像的分析使得我们发现了图像中被巧妙掩饰的文化、意识形态功能。图像讯息与文化系统息息相关,观看不仅仅是知觉,并伴随着解释活动,属于特定人类社会的文化、习惯、法律、传统会影响到我们对于图像的辨识和反应。因而,通过《明室》我们不仅领悟了摄影的精髓,也学会了如何观看图像。

图像时代的到来引发了我们对《明室》的关注,消费文化对时尚的关注,则引起了我们对《流行体系——符号学与服饰符码》的热情。以全球化的现代传媒(特别是电子传媒)为介质大批量生产的当代文化形态,采取由消费意识形态来筹划、引导大众,采取时尚化的运作方式。如何引导时尚,使公众的消费、休闲或娱乐渴望获得轻松的满足,是当今消费文化追求的目标。巴特在《流行体系——符号学与服饰符码》一书中,分析了大众传媒如何塑造时尚,巴特说:

> 最初,时尚是一种贵族模式,但这种模式,如今受制于民主化进程的强大压力。在西方,时尚逐渐成为一种大众现象。正是由于它的消费是通过大众传播的出版物进行的(书写时尚的重要性及自主性恰好也在于此),公众社会接受了体系的成熟(在这个例子中,即是其"无偿性"),他们达成协议:时尚必须突出其声音的根源,即贵族模式——这就是纯粹时尚。但与此同时,时尚必须以一种愉悦的方式,通过把内在世事的功能转化为符号(工作、运动、度假、季节、仪式等),来表示时尚,其所指是有命名的。出于它的模糊地位——它意指世事、也意指自身,它或是构成一种行为的框架,或是构成一种奢华的景象。①

---

① Roland Barthes, *The Fashion System*, trans. Matthew Ward and Richard Howard, Los Angeles: University of California Press, 1990, pp. 290 – 291.

这段话向我们揭示了时尚产生的原因、过程及本质，为我们研究时尚提供了全新的视野和方法。因而，《流行体系——符号学与服饰符码》这本书在20世纪八九十年代被忽略的书，在21世纪受到研究界的关注。李拓说：

> 时尚、当下与日常之间的相互联系是《流行体系：符号学与服饰符码》的核心内容，巴特在这本书中所要研究的并不是时尚包括什么内容，而是要揭示出时尚信息是如何被生产出来以及被消费的，是"流行神话"背后的运作机制与传播模式。这本书所提供的一个至关重要的深刻见解是这些时尚现象与它们的符号学——且永远是当下的——维度的关联性，和它们与其客观的历史层面的关联性相比更为紧密。日常是当下的且"活生生"的，而时尚也被理解为既是一种缓慢的、实时演变的进程，也是一个关联的同步体系。由此，时尚变成了日常的一个方面。①

孙沛东以《流行体系——符号学与服饰符码》一书中的有关论述，介绍广告创造商品的符号价值、制造流行神话的两种手段，并探讨如何抑制消费主义实现可持续消费的措施和方法。孙沛东认为，广告是消费主义滋生和成长的强力催化剂。通过广告"制造需要"并进而制造消费的观点无疑揭示了消费主义滋生和蔓延的过程和机制。然而接下来的一个问题是，广告是如何制造需求并推动消费的？受众并不是一个接受了什么刺激就会做出相应反应的机械人，而是一个不断算计自己利益得失的理性人，他不会全盘接受广告制造的"虚假需要"，而总是接受一部分而拒绝另一部分。那么他选择"虚假需要"的标准和依据是什么？要回答这些问题，就必须进一步探

---

① 李拓：《罗兰·巴特的日常生活理论》，《南阳师范学院学报》（社会科学版）2010年第1期。

讨和细分商品的价值和消费的功能，必须明确广告在生产和消费中所处的地位和作用。关于广告推动消费主义广泛流行的原因，孙沛东说：

> 巴特的著作似乎较为深刻地揭示了广告制流行神话、给商品贴上符号标签的两种最基本的手段：一是把指称衣服的变项与日常生活的某种经历、场合、身份、地位、品味、习俗等相联系；一是仅仅对服装进行有选择性的详细的描述。前者直接给商品以符号价值，后者则暗含了流行。①

孙沛东认为巴特对时尚的分析使我们明白，消费不只是一种满足物质需求或生理需要的行为，而且是一种出于各种目的需要被操纵的行为。巴特在《流行体系——符号学与服饰符码》中分析了时尚产生的根源，构建了完整的符号意指系统，如图4-1所示。②

3 修辞系统	Sr 杂志的习惯用语		Sd 世事的表象
2 书写服饰符码	Sr 句子	Sd 命题	
1 真实服饰符码		Sr 服装	Sd 世事

图4-1　符号意指系统

我们举一例进行说明，"印花布衣服"在第一系统中意指真实世界中的一种服装，它有自己的实在功能、特点等，那么，时装杂志

---

① 孙沛东：《消费主义与广告——以罗兰·巴特的〈流行体系：符号学与服饰符码〉为例》，《广州大学学报》（社会科学版）2004年第3卷第10期。

② Roland Barthes, *The Fashion System*, trans. Matthew Ward and Richard Howard, New York: Hill and Wang, 1983, p. 38.

中对"印花布衣服"的介绍就进入第二系统。在第二系统中，杂志语言表述的是"印花布衣服"这一概念，它并不意指真实世界中某一件具体的服装。"印花布衣服"在此被抽象化为一个概念，成为杂志语言表述的"对象"（所指），从而与真实的服装脱离开来。杂志语言就成了元语言。杂志语言整体又可能作为一个符号，成为第三系统的修辞学能指。因为杂志语言在表述这一"对象"时带有自己的情绪、偏好等修辞色彩，将书写服饰符码与身份、地位挂钩，从而塑造时尚。这构成第三系统的修辞功能，时尚的修辞功能便具有了流行的世事表象。巴特对服装的分析让我们明白了流行的产生机制。杂志、广告通过创造并操控符号价值、刺激人的消费欲望，引导大众追求时尚从而获得经济利益。

《流行体系——符号学与服饰符码》是巴特结构主义的高峰之作，这本书贯穿了巴特前后期思想，处于转折意义上的关键位置。《流行体系——符号学与服饰符码》谈的服装只是"写出来的"衣服，这本书在分析流行时，没有把流行当作实践中的社会现象，而是去分析时装杂志中的流行论述。为了绕过和对象直接面对时所遭遇的困境，巴特通过谈论对象的论述来建构分析对象。这让他意识到：言辞论述不只代表着真实，它也宿命般地参与其意义构成。巴特发现在语言介入之前，根本就不存在时装的概念，因此对时装符号的研究注定要依赖对语言本身的研究。在言语之外，一点也看不到流行的整体和本质，流行是被元语言操控的结果。人文科学实质是一种元语言，元语言在描述、分析对象时带有主观色彩，因而人文科学不具有客观性和真实性。《时装系统》问世后，巴特在这本书的序言（1967年2月撰写）中称，这本书提到的东西"已经属于符号学的某种历史"，是一种科学狂热，1968年后巴特转入了"文本阶段"。

在20世纪八九十年代，研究界在介绍巴特的结构主义及后结构主义文论时，没有重点介绍这本书及其在巴特思想中的转折意义。因为研究界将巴特的后结构主义思想误解为解构主义思想，认为巴特后期彻底颠覆了结构思想。一方面，出于当时文论发展的需求，巴特对结构的反叛能实现对意识形态的解构；另一方面，研究界没有从质疑元语言稳定性的角度理解巴特后结构主义思想。研究界将《流行体系——符号学与服饰符码》视为结构主义阶段的经典之作。同时，巴特在这本书中采用的科学分析方法过于细致、琐碎，不及《结构主义——一种活动》《符号学原理》中归纳的方法，具有可操作性。然而，由于21世纪消费文化的兴起，《流行体系——符号学与服饰符码》对流行产生机制的分析引起了研究界的兴趣，研究界借鉴《流行体系——符号学与服饰符码》分析广告推动消费的原因。可见，中国文论的发展需求主导了巴特文论的接受。

第四节　小结

21世纪以来，巴特的中国形象发现了转变，用张同铸的话，那个宣布"作者死了"的巴特已成为过去式，我们发现了一个前所未有的巴特。晚年巴特思想又发生了一次质的转变。在《罗兰·巴特自述》中，巴特将自己的学术生涯划分为四个阶段，见表4-1。[①]

表4-1　　　　　　　　巴特学术生涯的四介阶段

关联文本	活动类别	作品
（纪德） 萨特 马克思 布莱希特	写作的欲望 社会神话研究	《写作的零度》 《论戏剧的文章》 《神话》
索绪尔	符号学	《符号学原理》 《服装系统》

---

① [法]罗兰·巴特：《罗兰·巴特自述》，怀宇译，百花文艺出版社2002年版，第124页。

续表

关联文本	活动类别	作品
索莱尔斯 克里斯蒂娃 德里达、拉康	文本性	《S/Z》 《萨德、傅立叶、罗耀拉》 《符号帝国》
（尼采）	道德观	《文之悦》 《罗兰·巴特自述》

研究界关注的《神话学》《符号学原理》《流行体系——符号学与服饰符码》《恋人絮语》《明室》这些篇目贯穿了巴特整个学术生涯，但我们不再以结构主义者、后结构主义者定义巴特，只是运用巴特的符号学方法分析广告、时装、新闻、艺术，不再争论《恋人絮语》究竟是一个结构主义文本还是解构主义文本，而是读出了爱情的味道。《神话学》是巴特第一阶段的作品，巴特运用符号学方法分析摔跤、肥皂粉、嘉宝的脸。《流行体系——符号学与服饰符码》是巴特符号学科学时期的高峰之作，巴特在《流行体系——符号学与服饰符码》前言中说它一出版就已经"过时"了，而且后来还不断地表示它在他自己眼中"失宠"。为何，这些巴特早期及被巴特认为"过时"的作品在21世纪的中国却成为"时髦"。不是巴特在变，是我们在变。不同的时代让我们聚焦了巴特的不同侧面，关注的焦点随着研究界讨论的话题不断发生转移，所以我们认为巴特在发生改变，当然我们不能否认巴特思想存在前后期转向。

巴特文论在中国接受的四个阶段与他自身的学术分期并非一致。巴特将符号学历险划分为三个阶段——"社会神话"研究阶段、符号学科学阶段、文本阶段。前期以符号学方法揭示资产阶级意识形态"自然化"的过程，中期致力于符号学系统研究，这一时期他发现人文科学不具有客观真实性，而是一套语言的操作系统，所以巴特要以文学符号学超越西方封闭圈。从前期的揭秘到中期的建构，再到后期的裂解，巴特始终如一地关注语言形式。在巴特看来世界是由代码建构的，后期转向是因为巴特放弃了前期以代码建构统一结构模式的科学幻想，重新组织代码关注结构的差异性。在此意义上，巴特的后结构主义延续了前期的结构主义思想。然而在中国，巴特是一个由结构主义走向后结构主义的过渡人物，研究界普遍认为巴特后期彻底背离了前期的结构主义活动。仅仅以结构主义者和后结构主义者评价巴特远不足以囊括其所取得的学术成就，我们要明白巴特前后期转向的原因所在。巴特是一个"为思想而思想"的时代大家，其思想探索的创造性动力来自对生存、意义和价值的思考。

在巴特看来，"西方：从一种宏观观念形态看：好像一个精通如何傲慢的专家：看重意志，尊崇摧毁、改变、保存等努力；到处实行独断的干预"①。西方哲学以自鸣得意的傲慢建构关于概念的知识体系，试图将一切纳入哲学的框架，对世界做出真理性、普遍性的阐释；宗教以劝人改宗的狂热形成了独断主义、恐怖主义、不宽容、残忍、置人于死地的傲慢；拿起武器支持某一派系从而享有权利的参与意识、滋长了政治狂热情绪。西方全部历史叙述等于一部战争和政治历史，在马克思以前便是如此：从希腊人到 19 世纪，从来没有（历史科学意义上的）一部神话史、意象世界的历史、隐秘活动史。也许只有米什莱才致力于一部有关状态、感受的感性历史（《米什莱自述》写于 1954 年）。

西方哲学的傲慢使我们遗忘了人类对无辜的大自然曾经做过的事情。蜡烛只因为在餐馆里制造浪漫的烛光晚餐才被人记起，米什莱的雄心是归还一切记忆。他拒绝使用概念，因为概念产生于把不同的事物同一化，米什莱抵制概念的方法是想象，想象历史是一个

---

① ［法］罗兰·巴尔特：《中性》，张祖建译，中国人民大学出版社 2010 年版，第 244 页。

紧紧拥抱的躯体。米什莱笔下的历史躯体汇聚了多血性的全部特征——热量、赤红、裸露、营养过剩。但是一段政治历史，只是为了讲述发生具有历史转折意义的重大事件，塑造改变历史进程的英雄式人物，那些曾经出现过的麦子、雕塑都被遗忘，曾经生存过的个体渺小得犹如一粒尘埃。这种历史的血液是停滞、凝结的，这种躯体是冰冷的、僵硬的。米什莱要以躯体的想象唤醒历史的记忆。因而，巴特后期以文学符号学冲破西方意义的包围圈，对抗资产阶级意识形态。从最初的披露，到最后的裂解，巴特是在追寻自己的乌托邦之梦，以一种想象的科学，使被历史车轮碾过的个体自行讲述曾经的悲欢离合，使得自然万物转变为至善至美的化身，一切均被还原为血液鲜红、乳汁丰富的珍贵生命。

　　20世纪八九十年代我们看不到这样的巴特。因为20世纪80年代我们需要借鉴结构主义批评发展马克思主义文论，所以我们塑造结构主义方法论的巴特形象，20世纪90年代研究界借鉴巴特后结构主义理论解构主体、历史，所以我们塑造后结构主义者巴特形象。研究界运用《历史的话语》、"文本理论"解构历史，用"作者死了""零度写作"解构主体，对主体、历史的眷恋又让我们大肆讨伐巴特。对于巴特而言，主体早已成为过去，而不是在《罗兰·巴特自述》《明室》中才死去，巴特正是要通过写作获得个体人的存在。王干、王岳川等人却批判巴特的理论导致了读者死亡、写作消亡，这是因为他们只关注主体，主体理论从中国人本主义传统延续而来，具有根深蒂固的影响力。然而，到了21世纪，网络文学、通俗文学的兴起，让我们看到了多愁善感的巴特，我们认为这是一个全新的巴特，却不知巴特一直就是这样。我们不再奢谈主体，只关注自我，这让我们走近了巴特，看到了真实的巴特。因而，巴特在中国经历了"形式主义者"—结构主义者—后结构主义者—大众文化批评家的转变，这是中国文论发展的一个侧影。

结   论

巴特文论的引入与高峰期，恰值中国文论的转型与发展期。中国研究界出于发展本土文论的需要选择性地引入巴特文论。中国文艺理论界引入外国理论并非无的放矢地追捧新观念，而是出于中国文艺理论建设的内在动因。中国研究界不是在西方文论的入侵下束手无策，不是毫无选择地满盘接收，而是实行"为我所用"的拿来主义。

20 世纪 80 年代，在"方法论"的带动下，研究界关注以巴特为代表的西方结构主义批评，巴特符号学科学阶段的代表作成为讨论的焦点。20 世纪 90 年代研究界关注的焦点集中在主体性，以"作者死了"解构作者主体性后，又迫不及待地在读者身上寻找主体性，当学者们失望地发现读者丧失主体性后，便批判"作者死了"。这同样是"文本理论""零度写作"在中国的遭遇。研究界通过"文本理论""零度写作"评论新写实主义、先锋派小说，在解构主体、解构历史后，发现写作沦为一场语言的游戏。新写实主义、先锋派小说从现实逃逸后，文学颓废了。怀念写作神话的学者批判、谴责巴特。这一切都源于，研究界关注主体性、关注写作神话。然而，到了 21 世纪，主体性已成为过去，研究界关注的是个人的真情实感，通俗文学、网络文学的随性、随情让我们厌倦了巴特严肃的学者面孔，发现了巴特的喜怒哀乐。"新"巴特让我们欣喜，与其说是我们认清了巴特，不如说是我们需要这样的巴特。巴特一直都是这样，从开始到终了，巴特都在追寻着文学乌托邦之梦，他一直致力以文学对抗资产阶级意识形态，以写作躲避道德伦理和世俗纷争。然而，巴特文论在中国的接受经历了四个阶段——20 世纪 80 年代初的"形式主义者"—20 世纪 80 年代末的结构主义者—20 世纪 90 年代的后结构主义者—21 世纪的大众文化家。在这四个阶段中，巴特形象发生了三次转变。因为 20 世纪 80 年代，我们需要巴特的结构主义方法发展马克思主义文论。20 世纪 90 年代，我们需要借用巴特的后结构主义理论解构主体、解构历史，所以我们成功塑造了后结构主义者巴特形象。21 世纪以来，消费文化的兴起，让我们钟情于时尚巴特、情感巴特。

巴特文论在中国的接受史为我们借鉴西方文论提供了指导性建议。结构主义文论最初作为一种异质文化引入中国受到批判，但研究界出于建设中国文论的意图，从被动接受转为主动借鉴，扭转了社会历史批评大一统局面，弥补了中国传统文论的不足。1978 年到1988 年短短十年，巴特结构主义批评从一种陌生话语转变为研究界熟悉的方法，广泛应用于文学、文化批评。接轨速度之快源于对自身文化不足的反思与批判，在与巴特文论的对话中，研究界不断克服来自传统文化的偏见，从最初的否定到现在的接纳，结束了文艺理论自我封闭、自我麻醉的危机状态，将中国文论的发展纳入人类文明发展的总体进程。

20 世纪 90 年代，研究界运用"作者死了""文本写作""零度写作"评价新写实主义、先锋派等当代小说，认为当代小说"主体沉沦"的无根底语言游戏，体现了在一个没有信仰的年代，昔日的文化英雄丧失价值追问后的精神颓废状态。在文化沙漠的荒原，人们感到迷惘与痛楚，继而显得轻佻和飘浮，任凭语言的技巧游戏彰显躯体的欲望，迷恋于故事的虚构与圈套的设计。小说出现的游戏狂欢姿态，掩盖了艺术崇尚神圣的心灵。在语言的狂欢中，我们再也感觉不到救世济俗的满腔热情，而是旁观一切的冷漠，这便是"文本写作""零度写作"。"作者死了"则天才般地预见了主体消失、一切趋于平面化的后现代景观。在此意义上，研究界借鉴巴特文论为社会转型作出了合理的解释。

同时，我们也要注意巴特文论被曲解的过程。对"零度写作""符合时宜"的曲解，令其在中国一炮走红，但也是造成巴特不公正待遇的缘由。从各位学者对巴特理论作出的解释来看，他们都是带着个人先在的理解去接受一种新理论，如反映论与主体论对结构主义理论的接受造成了巨大的阻力，这一阻力一直阻挠着巴特文论在中国的接受。同时，研究界带着中国后现代文化的有色眼镜评价、运用巴特文论，对巴特文论进行"望文生义"的移植。因而，我们要不断提升理论素养，不要让来自文化的隔膜遮蔽我们的视线，在自身的理论框架下误解西方文论。

巴特文论的接受史只是个案，其在中国的接受过程具有特殊的历史机缘，只能反映中国文论建设的某一侧面。由于中国文论建设的特殊原因，中国学者眼中的巴特异样于西方学者眼中的巴特，因为不同的历史境遇让我们选择了不一样的巴特。巴特在中国的"结构变色龙"形象恰恰反映了中国文论的转型，这表明巴特文论的接受史是中国文论发展的一个侧影。

参考文献

罗兰·巴特文论

刊登在学术期刊的篇目

［法］罗朗·巴尔特：《结构主义———一种活动》，袁可嘉译，《文艺理论研究》1980 年第 2 期。

［法］罗兰·巴特：《叙事作品结构分析导论》，张裕禾译，《外国文学报道》1984 年第 4 期。

［法］罗兰·巴特：《文本理论》，张寅德译，《上海文论》1987 年第 5 期。

［法］罗朗·巴特：《文学与元语言》《符号的想象》《作家与写作者》《结构主义活动》《两种批评》《什么是批评》《文学与意指》，张小鲁译，《外国文学报道》1987 年第 6 期。

［法］罗兰·巴特：《从作品到文本》，杨扬译，蒋瑞华校，《文艺理论研究》1988 年第 5 期。

［法］罗兰·巴特：《S/Z》，屠友祥选译，《上海文论》1990 年第 2 期。

［法］罗兰·巴特：《不存在罗布—格里耶流派》《文学和不连续性》，杨宁宁、张小鲁校，《外国文艺》1990 年第 4 期。

［法］罗兰·巴尔特：《如实的文学》《物的文学》，杨宁宁译，张小鲁校，《上海文论》1991 年第 1 期。

［法］罗兰·巴特：《批评与真理》，谈瀛洲译，《文艺理论研究》1995 年第 1 期。

单行本

［法］罗兰·巴特：《符号学美学》，董学文、王葵译，辽宁人民出版社 1987 年版。

［法］罗兰·巴尔特：《符号学原理——结构主义文学理论文选》，李幼蒸译，生活·读书·新知三联书店 1988 年版。

［法］罗兰·巴特：《恋人絮语——一个解构主义的文本》，汪耀进、武佩荣译，上海人民出版社 2009 年版。

［法］罗兰·巴特：《符号学原理》，黄天源译，广西民族出版社 1992 年版。

［法］罗兰·巴尔特：《符号帝国》，孙乃修译，商务印书馆 1994 年版。

［法］罗兰·巴特：《罗兰·巴特随笔选》，怀宇译，百花文艺出版社 2005 年版。

［法］罗兰·巴尔特：《符号学原理》，王东亮译，生活·读书·新知三联书店 1999 年版。

［法］罗兰·巴特：《批评与真实》，温晋仪译，上海人民出版社 1999 年版。

［法］罗兰·巴特：《神话——大众文化诠释》，许蔷蔷、许绮玲译，上海人民出版社 1999 年版。

［法］罗兰·巴特：《流行体系——符号学与服饰符码》，敖军译，上海人民出版社 2000 年版。

［法］罗兰·巴特：《S/Z》，屠友祥译，上海人民出版社 2000 年版。

［法］罗兰·巴特：《文之悦》，屠友祥译，上海人民出版社 2002 年版。

［法］罗兰·巴特：《明室——摄影纵横谈》，赵克非译，文化艺术

出版社 2003 年版。

［法］罗兰·巴特：《显义与晦义——批评文集之三》，怀宇译，百
花文艺出版社 2005 年版。

［法］罗兰·巴特：《罗兰·巴特自述》，怀宇译，百花文艺出版社
2002 年版。

［法］罗兰·巴尔特：《写作的零度》，李幼蒸译，中国人民大学出
版社 2008 年版。

［法］罗兰·巴尔特：《符号学原理》，李幼蒸译，中国人民大学出
版社 2008 年版。

［法］罗兰·巴尔特：《米什莱》，张祖建译，中国人民大学出版社
2008 年版。

［法］罗兰·巴尔特：《埃菲尔铁塔》，李幼蒸译，中国人民大学出
版社 2008 年版。

［法］罗兰·巴尔特：《符号学历险》，李幼蒸译，中国人民大学出
版社 2008 年版。

［法］罗兰·巴尔特：《如何共同生活》，怀宇译，中国人民大学出
版社 2010 年版。

［法］罗兰·巴尔特：《中性》，张祖建译，中国人民大学出版社
2010 年版。

［法］罗兰·巴尔特：《小说的准备》，李幼蒸译，中国人民大学出
版社 2010 年版。

［法］罗兰·巴尔特：《萨德　傅立叶　罗犹拉》，李幼蒸译，中国
人民大学出版社 2011 年版。

Roland Barthes, *Elements of Semiology*, trans. Annette Lavers and Colin
Smith, New York：Hill and Wang, 1968.

Roland Barthes, *Mythologies*, Selected and translated from French by
Annette Lavers, New York：The Noonday Press, 1972.

Roland Barthes, *Image Music Text*, Essays selected and translated by

Stephen Heath, Great Britain：Fontana Press，1977.

Roland Barthes, *The fashion system*, trans. Matthew Ward and Richard Howard，Loy Angeles：Unversity of California Press，1990.

Roland Barthes, *Roland Barthes by Roland Barthes*, trans. Richard Howard，Los Angeles：University of California Press，1994.

研究巴特思想的论文及专著

国外已翻译的巴特思想研究著作

［比］J. M. 布洛克曼：《结构主义：莫斯科—布拉格—巴黎》，李幼蒸译，中国人民大学 2003 年版。

［俄］波利亚科夫编：《结构—符号学文艺学》，佟景韩译，文化艺术出版社 1994 年版。

［法］路易－让·卡尔韦：《结构与符号——罗兰·巴尔特传》，车槿山译，北京大学出版社 1997 年版。

［美］罗伯特·休斯：《文学结构主义》，刘豫译，生活·读书·新知三联书店 1988 年版。

［美］乔纳森·卡勒尔：《罗兰·巴尔特》，方谦译，生活·读书·新知三联书店 1988 年版。

［美］弗雷德里克·詹姆逊：《语言的牢笼》，钱佼汝译，百花洲文艺出版社 1997 年版。

［日］铃村和成：《巴特：文本的愉悦》，戚印平、黄卫东译，河北教育出版社 2001 年版。

［英］特里·伊格尔顿：《文学原理引论》，刘峰译，文化艺术出版社 1987 年版。

［英］特伦斯·霍克斯：《结构主义和符号学》，瞿铁鹏译，上海译文出版社 1987 年版。

国内巴特思想研究论文

蔡洞峰：《文本的欢欣——罗兰·巴尔特零度写作理论的美学思想及其审美现代性》，《海南广播电视大学学报》2008 年第 4 期。

蔡翔：《主体性的衰落》，《文艺争鸣》1994 年第 6 期。

曹元勇：《中国后现代先锋小说的基本特征》，《文艺理论研究》1996 年第 1 期。

陈镭：《罗兰·巴特的"反日记"》，《菏泽学院学报》2010 年第 32 卷第 1 期。

陈平：《罗兰·巴特的絮语——罗兰·巴特文本思想评述》，《国外文学》2001 年第 1 期。

陈晓明：《历史的误置：关于中国后现代文化及其理论研究的再思考》，《文艺争鸣》1997 年第 4 期。

陈晓明：《从虚构到仿真：审美能动性的历史转换——九十年代文学流变的某种地形图》，《当代作家评论》1998 年第 1 期。

陈晓明：《"历史终结"之后：九十年代文学虚构的危机》，《文学评论》1999 年第 5 期。

陈晓明：《现代性与后现代的缠绕及其出路》，《辽宁大学学报》（哲学社会科学版）2004 年第 1 期。

陈阳：《符号学方法在大众传播中的应用》，《国际新闻界》2000 年第 4 期。

陈涌：《文艺学方法论问题》，《红旗》1986 年第 8 期。

程代熙：《给徐敬亚的公开信》，《诗刊》1983 年第 11 期。

程代熙：《罗兰·巴尔特的结构主义文艺观》，《文艺争鸣》1986 年第 6 期。

程晓岚：《法国形式主义批评简介》，《外国文学报道》1984 年第 4 期。

池筠：《车轮上的"神话"——丰田汽车广告的符号学解读》，《新闻世界》2010 年第 7 期。

邓丽丹：《文学作品的结构分析》，《外国文学报道》1983 年第 1 期。

杜卫：《巴尔特的结构主义美学思想——一种发展的描述》，《浙江师大学报》（社会科学版）1992 年第 1 期。

方汉泉：《"作者的死亡"：一个值得认真思考和探究的论题》，《华南师范大学学报》（社会科学版）2007 年第 2 期。

冯寿农：《罗兰·巴尔特：从结构主义走向反结构主义》，《文艺争鸣》1991 年第 2 期。

傅翔：《伊甸园之门——新时期小说的空间透视》，《文艺评论》1994 年第 5 期。

高宣扬：《罗兰·巴特文化符号论的重要意义——纪念罗兰·巴特诞辰 95 周年和逝世 30 周年》，《探索与争鸣》2010 年第 12 期。

戈华：《罗兰·巴特的本文理论》，《文学评论》1987 年第 5 期。

耿幼壮：《写作，是什么？——评罗兰·巴特的"写作"理论及文学观》，《外国文学评论》1988 年第 3 期。

顾梅珑《"新写实"的零度审视及其审美意蕴》，《广西师院学报》2001 年第 4 期。

郭泉：《罗兰·巴特文论中的佛道思想》，《当代外国文学》2001 年第 2 期。

郝永华：《罗兰·巴特文学文化批评中的"神话学"方法》，《江西社会科学》2009 年第 2 期。

贺晓波：《罗兰·巴特与恋人》，《书城》2000 年第 11 期。

黄晞耘：《被颠倒的倒错——关于罗兰·巴特后期思想中的一个关键概念》，《外国文学评论》2003 年第 1 期。

黄晞耘：《罗兰·巴特思想的转捩点》，《世界哲学》2004 年第 1 期。

季红真：《文学批评中的系统方法与结构原则》，《文艺理论研究》1984 年第 3 期。

蒋传红：《罗兰·巴特论日本文化》，《社会科学论坛》2010 年第 9 期。

蒋国忠：《关于现实主义》，《上海文学》1980 年第 2 期。

金惠敏：《主体的沉浮与我们的后现代性》，《外国文学》2001 年第 6 期。

康林：《本文结构批评的"拿来"与发展》，《文学评论》1987 年第 5 期。

来洁：《从符号学角度思考艺术的价值——读罗兰·巴特〈符号学原理〉》，《美术大观》2009 年第 5 期。

兰珊珊：《也论"作者之死"》，《外国文学研究》1997 年第 4 期。

李彬：《传播与符号：罗兰·巴尔特思想述略》，《国际新闻界》2000 年第 3 期。

李劼：《论小说语言的故事功能》，《上海文论》1988 年第 2 期。

李劼：《论中国当代新潮小说的语言结构》，《文学评论》1988 年第 5 期。

李洁非：《文本与作者——一个小说叙述学难题》，《艺术广角》1989 年第 1 期。

李洁非：《小说叙事话语的语式与逻辑》，《文学评论家》1992 年第 1 期。

李洁非、张陵：《"再现真实"——一个结构语言学的反诘》，《上海文学》1988 年第 2 期。

李俊玉：《文学批评中的文本概念》，《上海文论》1991 年第 2 期。

李廷揆：《略述罗朗·巴尔特的符号学》，《法国研究》1986 年第 2 期。

李拓：《罗兰·巴特的日常生活理论》，《南阳师范学院学报》（社会科学版）2010 年第 1 期。

李以建：《从结构主义到后结构主义》，《当代文艺思潮》1987 年第 6 期。

李勇：《作者的复活——对罗兰·巴特和福柯的作者理论的批判性考察》，《云南大学学报》（社会科学版）2010 年第 1 期。

林化：《大争鸣：李泽厚、刘晓波论争及其他》，《文艺争鸣》1989年第1期。

刘再复：《论文学的主体性》，《文学评论》1985年第6期，1986年第1期。

刘再复、钱中文、杨义等：《文学研究方法创新笔谈》，《文学评论》1984年第6期。

鲁枢元：《越超语言——"文学语言学"刍议》，《文艺研究》1989年第4期。

马驰：《结构主义文论的流变》，《上海文论》1992年第3期。

孟建伟：《在"介入"和"零度"的结合中认识写作》，《山西师大学报》2004年第2期。

南帆：《文学批评与文化批评——批评与话语生产》，《作家报》1997年11月13日。

南帆：《新写实主义：叙事的幻觉》，《文艺争鸣》1992年第5期。

南帆：《叙事话语的颠覆：历史和文学》，《当代作家评论》1994年第4期。

南帆：《主体与符号》，《文艺争鸣》1991年第2期。

宁一中：《作者：是"死"去还是"活"着》，《国外文学》1996年第4期。

邵欣园：《摄影艺术的哲学思考——读罗兰·巴特的〈明室〉》，《艺术百家》2010年第7期。

孙沛东：《消费主义与广告——以罗兰·巴特的〈流行体系：符号学与服饰符码〉为例》，《广州大学学报》（社会科学版）2004年第3卷第10期。

孙绍振：《新的美学原则在崛起》，《诗刊》1981年第3期。

孙绍振：《论实践主体性、精神主体性和审美主体性》，《文学评论》1987年第1期。

孙绍振：《西方文论的引进和我国文学经典的解读》，《文学评论》

1999 年第 5 期。

陶东风：《文艺学研究的语言论转向》，《艺术广角》1993 年第 2 期。

田志伟：《罗兰·巴特的美学思想》，《吉林大学社会科学学报》
1996 年第 1 期。

童庆炳：《走向新境：中国当代文学理论 60 年》，《文艺争鸣》2009
年第 9 期。

屠友祥：《罗兰·巴尔特和太凯尔团体》，《上海文论》1990 年第
2 期。

万建中：《西王母神话的现代表达——读罗兰·巴特的〈神话学〉》，
《青海社会科学》2010 年第 5 期。

汪玉柱、舒友亚：《后现代主义语境中的主体身份危机》，《河北经
贸大学学报》（综合版）2010 年第 1 期。

王干：《作者死了 读者也死了》，《山花》1994 年第 6 期。

王蒙：《人文精神问题偶感》，《上海文学》1994 年第 4 期。

王宁：《后结构主义与分解批评》，《文学评论》1987 年第 6 期。

王泰来：《关于结构主义文艺批评》，《外国文学研究》1981 年第 2 期。

王一川、程文超、伍晓明等：《语言问题与文学研究的拓展》，《文
学评论》1988 年第 1 期。

王元骧：《反映论原理与文学本质问题》，《文艺理论与批评》1988
年第 1 期。

王岳川：《作者之死与文本欢欣》，《文学自由谈》1998 年第 4 期。

王允道：《评罗兰·巴特的结构主义》，《当代外国文学》1996 年第
4 期。

韦遨宇：《"明修栈道暗渡陈仓"——读罗兰·巴特〈叙述分析导
论〉》，《外国文学评论》1991 年第 1 期。

韦遨宇：《中国古典文论与法国后结构主义》，《国外文学》1991 年
第 2 期。

魏家骏：《在中国的结构主义批评》，《学术研究》1994 年第 4 期。

闻树国：《孤独者的温柔之乡：罗兰·巴尔特〈恋人絮语〉解读》，《山花》1995 年第 8 期。

闻树国：《絮叨忧郁：罗兰·巴尔特〈恋人絮语〉解读》，《山花》1997 年第 12 期。

闻树国：《可怜楚楚——罗兰·巴尔特〈恋人絮语〉解读》，《时代文学》1999 年第 2 期。

谢龙新：《罗兰·巴特的符号学体系与叙事转向》，《江西社会科学》2010 年第 3 期。

徐畅：《从罗兰·巴尔特看结构主义到后结构主义嬗变》，《重庆科技学院学报》（社会科学版）2009 年第 2 期。

徐敬亚：《崛起的诗群——评我国诗歌的现代倾向》，《当代文艺思潮》1983 年第 1 期。

严锋：《结构主义在中国》，《上海文论》1992 年第 3 期。

阳雨：《文学：失却轰动效应以后》，《人民日报》1988 年 2 月 12 日。

杨增和：《新写实小说的后现代主义美学向度》，《广西师范大学学报》（哲学社会科学版）2007 年第 8 期。

易江：《罗兰·巴尔特的语言哲学》，《法国研究》1990 年第 2 期。

殷企平：《谈"互文性"》，《外国文学评论》1994 年第 2 期。

俞樟华、熊元义：《近 10 年来文艺界三次论争的回顾与反思》，《理论与创作》2001 年第 5 期。

袁可嘉：《结构主义文学理论述评》，《世界文学》1979 年第 2 期。

张富宝：《后时代"作者"的命运——对罗兰·巴特〈作者之死〉的一种解读》，《宁夏师范学院学报》2010 年第 4 期。

张弘：《结构主义对文学史研究的启示》，《辽宁师范大学学报》（社会学科版）1986 年第 3 期。

张隆溪：《结构的消失——后结构主义的消解式批评》，《读书》1983 年第 12 期。

张隆溪：《语言的牢笼——结构主义的言学和人类学》，《读书》

1983 年第 9 期。

张念：《在絮语中沉默》，《山花》2001 年第 8 期。

张同铸：《晚年罗兰·巴特和他的"想象物"》，《淮阴师范学院学报》2008 年第 30 卷第 4 期。

张晓明：《巴特文论在中国的译介历程》，《当代外国文学》2006 年第 2 期。

张晓明：《巴特文论在中国的接受研究》，《南京大学学报》（哲学·人文科学·社会科学版）2007 年第 1 期。

张颐武：《理想主义的终结——实验小说的文化挑战》，《北京文学》1989 年第 4 期。

张颐武：《二十世纪汉语文学的语言问题》，《文艺争鸣》1990 年第 5 期。

张颐武：《反寓言/新状态：后新时期文学新趋势》，《天津社会科学》1994 年第 4 期。

张裕禾：《新批评——法国文学批评中的结构主义流派》，《外国文学报道》1981 年第 3 期。

张智庭：《罗兰·巴特美学述论》，《黄河科技大学学报》2002 年第 9 期。

张智庭：《罗兰·巴特文艺符号学浅析——解读其〈文艺批评文集〉》，《文艺理论研究》2009 年第 2 期。

赵联成：《"主体"的陨落与消失——新写实小说新论》，《宁夏大学学报》（人文社会科学版）2006 年第 28 卷第 4 期。

周宪：《罗兰·巴特的中国脸谱》，《天津社会科学》2009 年第 5 期。

朱维铮《何谓"人文精神"?》，《探索与争鸣》1994 年第 10 期。

国内巴特思想研究著作

陈晓明：《剩余的想象：九十年代的文学叙事与文化危机》，华艺出版社 1997 年版。

陈晓明：《表意的焦虑：历史祛魅与当代文学变革》，中央编译出版社 2002 年版。

陈晓明：《无边的挑战——中国先锋文学的后现代性》，广西师范大学出版社 2004 年版。

胡经之等主编：《西方二十世纪文论选》，中国社会科学出版社 1989年版。

胡经之等主编：《文艺学美学方法论》，北京大学出版社 1994 年版。

罗芄：《纪念著名文艺理论家罗兰·巴特》，载柳鸣九编《萨特研究》，中国社会科学出版社 1981 年版。

马驰：《叛逆的谋杀者——解构主义文学批评述要》，中国人民大学出版社 1990 年版。

陶东风：《文体演变及其文化意味》，云南人民出版社 1999 年版。

汪民安：《谁是罗兰·巴特》，江苏人民出版社 2005 年版。

伍蠡甫等主编：《西方文艺理论名著选编》，北京大学出版社 1986年版。

夏基松编：《现代西方哲学教程新编》，高等教育出版社 1998 年版。

项晓敏：《零度写作与人的自由——罗兰·巴尔特美学思想研究》，复旦大学出版社 2003 年版。

徐亮：《意义阐释》，敦煌文艺出版社 1999 年版。

杨大春：《文本的世界——从结构主义到后结构主义》，中国社会科学出版社 1998 年版。

杨义：《中国叙事学》，人民出版社 2009 年版。

余虹：《革命·审美·解构——20 世纪中国文学理论的现代性与后现代性》，广西师范大学出版社 2001 年版。

张隆溪：《二十世纪西方文论述评》，生活·读书·新知三联书店 1986 年版。

赵宪章：《文艺学方法论通论》，浙江大学出版社 2006 年版。

赵一凡：《欧美新学赏析》，中央编译出版社 1996 年版。

周宪：《20世纪西方美学》，高等教育出版社2004年版。

周宪等主编：《当代西方艺术文化学》，北京大学出版社1988年版。

朱立元编：《当代西方文艺理论》，华东师范大学出版社2014年版。

国内巴特思想研究学位论文

吕绍斐：《作者是否已经死去？——论译者在翻译中的地位》，硕士
　　学位论文，天津师范大学，2006年。

王丽芳：《论符号学在电视广告中的运用》，硕士学位论文，华中科
　　技大学，2006年。

徐蕾：《从符号学的角度分析广告的幽默》，硕士学位论文，黑龙江
　　大学，2007年。

杨简茹：《罗兰·巴特的符号学理论探究——以〈流行体系〉为
　　例》，硕士学位论文，中央美术学院，2008年。

张祎星：《罗兰·巴特解构主义文学批评思想研究》，硕士学位论文，
　　浙江师范大学，2006年。

钟晓文：《论罗兰·巴尔特的解构主义思想》，硕士学位论文，福州
　　大学，2005年。

西方语言学理论

［德］洪堡特：《论人类语言结构的差异及其对人类精神发展的影
　　响》，姚小平译，商务印书馆1997年版。

［德］瓦尔特·本雅明：《写作与救赎——本雅明文选》，李茂增、
　　苏仲乐译，东方出版中心2009年版。

［俄］维·什克洛夫斯基：《散文理论》，刘宗次译，百花洲文艺出
　　版社1997年版。

［法］让－弗朗索瓦·利奥塔：《后现代状况：关于知识的报告》，
　　岛子译，湖南美术出版社1996年版。

［法］德里达：《书写与差异》，张宁译，生活·读书·新知三联书

店 2001 年版。

[法] 格雷马斯：《结构语义学》，蒋梓骅译，百花文艺出版社 2001 年版。

[法] 福柯：《词与物——人文科学考古学》，莫伟民译，上海三联书店 2002 年版。

[瑞士] 费尔迪南·德·索绪尔：《普通语言学教程》，高名凯译，岑麒祥、叶斐声校注，商务印书馆 2008 年版。

[美] 罗伯特·司格勒斯：《符号学与文学》，谭大立、龚见明译，春风文艺出版社 1988 年版。

[美] 伊·库兹韦尔：《结构主义时代——从莱维·斯特劳斯到福科》，尹大贻译，上海译文出版社 1988 年版。

[美] 乔纳森·卡勒：《结构主义诗学》，盛宁译，中国社会科学出版社 1991 年版。

[美] 乔纳森·卡勒：《当代学术入门——文学理论》，辽宁教育出版社 1998 年版。

[美] 乔纳森·卡勒：《论解构：结构主义之后的理论与批评》，陆扬译，中国社会科学出版社 1998 年版。

Jean – Paul Sartre, *What is Literature*, trans. Bernard Frechtman, New York: Philosophical Library, 1949.

Jonathan Culler, *Literary Theory: A Very Short introduction*, New York: Oxford University Press, 1997.

后　记

　　毕业十一年，博士学位论文才得以出版。回顾攻读博士学位至今的学术之路，颇多感慨。我对语言问题的关注源于导师徐亮的指引。徐老师用一门课的时间，带领我们逐字逐句地研读索绪尔的著作《普通语言学教程》，开启了我通向西方语言学转向的大门。现在，我依然清晰地记得徐老师说："语言建构了人，人生即叙事。"

　　在精读完《普通语言学教程》后，徐老师又指导我研读罗兰·巴特的《今日神话》和《叙事作品结构导论》。这两篇短文，让我结识了罗兰·巴特，从此"迷恋"上符号学。《今日神话》让我领会到思想的穿透力，现代社会通过操控"符码"将意识形态的价值观自然化，从而获得永恒性、真实性的假象。《叙事作品结构导论》让我明白叙事是人的天然属性。由此，我决定将罗兰·巴特作为我博士学位论文的研究对象。徐老师认可了我的选题，并建议我做罗兰·巴特在中国的接受史研究。相较于对学者学术思想的本体研究，接受史更强调对文献的搜集、整理。一开始，我不能理解徐老师的选题建议，而且就我的个人研究喜好而言，我更倾向于对巴特学术思想的研究。徐老师开导我说：接受史研究同样要研究巴特的学术思想，同时要将国内学者眼中的巴特与西方学者眼中的巴特进行比较，辨析其异同，并揭示背后的原因，这对于研究中国文论的发展更有价值。

确定选题后，我阅读了罗兰·巴特著作的所有中文译本还有部分英文译本，并复印、下载了国内学者研究巴特思想的论文和专著。罗兰·巴特让我对法国结构主义叙事学、符号学以及后结构主义有了深入的理解。在我撰写博士学位论文期间，将罗兰·巴特介绍到中国的第一人李幼蒸先生，为在中国召开世界符号学大会，来到浙江大学。徐老师安排我接待李幼蒸先生。我向李先生表达了我的研究困惑，国内学者认为罗兰·巴特前期是结构主义者，后期是解构主义者，国外学者是如何评价巴特的呢？李先生称，国外没有人认为巴特是解构主义者，巴特是从结构主义转向后结构主义的。中西方研究中巴特身份的差异，不仅促使我进一步了解西方结构主义、后结构主义、解构主义思想流派，还让我捕捉到博士学位论文的切入点。我将巴特在中国的形象转变作为博士学位论文的框架，以此揭示巴特文论在中国接受的阶段性特征。

研究过程中，巴特文论的深奥和国内学者对巴特文论的误读，常常让我陷入研究的困境。徐老师不断开导我：你的博士学位论文就是要揭示出误读的必然性和合理性，并确定将"巴特文论在中国的接受史是中国当代文论发展史的一个侧影"作为论文的观点。博士学位论文的撰写训练了我的学术研究能力和文献整理能力。现在它即将出版，重新翻阅，发现还存在很多不足的地方，但它为我的学术之路奠定了基础。

在广泛涉猎西方符号学理论著作后，我认识到西方符号学所取得的成果及其不足之处。符号思维，在现实与可能、实际事物与理想事物之间作出鲜明区分，人类文化的进一步发展，事物与符号之间的区别就被清晰地觉察到了，这意味着，现实性与可能性之间的区别也变得越来越明显了。在符号的可能性下，人能思考未来，生活在未来，有计划、有意识地更为细致地生活，这些都明显优于动物。并且在符号思维下，人类发明了更为精确的数字符号，为科学发展开辟了新天地。人就是生活在符号的世界中。

　　索绪尔在《普通语言学教程》中将语言看成声音的能指和概念的所指的结合体，语言不再是名与物的指涉关系，而是声音和思想的结合体。语言只是区分和对立的游戏，不再能复制世界，而是反映人的思维态势。文化成为一套象征体系，这一套体系不具有原生态性，而是被建构的。人从一出生就落入无情的文化法则和语言的包围中，人只能屈从于文化的序列，否则就会疯癫。因此，语言不仅停留在概念领域，而且扩展到现实世界。语言为人的生活划定边界，放弃语言就是放弃做人的权利。语言建构人，语言极少是他或她的产物，而他或她在很大程度上是语言的产物，而且语言从内部分裂着人。人一进入语言的象征秩序就与自身相分离，形成无意识。这是西方语言的"逻各斯中心主义"对人性的剥离，理性抑制人的情感，人越来越认识不了自己。

　　中国文化尤其是道家文化为了人的本真澄明而反语言（行不言之教），称"道可道，非常道，名可名，非常名"，中国文化的"不言之教"不仅是对语言理性的舍弃，也是对生命的弃绝。道家提出离形去知，称"吾生也有涯，而知也无涯。以有涯随无涯，殆已"，为了保全生命的真气，提出"致虚极、守静笃"，甘愿退出生命时间。从老子"致虚极，守静笃"起，发展到庄子的无己、丧我、心斋、坐忘，是以虚静把握人生本质的工夫，同时即以此为人生的本质。并且宇宙万物，皆共此一本质，所以可称之为"大本大宗"。故当一个人把握了自己的本质，也就把握了宇宙万物的本质，此时此刻便是"天地与我并生，而万物与我为一"。实现天人合一是中国文人的最高理想，唯有虚静之心才能洞察万物的本质。本体的空无对中国文学有着深远的影响，因为不能用语言把握，所以弃言。

　　符号学有助于我们真正理解古代文论的范畴、术语及言说方式，真正理解东西方文化的差异。超越狭隘的民族主义，在强大的西方文论面前，我们仍对中国古代文论充满信心，努力寻找中西文论的结合点。当中国古典学术话语通过符号学分析转述后，我们会发现中国古代文论比原有的理解深广复杂得多，有利于跳出"材料"研究的局限，促成对中国文化价值依据的理性探讨及因果关系的系统认知，有助于中国传统学术话语有效参与国际人文科学理论交流。面对全球化语境，面对市场经济下文艺新的实践和文化产业的蓬勃兴起，有助于我们立足本国，建设具有中国特色的社会主义文艺理论，探讨全球语境下的文艺学建设和实践问题。为此，我对中国符号学思想产生了浓厚的兴趣，对先秦"名辩"学说中的符号学思想进行了辨析。先秦"名辩"之学经老子的"有名"（始制有名）、邓析的形名（循名责实）、公孙龙的"指名"（物莫非指，而指非指）、《墨辩》派的"实名"（以名举实）、庄子的"齐名"（以名止实）、荀子"正名"（制名指实），最终形成《荀子》名、辞、说、辩的四级逻辑体系。中国先秦"名辩"是具有中国特色的语言逻辑体系，与西方符号学思想不尽相同。

先秦"名辩"思想从发端起便与治国相关，名有出自道无，老子的"道"与"名"不存在任意性，"道"与"名"相通，只是名字不一样而已，称名必须合"道"。邓析在老子名论基础上提出"形名"说，认为名必需依据象之理。这与西方符号学强调差异截然不同，索绪尔称语言符号是声音的能指和概念的所指的结合体，犹如一张纸的两面，认为两个符号之间存在的只有区分和对立。符号不具有实体性，符号之间因差异性而产生意义，语言是形式而不是实质。索绪尔将语言比作下棋，棋子本身不是下棋的目的，棋子离开了棋盘上的位置和其他下棋条件，对下棋的人来说毫无意义。如果棋子弄坏了或丢失了，可以换上另外一枚，甚至是一枚外形完全不同的棋子。重要的是这枚棋子与其它棋子必须按照一定规则互相保持平衡。因此，索绪尔的绝对任意性指的是棋子本身，但符号与符号之间的差异性是绝对的。老子、邓析的名只是道的称谓，名与名之间的差异不是绝对的，也不是其关注对象，道之象、物之理，即名之实，才是最终指归。名因与实相符，从而具有实体性。因而，名实与能指、所指不存在对应关系。

我进一步对中国文论中"象"这一概念进行了符号学辨析，关于"象"最早的论述是《周易》。《周易》以天、地、雷、风、水、火、山、泽八种基元事物为表现因素，并上升为阳刚、阴柔两大观念，进而揭示两大观念的功能："阴阳变化""刚柔相摩"，其结果是"化生万物"。由此便获得了一种绝对普遍存在的形式阳爻、阴爻。八种基元事物化为八种卦象，被称八经卦。为体现这八个符号已超脱具象，它们所蕴含的阴阳刚柔观念具有更高更普遍的意义，将卦名更名为"乾""坤""震""巽""坎""离""艮""兑"。观念符号完全取代了基元事物的本来形象，这就决定了《周易》符号的特殊性质。

"象"作为符号建构了一套解释宇宙的意义系统，涵盖了人类世界的全部领域。"丽天之象""理地之形"以及"无识之物""动植皆文"都和人类的语言、文字一样，是一种符号形式。我发现"象"不同于西方的"符号"概念。索绪尔称符号由声音的能指与概念的所指组成，这种结合具有任意性，而不是对自然现象的摹仿，而且索绪尔强调符号的区分对立，追求意义的一元性、确定性。罗兰·巴特对此提出质疑，他认为西方的符号无不浸染着意义，符号最后指向一个终极所指，使用语言只是为了获得"客观性""科学性"真理。在巴特看来，西方传统人文科学以真理、概念审查欲望，压制享乐，以简单整体化原则形成恐怖主义、独裁主义。为逃避西方的思维圈，巴特以老子自画像自醒。因为，中国传统文化不是追求意义的确定性，而是看重意义背后人的自由，中国传统文化是最具人本主义色彩的文化。因此，中国符号学研究将有助于弥补西方符号学的不足，从而推进人文学科的总体进程。

可以说，博士学位论文是我学术研究的增长点，让我在参加工作后仍能在学术的道路上坚持前行。同时，也要感谢衡阳师范学院文学院院长任美衡，师友李振中、左其福给我的帮助。任院长以自己对学术的执着追求不断督促我前行，鼓励我完成博士阶段的学业。入职衡阳师范学院四年后，我进入湖南师范大学博士后流动站工作（师从赵炎秋教授），出站后又到中国社会科学院文学研究所做访问学者（师从吴子林教授）。李振中、左其福教授在课题申报、论文撰写等方面为我指点迷津、加油鼓劲。我很庆幸自己能遇到如此多的良师益友，让我能在学术的道路上不忘初心，砥砺前行。

"木铎起而千里应，席珍流而万世响"，这是人文学者的追求，也是一名师者的价值准绳。我将铭记各位老师的谆谆教诲，以自己的勤奋和努力来回报他们对我的培养和期望。

文　玲

2023 年 8 月